Tanja Bern lebt mit ihrer Familie in Gelsenkirchen und ist dem Ruhrgebiet immer treu geblieben. Durch eine starke Verbundenheit zur Natur und die Liebe für mystische Geschichten entstand bei ihr schon früh das Bedürfnis zu schreiben. Sie liebt die nördlich gelegenen Länder und verweilt gerne am Meer oder im Wald, was sich in ihren Romanen widerspiegelt.

Tanja Bern

Im Schatten unserer Herzen

Die McKay-Saga

Überarbeitete Neuausgabe Januar 2023

Copyright © 2023 dp Verlag, ein Imprint der
dp DIGITAL PUBLISHERS GmbH
Made in Stuttgart with ♥
Alle Rechte vorbehalten

Im Schatten unserer Herzen

ISBN 978-3-98778-914-4
E-Book-ISBN 978-3-98778-755-3

Dies ist eine überarbeitete Neuausgabe des bereits 2020 bei dp
Verlag, ein Imprint der dp DIGITAL PUBLISHERS GmbH erschiene-
nen Titels Im Schatten unserer Liebe. (ISBN: 978-3-96817-243-9)
Copyright © 2014, Arunya Verlag
Dies ist eine überarbeitete Neuausgabe des bereits 2014 bei Arunya
Verlag erschienenen Titels Nah bei mir. (ISBN: 978-3-96817-243-9).

Covergestaltung: ARTC.ore Design / Wildly & Slow Photography
Umschlaggestaltung: ARTC.ore Design
Unter Verwendung von Abbildungen von
stock.adobe.com: © drhfoto, © isaac74, © Alan-DPhotos, © schab
Korrektorat: Claudia Steinke
Satz: dp DIGITAL PUBLISHERS GmbH
Druck und Bindung: Books on Demand GmbH, Norderstedt

Vorwort

Es begann vor vielen Jahren, ich dachte nicht einmal daran, professionell zu schreiben und war noch so unbedarft, fast noch ein Kind. Trotzdem spukten da bereits Romanfiguren in meinen Gedanken herum. John McKay spürte ich das erste Mal in einem meiner einsamsten Momente. Ich fühlte mich von allen missverstanden, mit meinen abenteuerlichen Geschichten, die mich beherrschten. Aber sein Charakter inspirierte mich dazu, mehr aus diesen Ideen zu erschaffen, sie aufzuschreiben und John wurde zu meiner Muse – bis ich begann, seine eigene Geschichte zu sehen.

Bruchstücke, die immer mehr zu einem Ganzen wurden, entfalteten sich jahrelang. Anfangs schrieb ich nicht, um das Buch zu veröffentlichen. Eher, weil ich John und Jake besser kennenlernen, ihnen näherkommen wollte. Noch nie ist mir eine Geschichte so leicht und zugleich so schwergefallen. Das Buch stürzte mich in ein Gefühlschaos, weil ich von diesem Leben so mitgerissen wurde, dass ich manchmal dachte, ich erlebe es selbst mit John.

Nun freue ich mich, dass ihr zum Lake District reist, zu den nebelumwehten Bergen und tiefdunklen Seen von Westmorland, und euch hoffentlich von dieser Liebe bezaubern lasst.

Erinnerungen sind wie Sterne.
Sie leuchten aus dem Dunkel heraus.

Geheimnisse

Gegenwart

Nebel umwallte die verfallenen Überreste des Gebäudes wie ein Schleier. Die Umgebung war undeutlich zu erkennen. Nur ein Mann war klar zu sehen. Katelyn sah ihn auf den verwitterten Steinen sitzen. Teilnahmslos schaute er auf das Moos am Boden, das zwischen den Ruinen wuchs.

Sie versuchte, ihn zu rufen, doch kein Laut kam von ihren Lippen. Es blieb still. Trotzdem bemerkte er sie, denn er hob das Gesicht an. Blondes Haar fiel bis auf seine Schultern und sein Blick traf Katelyn tief ins Herz...

Katelyn erwachte mit einem tiefen Seufzen. Sie ordnete ihre Bettdecke und drehte sich herum. Der Wecker zeigte ihr, dass es eigentlich viel zu früh war, um aufzustehen. Schließlich hatte sie Urlaub. Als sie die Lider wieder senkte, stahl sich erneut der Blick des Mannes mit den blaugrauen Augen in ihre Gedanken. Seit Jahren träumte sie von ihm und selbst im wachen Zustand verspürte sie eine unerklärliche Sehnsucht nach ihm. Das Bild verblasste wieder, so sehr sie auch versuchte, es festzuhalten.

Regen peitschte an die Fenster und in dem Cottage ihrer Großmutter knarrte es leise. Katelyn konnte nicht mehr schlafen. Nachdem sie sich von einer Seite zur anderen gedreht hatte, stand sie mit einem Unmutslaut auf und ging in das altertümliche Bad. Mit einer hochgezogenen Augenbraue besah sie sich den antiken Wasserhahn, der jeglichem Alter trotzte, und im Licht der Glühlampe messingfarben glänzte. Ihre Großmutter musste, während sie auf der Arbeit gewesen war, ihr Bad regelrecht poliert haben. Ein Lächeln huschte über ihr Gesicht und sie warf einen Blick in den Spiegel. Rehbraune Augen, umrahmt von einem dichten Wimpernkranz, schauten sie an. Sommersprossen sprenkelten vereinzelt ihre helle Haut. Ihre dunklen Locken hingen nach der unruhigen Nacht wie verfilztes Stroh über ihren Schultern, da nutzte auch keine Bürste. Sie sollte sich wirklich angewöhnen, das Haar nachts zu flechten. Rasch schlüpfte sie aus dem Schlafanzug und stellte sich unter die Dusche. Als das warme Wasser auf ihre Haut prasselte, erschauerte sie wohlig und hielt das Gesicht in den Strahl. Viel zu lange verweilte sie unter der Brause, genoss es, das lange Haar zu waschen und stieg dann fröstelnd auf die kalten Fliesen. Rasch griff sie nach ihrem Morgenrock und kuschelte sich darin ein. Die Wärme der Heizung hatte sich darin gespeichert und Katelyn schloss für einen Moment die Augen, um das Gefühl zu genießen.

Dann öffnete sie das Fenster, denn der Spiegel war komplett beschlagen und auf den Schränken bildete sich Feuchtigkeit. Kühle Luft wehte ins Bad und brachte den Duft der Bäume mit sich. Katelyn schaute sich mit einem Lächeln um. Felder und Wiesen erstreckten sich, so weit das Auge reichte. Der Regen tünchte die hügelige Landschaft von Keswick in graue

Farben. Links von ihr war ein Wald, dessen Eichen und Buchen sich im Wind zur Seite bogen. Eine der Katzen trotzte dem Wetter und huschte von einem Versteck in das nächste. Die Gegend war wunderschön und Katelyn liebte jeden Grashalm von Cumbria. Sie war in Penrith aufgewachsen, ihre Eltern lebten noch immer dort. Der Ort lag ein wenig außerhalb des Lake District und schon als Kind hatte es sie stets zu ihrer Großmutter gezogen. Heute bewohnte sie mit ihr das alte Cottage und arbeitete in einem Blumengeschäft in Keswick als Floristin.

Sie hörte, wie sich jemand der Tür ihrer kleinen Wohnung näherte, die sich im ersten Stock befand.

„Katelyn, bist du schon wach?“, rief ihre Großmutter Fiona. „Ich hörte dich rumoren.“

„Ja, Oma!“

„Willst du schon frühstücken?“

„Gerne, ich komme gleich.“

Rasch trocknete sie sich mit dem Morgenmantel ab, kämpfte sich mit der Bürste durch ihr Haar und zog sich etwas Bequemes an. Fiona bereitete für ihre Enkelin gerade das Frühstück, als Katelyn in die Küche kam. Sie küsste ihre Großmutter auf die Wange. „Du bist ein Schatz, Oma.“

„Weiß ich“, erwiderte diese schelmisch und stellte Katelyn eine große Tasse hin. Der Kaffee daraus duftete herrlich und Katelyn nippte an dem heißen Getränk.

„Was hast du denn heute vor, Katy?“

Katelyn bestrich sich eine Brotscheibe mit Marmelade. „Bei dem Wetter? Ich weiß noch nicht.“

„Die Gummistiefel stehen im Schuppen, nur dass du es weißt.“

„Meine oder deine?"

Fiona lachte leise.

In angenehmer Stille nahmen sie das Frühstück ein. Katelyn hing ihren Gedanken nach, dachte an ihren Traum.

„... könnte dich interessieren."

Katelyn blinzelte und sah auf. „Entschuldige. Ich hab gar nicht mitgekriegt, was du gesagt hast."

Nachsichtig schmunzelte Fiona. Mit einer fast schon automatischen Geste steckte sie sich eine feine Strähne ihres ergrauten Haares hinter das Ohr. Wie immer hatten sich einige aus der lockeren Hochsteckfrisur geschlängelt.

„Ich habe einige Dinge oben auf dem Dachboden", sagte sie plötzlich ernst.

„Dinge?"

Mit einem seltsamen Blick schaute Fiona aus dem Fenster und schien über etwas nachzudenken. „Ja, es ist an der Zeit, dass du sie dir anschaust. Ich würde gerne wissen, ob ..."

„Ja?"

Fiona wandte sich ihr zu. „... ob sie dir etwas sagen."

„Also brauche ich keine Gummistiefel?"

Ein verschmitzter Ausdruck legte sich auf Fionas Gesicht. „Da bin ich mir nicht so sicher, wenn ich an den Staub da oben denke."

„In diesem Haus gibt es ernsthaft irgendwo Staub?", fragte Katelyn frech.

„Nur auf dem Speicher." Fiona zwinkerte Katelyn zu.

***

Später ging Katelyn die schmale Treppe zum Speicher hinauf. Schale Luft schlug ihr entgegen. Der Regen prasselte gegen das schräge Fenster, leiser Donner grollte. Für einen Moment verharrte Katelyn. Ein Geheimnis schien sich hier zu verbergen. Als Kind hatte sie sich nur selten hierher gewagt, denn dieser Ort barg auch etwas Dunkles, vor dem sie sich immer gefürchtet hatte.

Die schwere Holztruhe stand in der hinteren linken Ecke. Sie war sorgsam verschlossen, aber stabiler und besser erhalten, als es zunächst den Anschein erweckt hatte. Als Katelyn den Verschluss öffnete und den Deckel aufklappte, überwältigte sie ein Gefühl, das sie nicht erklären konnte. Obenauf lag ein altes Jackett. Verblüfft betrachtete sie den dunkelgrünen Stoff, strich mit den Fingerspitzen darüber. Vorsichtig hob sie das Kleidungsstück an, rau schmiegte sich der Leinenstoff in ihre Hände. Diese Jacke war aus einer völlig anderen Zeit! Ihr Herz begann unangenehm schnell zu pochen. Einige Mottenlöcher verunzierten den Stoff, doch er wirkte ... vertraut. Katelyn roch daran, konnte aber nur das Mottenpulver daran wahrnehmen. Langsam ließ sie das Jackett in ihren Schoß sinken und griff erneut in die Truhe. Sie zog eine alte Schreibfeder heraus. Sie war ein wenig zerrupft, die Spitze dunkel verfärbt. Katelyn wog sie in den Händen. Wie ein feiner elektrischer Schlag blitzte ein Bild in ihr auf ...

Der Sekretär war geöffnet und die Klappe diente als Schreibunterlage. Blondes Haar fiel vor das Gesicht des Mannes, der davor saß und auf einen Brief starrte, sie konnte seine Züge nicht erkennen. Die Schreibfeder steckte in ihrer Halterung, ein Tintenfass befand sich daneben. Die schmale Hand des Mannes lag auf dem polierten Holz der Ablage.

„Musst du noch arbeiten?", hörte sie sich selbst sagen, mit seltsam dunkler Stimme.

Er sah auf und schaute sie mit graublauen, so vertrauten Augen an ...

Die Feder entglitt ihren Händen und ein Zittern überkam sie. Katelyn atmete tief ein. Plötzlich war ihr, als wäre nicht genug Sauerstoff auf diesem Speicher. Ihr Blick fiel auf ein Päckchen, das man mit altem Pergament geschützt hatte. Sie holte es hervor. Der Inhalt fühlte sich an wie eine Taschenuhr. Behutsam wickelte Katelyn den Schutz ab, es war ein Medaillon. Sie öffnete es und erschrak so heftig, dass sie das kostbare Kleinod fast fallen gelassen hätte. Ungläubig betrachtete sie das vergilbte Porträt in dem Schmuckstück. Die meisten Farben waren verblasst, der Mann auf dem Bild war trotzdem gut zu erkennen.

Katelyns Herz raste. Dort in dem Medaillon war der Mann aus ihren Träumen! Katelyn erkannte die Züge seines Gesichtes sofort.

Als ihre Großmutter den Dachboden leise betrat, kniete sie sich zu ihr.

„Wer ist das, Oma?", fragte Katelyn mit heiserer Stimme.

„Das ist Jonathan McKay."

Ein Gefühl, das ihr die Brust zuschnürte, durchzog Katelyn bei diesem Namen. Sie starrte auf das kleine Porträt. „John", flüsterte sie leise.

Katelyn konnte im Augenwinkel sehen, dass Fiona sie
sehr genau beobachtete. „Ja, so hat man ihn genannt“,
erklärte ihre Großmutter. „In der Kiste sind drei hand-
geschriebene Bücher von ihm. Er war der Sohn eines
Baronets und lebte hier in der Gegend. Ich habe dir
doch mal von unseren Urahnen erzählt. Erinnerst du
dich?“

Katelyn begegnete dem Blick ihrer Großmutter. „Nur
vage, Oma.“

„Lester O'Brian war unser Urahn und Johns Freund.
Diese Dinge wurden von unserer Familie aufbewahrt.“

Katelyns Augenmerk fiel auf die drei ledergebunde-
nen Bände, die in der alten Holztruhe lagen. Wie war es
möglich, dass sie von ihm träumte? Katelyn nahm vorsichtig eines der Bücher in die Hand und strich über
den dunkelbraunen Einband. Langsam öffnete sie es
und sah auf die ordentliche Handschrift der verblassten Seiten. Augenblicklich war Katelyn davon gefangen.

Fiona seufzte. „Ich hatte gehofft, dass dir diese Dinge
etwas sagen“, murmelte sie. „Denn seit deiner Geburt
sehe ich ihn nicht mehr und nun ...“

Katelyn riss sich von Johns Worten los. „Du ...? Ich
verstehe nicht. Du siehst ihn nicht mehr?“

Mit einem leisen Ächzen richtete sich Fiona auf und
zog sich einen verstaubten Stuhl heran. „Was siehst du,
wenn du ihn anschaust, Katy?“

„Ich ...“ Katelyn stockte und sah erneut auf das Medaillon, das sie auf ihren Schoß gelegt hatte. Sie holte
tief Luft. Wenn jemand dies verstehen würde, dann
ihre Großmutter. „Ich träume von ihm, Oma“, antwortete sie mit gesenkter Stimme.

„So etwas dachte ich mir."

Verwirrt suchte sie die Antwort in Fionas rätselhaften Worten.

„Manchmal kann ich Geister spüren."

Katelyn sah sie verblüfft an. „Was?!"

„Hör mir zu, Kind. Vor deiner Geburt sah ich ihn oft hier in der Gegend. Stets schien er jemanden zu suchen. Aber seit du geboren bist, ist er fort. Ich hatte von jeher die Vermutung, dass du eine Verbindung zu ihm haben könntest."

„Aber wie soll das denn möglich sein?"

„Lies seine Bücher, denn die Zeichen sprechen davon, dass er zurück ist."

Unbewusst presste Katelyn das Buch an ihre Brust. „Was für Zeichen?"

Fionas Hand strich zärtlich über ihre Wange. „Du weißt doch, dass ich eine alte schrumpelige Hexe bin und seltsame Dinge tue", sagte sie mit einem verschmitzten Grinsen.

„Du bist überhaupt nicht schrumpelig und mit Kräutern kennen sich auch andere aus! Also wirklich, Oma."

Ein leises Lachen hallte durch den Dachboden, das rasch wieder verklang. „Du nanntest ihn sofort John, nicht Jonathan."

Katelyn sah auf. „Ich weiß nicht warum, Oma. – Sind hier nur seine Sachen?"

Fiona nickte.

„Warum hat man ausschließlich Johns Dinge hier aufbewahrt?"

„Vielleicht begreifst du es, wenn du seine Bücher liest. Er hatte eine recht ordentliche Schrift und die Tinte ist trotz der zwei Jahrhunderte noch leserlich."

„Du weißt, was darin steht?"

„Ja …"

Katelyn nahm Johns Bücher und das Medaillon wie einen Schatz an sich. Sie folgte ihrer Großmutter, die bereits die Stufen nach unten stieg. Als sie an Fionas Wohnzimmer vorbeikam, stockte sie. Helle Steine mit eingeritzten Zeichen lagen in einer bestimmten Konstellation auf dem Tisch vor dem Fernseher. Ihre Großmutter hatte die Runen gelegt! Sprach sie deshalb von Zeichen?

Katelyn begriff nicht sehr viel von diesen mystischen Dingen, hatte so etwas bisher meist aus ihrem Leben ausgeblendet. Aber bei Fiona überraschte sie nichts mehr. Schon immer war ihre Großmutter von einer Art Zauber umgeben gewesen. Vielleicht hatte es sie deshalb von jeher zu ihr hingezogen.

Fiona verschwand bereits im Garten und sah nach ihren Kräutern und Blumen. Die Haustür stand offen und Katelyn sah ins Freie. Das Wetter war abrupt umgeschlagen und die Sonne kämpfte sich durch die Wolken. Lieschen, die Katze, die sie vom Badezimmerfenster aus gesehen hatte, schüttelte sich und stolzierte mit nassen Pfötchen in die Küche. Es zog Katelyn hinaus in die klare Luft. Der Nebel hatte sich verzogen. Die Hügel Cumbrias leuchteten im warmen Licht des Morgens. Sie ging um das Haus herum und setzte sich auf die Bank, die unter dem Vordach trocken geblieben war. Der alte Kirschbaum rauschte im Wind und die letzten Blüten fielen wie vereinzelte Schneeflocken zu Boden. Eines der weißen Blütenblätter segelte in ihren Schoß. Erneut öffnete sie das Medaillon und betrachtete das Porträt von John McKay.

„Welches Geheimnis verbindet uns?", flüsterte sie ihm zu.

Die Bücher waren nummeriert, als wollte John sichergehen, dass man sie nicht in der falschen Reihenfolge las. Katelyn schlug den ersten Band auf. Schon seine ersten Worte versetzten sie in einen wahren Gefühlstaumel. Sie riss sich zusammen und ließ sich von Johns Zeilen in eine andere Zeit entführen …

Wie ein Flüstern im Wind

1. Buch

Die Fahrenden

Die hügelige Landschaft rauschte förmlich an mir vorbei, als ich über die Felder und Wiesen ritt. Auf meinem Pferd fand ich endlich die Freiheit, nach der ich mich so sehr sehnte. Hier draußen war ich einfach nur John – nicht der Sohn eines Adligen. Diese Augenblicke, wenn ich über das feuchte Gras galoppierte, genoss ich insgeheim. Wind wehte mir das Haar aus dem Gesicht und ich fühlte mich frei. Erst als die Hufe meiner Stute im Schlamm eines Ackers versanken, verminderte ich das Tempo, und wir schritten gemächlich Richtung Fluss.

Überrascht zügelte ich meinen Schimmel, als vor mir einige Pferdewagen auftauchten. *Zigeuner?* Meine Stute tänzelte ungeduldig und ich strich ihr über den Hals. „Ruhig", murmelte ich und starrte zu den Fremden hinüber.

Mein Vater wäre nicht begeistert, wenn er wüsste, dass sich Fahrende hier am Fluss niedergelassen hatten. Unentschlossen ließ ich die Zügel lockerer, ritt langsam auf sie zu. Sollte ich sie vertreiben? Würden sie überhaupt auf mich hören?

Die Leute sahen kurz auf, als ich mitten in ihr Lager ritt, ignorierten mich aber größtenteils. Mein Pferd warf nervös den Kopf hin und her. „Nun hör schon auf", ermahnte ich es leise und zog die Zügel enger. Einige hielten nun doch inne und starrten mich an. Ich musste etwas sagen!

„Was soll das hier werden?", fragte ich und kämpfte immer noch mit meiner Stute.

„Wir lagern hier", antwortete ein älterer Mann gleichgültig.

„Das ist nicht zu übersehen. Und wer hat euch das erlaubt? Ihr seid auf dem Land meines Vaters."

Doch sie reagierten einfach nicht. Es war ihnen schlicht egal, was ich sagte. Ärger keimte in mir auf, doch die Wörter blieben mir im Hals stecken. Plötzlich stand ein junger Mann vor mir, strich meiner Stute sanft über die Nüstern und schaffte es, sie zu beruhigen. Braune Locken umrahmten sein Gesicht. Die dunklen Augen sahen mich prüfend an. „So nervös?", sagte er dann leise zu dem Pferd.

Ich holte tief Luft. Der Anblick des Fremden und die Art, wie er mit meinem Pferd umging, hatte mir die Sprache verschlagen! Ich räusperte mich, versuchte mich zusammenzureißen, doch ich konnte ihn nur anstarren. Ein Lächeln huschte über seine gutaussehenden Züge und scheinbar belustigt schüttelte er leicht den Kopf, wandte sich ab.

Ich fühlte mich entlarvt. „Bleib stehen!", brachte ich hervor.

Er gehorchte, drehte sich jedoch nicht um. „Hier ist kein Platz für Befehle. Wir sind keine Eurer Dienstboten." Dann ging er davon und verschwand hinter einem der Pferdewagen.

Einen Moment verharrte ich verdutzt. Unsicher schauten einige zu mir auf und ich brachte es nicht übers Herz, sie fortzujagen. Also wendete ich mein Pferd und flüchtete.

Ein Regenschauer überraschte mich. Nach Hause wollte ich trotzdem nicht. Ich zügelte mein Pferd und hielt das Gesicht in das kühle Nass. Meine Schimmelstute nutzte meine Unaufmerksamkeit und zupfte an einigen Gräsern. Ich beugte mich vor, wollte ihren Kopf behutsam hochziehen, aber sie schnaubte unwillig und stellte sich stur. Mit einem Schmunzeln sah ich auf mein Pferd, das nur Dummheiten im Kopf besaß.

„Du bist ein stures Biest und ich bin viel zu nachgiebig, weißt du das? Komm schon!" Bei diesen Worten hob die Stute zwar den Kopf, buckelte aber.

„Himmel, dann lauf zu!" Diese Worte schienen für sie das Stichwort zu einem gnadenlosen Galopp zu sein, der mich bis in den Wald trug. Dort parierte ich sie durch und ritt im Schritt weiter.

Regen rauschte auf das dichte Laub der Wipfel, die nur vereinzelte Tropfen hindurchließen. Eine Weile sah ich dem Wiegen der Äste zu und dachte an den jungen Mann. Begann es wieder? Würden diese verwirrenden Gefühle niemals aufhören?

Als Vater mir damals das erste Mal meine Frau Hellen vorgestellt hatte, hatte ich ihre Sanftmut faszinierend gefunden und später in die Heirat eingewilligt, in der Hoffnung, dass sie mir die Flausen aus dem Kopf trieb. Noch heute, nach fast sieben Ehejahren, bewunderte ich Hellen für ihre Geduld, ihre innere Ruhe, die unerschütterlichen Gefühle, die sie für mich hegte. Mehr noch als meine Schwester Deidre wurde sie eine Vertraute, doch ihre Gegenwart erinnerte mich jedes Mal daran, dass ich ihrer Liebe einfach nicht gerecht werden konnte. Denn meine allergeheimsten Gedanken gingen in eine völlig andere Richtung, die ich niemals aussprechen durfte.

Wieder schweiften meine Überlegungen zu den Fahrenden. Der Ausdruck gefiel mir besser als Zigeuner, denn er verunglimpfte diese Menschen nicht. Die Augen des Mannes erschienen mir wie die Fenster einer Seele, auf die ich schon lange wartete. Würde er nun meine Träume beherrschen, wie damals Hellens Cousin? Oder wie der Stallbursche der O'Brians, den ich sehnsüchtig in meiner Jugend beobachtet hatte?

Ich seufzte auf. Konnte ich nicht einfach normal sein? Was brachten diese Gefühle, diese Träume mir? Nichts! Noch nie hatte ich ihnen in irgendeiner Weise nachgegeben, ich fügte mich stets den Wünschen meiner Familie.

Dieser Fremde beherrschte nun trotzdem mein Innerstes.

Nachdenklich stieg ich ab, starrte auf das Unterholz. Meine Stute wandte den Kopf und stupste mich an. Sie erspürte meine Stimmungen wohl besser als jeder andere. Ich lehnte meine Stirn an ihre. Still verharrten wir in dem Zwielicht des kleinen Hains. Sie riss mich aus meinem düsteren Denken, als sie übermütig ihren Kopf an mir rieb. Mit einem Lächeln schubste ich sie zurück. „Wenn du dich kratzen willst, nimm einen Baum!", rügte ich sie.

Eine Weile wartete ich den Regen ab, lief ein Stück zu Fuß durch den Fichtenwald. Die Stute trottete hinter mir her. Als der Weg zurück auf die Felder führte, stach die Sonne hervor und leuchtete durch die Krone einer alten Eiche. Ihre warmen Strahlen ließen mich lächeln. Ich atmete tief durch, schwang mich wieder auf den Rücken meines Pferdes und ritt zwischen den niedrigen Trockenmauern, die unsere Felder begrenzten, zurück nach Hause.

Unser Herrenhaus stand zwischen hohen Buchen. Ein knorriger Kirschbaum drängelte sich zwischen die Laubbäume und der Efeu rankte sich von den Stämmen bis an die grauen Wände des Gebäudes. Der Vorgarten wirkte verwildert, weil das Geld fehlte, um einen Gärtner zu entlohnen, aber ich mochte es so.

Lilly-Ann, unser Stallmädchen, nahm mir die Stute ab und ich schlich zum Hintereingang, weil ich nicht wollte, dass man sah, wie feucht meine Kleider waren. An der Rückseite des Hauses bildeten Rosen eine fast undurchdringliche Barriere. Die roten Blüten ragten bis zu den Fenstern hinauf und wiegten sich im Wind. Meine Heimlichtuerei war vergebens, denn meine Frau Hellen erspähte mich, sobald ich eintrat.

„Wo warst du, John?" Sie kam auf mich zu. Sorge umwölkte ihre sanften Gesichtszüge.

„Nur ausreiten", antwortete ich wortkarg.

„Warum hast du mich nicht mitgenommen?", antwortete sie mit einem traurigen Ausdruck.

Ich sah kurz zu meiner Schwester Deidre, die ruhig an einem Stickrahmen ihre Muster bearbeitete. Sie brauchte nichts zu sagen. Ihr geringschätziger Blick reichte völlig aus, um mir ihre Meinung mitzuteilen.

„Es tut mir leid, Liebes", wandte ich mich wieder an Hellen. „Aber vielleicht war es auch besser so, denn mich überraschte ein Regenschauer."

„Das sehe ich", sagte sie lächelnd. „Komm, ich lege dir etwas Trockenes bereit." Hellen wandte sich ab und ging die Treppe hinauf. Ich schaute ihr nach. Ihr hellbraunes Haar war hochgesteckt und sie trug ein schlichtes aber ausladendes Kleid, das sie nun vorne raffte, um nicht auf den Stufen zu stolpern. Anstatt ihr zu folgen, ließ ich mich in den Sessel neben Deidre fallen, die nun ihre Stickerei sinken ließ.

„Du solltest dich umziehen, John. Vater wird nicht begeistert sein, wenn er seinen Sessel feucht vorfindet."

Ich starrte auf den Siegelring an meiner rechten Hand. „Ja, ich weiß."

Deidre schnaubte leise, als ich keine Anstalten machte, mich zu erheben. Ich ignorierte ihre Missbilligung und sagte: „Es sind Fahrende auf unserem Land. Sie lagern unten am Fluss."

„Und?", fragte sie und zog die Augenbraue genauso hoch wie ich – sie bevorzugte allerdings die andere Seite.

„Also, Deidre!" Ich hatte die Stimme gesenkt, weil ich nicht wollte, dass Vater etwas mitbekam. „Was denkst du, wird Vater sagen?"

„Gar nichts, wenn er es nicht weiß." Ruhig stickte sie ihr Deckchen weiter und sah nicht einmal auf.

„Ich hatte nicht vor, es ihm sofort zu sagen", erwiderte ich.

„Gut. Und jetzt geh zu Hellen."

Für gewöhnlich hörte ich auf sie. Also raffte ich mich auf. Langsam stieg ich die mit dunkelrotem Teppich überzogenen Stufen hinauf. Ich fasste nach dem Geländer und schaute hinab auf den fadenscheinigen Läufer im Eingang, auf die dunklen Möbel, die das Herrenhaus meiner Familie füllten.

„John?"

Ich riss den Blick von den Räumlichkeiten und strebte auf unseren Wohntrakt zu.

„Ich komme, Liebes."

Hellen und ich verzichteten auf Zofen und Kammerdiener. Deidres Mädchen verschlang genug Kosten. Auch wenn mein Vater ein Baronet war und wir in einem vornehmen Haus lebten, so waren die Ländereien und die Pferde unser einziger Reichtum. Viel Geld besaßen wir nicht, wir gehörten sozusagen zum verarmten Landadel.

Hellen stand in unserem Schlafgemach und reichte mir trockene Kleidung, die ich dankbar entgegennahm.

***

Der Tag verging viel zu rasch. Innerlich beherrschte der junge Fahrende meine Gedanken, deshalb versuchte ich mich abzulenken und vertiefte mich in die Verwaltung, die unseren Landsitz betraf. Vater war, seit einem Anfall vor zwei Jahren, ein wenig durcheinander. Oberflächlich betrachtet merkte man ihm nichts an, aber er konnte sich nicht mehr wie früher konzentrieren und sehr oft vergaß er die Organisation des Haushaltes. Trotzdem ließ ich ihn nie spüren, dass ich insgeheim seine Arbeit übernahm. Gefühlsmäßig war er der Herr im Hause und würde es für mich immer sein.

Aber auch mir fiel die Konzentration heute schwer. Ich lehnte mich zurück, starrte auf die Holzverzierungen auf meinem Sekretär. Das Tintenfass war noch immer unberührt und ich spielte mit meiner Schreibfeder, ließ sie durch meine Finger gleiten.

Es klopfte leise und ich fuhr auf. Man musste mich nicht unbedingt träumend bei der Arbeit vorfinden.

„Herein", sagte ich und tauchte rasch die Federspitze in die Tinte, tat geschäftig.

Hellen trat mit einem Lächeln in mein persönliches Zimmer, in dem ich arbeitete, wo aber auch immer noch das Bett stand, in dem ich vor der Ehe genächtigt hatte. Dieser Raum blieb mein Rückzugsort und niemand kam unangemeldet herein.

Ich steckte den Federkiel in das Fässchen und erwiderte ihre Freundlichkeit mit dem gleichen Ausdruck.

„Magst du zum Tee kommen, John?"

„Ja, das ist tatsächlich eine gute Idee." Ich reckte mich ein wenig. Hellen näherte sich, strich mir zaghaft über das Haar. Zärtlich öffnete sie das Band, das meinen zerzausten Zopf zusammenhielt, ordnete die herausgerutschten Strähnen und bändigte sie wieder.

„Sonst tadelt dich Deidre wieder", flüsterte sie mit einem Zwinkern und hauchte mir einen Kuss auf die Wange. Ich räusperte mich amüsiert und folgte ihr in den Salon zum Tee, wo Vater und Deidre bereits warteten.

Der eher formlose Nachmittag ging langsam in den Abend über. Immer noch saßen wir an dem kleinen Tisch. Der Tee war bereits getrunken, Deidre stickte wieder und Vater scherzte mit Hellen, die froh zu sein schien, dass sich jemand mit ihr beschäftigte. Denn ich schaute nur schweigend aus dem Fenster und beobachtete, wie die Sonne hinter den Hügeln von Westmorland unterging. Irgendwann zog ich mich mit Hellen in unsere Räumlichkeiten zurück.

In dieser Nacht liebte ich sie, denn ich wusste, Hellen sehnte sich nach meiner Berührung. Als sie später in meinen Armen schlief, dachte ich erneut an den jungen Mann, der mit seiner Familie am Fluss lagerte. Gereizt verdrängte ich sein Bild aus meinem Kopf und presste Hellen an mich. Wir hatten die schweren Vorhänge nicht zugezogen und ich sah, wie der Regen an die Scheiben prasselte.

Ob ihre Pferdewagen dicht waren?

Ein leises Stöhnen entschlüpfte mir, weil meine Überlegungen mir keine Ruhe gaben.

„Kannst du nicht schlafen?", murmelte Hellen an meiner Brust.

„Doch, sorg dich nicht."

An ihrem ruhigen Atem spürte ich, dass sie bereits weiterschlummerte. Als ich die Augen schloss, ergab ich mich meinen Träumen, wehrte mich nicht mehr dagegen und sah ihn mit wehendem Haar auf mich zukommen.

***

Morgens beim Frühstück saß ich unruhig an dem großen Tisch und war versunken in meinen Gedanken. Irgendjemand sprach mich an, und ich brauchte einen Moment, um dies zu registrieren.

„Wo bist du wieder, John?", fragte mich mein Vater liebevoll.

„Oh, weit weg", antwortete ich schelmisch.

Die Familie lachte verhalten.

„Deidre hat eine Frage an dich gerichtet, mein Lieber." Hellen sah mich auffordernd an. Sie lächelte versonnen, als ich unter dem Tisch nach ihrer Hand griff. Ich schaute auf meine Schwester und erkannte, dass sie mir etwas mitteilen wollte – und sicher nicht das, was sie aussprach.

„Du hast mir gestern gesagt, eines der Holztore an den Weiden wäre nicht in Ordnung."

Ich zog eine Augenbraue hoch. Hatte ich das? Dann begriff ich! Sie wollte mir einen Grund geben, mich zurückzuziehen. Aber warum?

„Ja, ich werde nachher mal sehen, dass ich es Jean zeige."

Vater sah mich wohlwollend an. „Aber nicht, dass du noch selbst den Hammer schwingst."

Wieder schmunzelten sie, Deidre jedoch nicht. Wir schauten uns an.

Bring ihnen Essen, formte sie wortlos mit dem Mund.

Das war also der wahre Grund. Ich nickte unmerklich.

Vater rief nach dem Frühstück nach Jean, unserem Knecht. Damit hatten wir nicht gerechnet. Das Tor der Trockenmauer war eine Ausrede gewesen, damit ich verschwinden konnte. Mir entschlüpfte ein leiser Fluch. Deidre gab mir einen Wink. Ich verstand und verschwand in den Ställen. Denn wenn Jean ein Tor reparieren sollte, musste erst einmal eins beschädigt sein.

„Lilly-Ann?"

Das zarte Gesicht unseres Stallmädchens lugte aus einer der Pferdeboxen hervor. „Ja, Sir?"

„Nimm dir ein Pferd und reite hinten zu den Weiden. Zerschlage dort eines der Holztore."

Sie öffnete überrascht den Mund. „Zerschlagen?"

„Ja – aber bitte übertreibe es nicht. Und zu keinem ein Wort!"

„Ihr werdet es mir doch nicht vom Lohn abziehen?", fragte sie misstrauisch.

„Lilly-Ann! Also wirklich!", sagte ich empört, griff in meine Tasche und holte eine Münze daraus hervor, die ich ihr in die Hand drückte.

Ihr schmutziges Gesicht hellte sich auf. „Ich bin schon fort!" Sie nahm sich einen Holzhammer, führte eine Stute aus dem Stall und schwang sich ohne Sattel auf den Rücken des Tieres. Mit fliegendem Haar preschte sie davon. Erst da wurde mir bewusst, dass sie *meine* Stute genommen hatte. Schnaubend nahm ich den dunkelbraunen Wallach meiner Schwester und ritt in die entgegengesetzte Richtung. Dann zügelte ich kopfschüttelnd das Pferd. Du lieber Himmel, ich war heute so furchtbar zerstreut. Die Lebensmittel!

Deidre kannte mich gut. Sie wartete am Waldrand mit einem Korb. „Wusstest du, dass ich hier sein würde, oder hat dich dein Kopf wieder im Stich gelassen?", fragte sie belustigt.

Ich lachte herzhaft auf. „Es war mein Kopf." Ich beugte mich hinunter und nahm den Korb.

Meine Schwester besaß manchmal eine wohltätige Ader. Mir hingegen war ein wenig seltsam zumute. Gestern noch hatte ich diese Leute nicht gerade freundlich empfangen und heute brachte ich ihnen Essen? Wie würden sie das auffassen? Mit einem Seufzen ritt ich zum Lager. Ich musste den jungen Mann einfach noch einmal sehen. Dieses Geschenk war dafür ein guter Vorwand.

Die Fahrenden sahen alarmiert auf. Unbeeindruckt stieg ich von meinem Pferd und stellte den Korb auf den Boden. „Ein Gruß von meiner Schwester."

„Und was ist das für ein Gruß?"

Ich fuhr herum. Er stand direkt hinter mir, musterte mich aufmerksam. Mein Herz machte einen Satz, geriet ein wenig aus dem Takt, aber ich riss mich zusammen. „In dem Korb sind Nahrungsmittel."

„Und Ihr meint, wir haben nichts?"

„Das meint meine Schwester", erwiderte ich.

Ein Mann mittleren Alters griff nach der Gabe. „Jake! Verärgere die feinen Leute nicht!" Er wandte sich an mich, verbeugte sich leicht. „Ich danke Euch, Sir!"

Jake ... das war also sein Name.

„Tu ich das denn? Euch verärgern?", fragte Jake und sah mich mit einem verschmitzten Ausdruck an.

Fast verlegen schüttelte ich den Kopf.

Seine Augen waren braun, wie die eines Rehs, die dunklen Locken gebändigt und zu einem Zopf gebunden. Vereinzelte Sommersprossen waren auf seiner Nase und seinen Wangen. Nicht viele, man sah sie ausschließlich, wenn man nah vor ihm stand. Ich blinzelte und bemerkte, dass er mich ebenso musterte – allerdings wesentlich schamloser als ich.

„Ihr sagtet gestern, es ist Euer Land?", hakte Jake nach.

Ich nickte. „Ich heiße Jonathan Gregory McKay. Mein Vater ist Baronet und ihm gehören diese Ländereien, ja."

„Mylord McKay oder Sir Jonathan? Wie darf man Euch denn ansprechen?", fragte Jake schnippisch.

Für einen Augenblick schaute ich ihn verdutzt an. Ich war es gewöhnt, mich mit meinem vollen Namen vorzustellen, spürte aber, dass dies hier völlig unangebracht war.

„Wegen meines Vaters nennt man mich meist Sir John, aber ... nenn mich einfach John. Bitte keine Förmlichkeiten."

Immer noch betrachtete er mich abwägend. Dann lächelte er und dieser Ausdruck fuhr mir tief ins Herz.

„Mein Name ist Jakob O'Malley ... aber nenn mich einfach Jake."

Ich konnte ein leises Auflachen nicht verhindern, denn er hatte meinen Tonfall perfekt nachgeahmt.

„Also ... John, vielen Dank für das Essen." Als er meinen Namen aussprach, schien das Eis gebrochen. Jegliche Förmlichkeit fiel von uns ab und ich war dankbar dafür.

Plötzlich blinzelte er, drehte sich um und ging fort. Mich durchfuhr das Gefühl, er würde noch etwas zu mir sagen wollen, also wartete ich, stand wie angewurzelt da. Die anderen beachteten mich nicht. Jake verharrte tatsächlich noch einmal und wandte mir sein Gesicht halb zu.

„Vielleicht kommst du mal am Abend zum Lagerfeuer. Möglich, dass dir so was gefällt."

Er wartete auf eine Antwort.

„Wieso glaubst du, dass ich daran Gefallen finden könnte?"

Jake drehte sich gänzlich zu mir um. Ein Schmunzeln lag auf seinen Lippen. „Weil dein Blick das sagt."

***

Das Lagerfeuer loderte hoch hinauf. Hitze strömte mir entgegen. Musik dröhnte durch die Luft. Ich hörte eine Whistle, eine Geige und eine Art Trommel. Obwohl es wahrscheinlich nur jeweils ein Instrument war, kam es mir wie ein halbes Orchester vor. Meine Augen tränten, weil ich zu nah an den Flammen stand, doch es machte mir nichts aus. In dieser Atmosphäre lag ein besonderer Zauber.

Eine Tänzerin kam in mein Blickfeld, sie wiegte sich zu den Rhythmen. Ihre Bewegungen faszinierten mich. An ihrem Rock waren Glöckchen, die bei jedem ihrer Schritte ein leises Klingen verbreiteten. Sie schenkte mir ein Lächeln und nickte in eine bestimmte Richtung, bevor sie auf die andere Seite des Feuers tanzte. Ich folgte ihrem Wink und fand mich in Jakes forderndem Blick wieder. Rasch wandte ich mich ab, verfluchte mich innerlich, dass ich gekommen war.

Was suchte der Sohn eines Adligen auf einem Fest der Fahrenden?

Aber die Verlockung war zu groß gewesen. Deidre hatte mich gewarnt, sie habe kein gutes Gefühl dabei. – Ich war trotzdem gekommen.

Nun stand ich viel zu nah am Feuer, starrte diesen jungen Mann an, ließ mich von der wilden Musik durchströmen und fühlte mich weitaus wohler als bei den gesellschaftlichen Anlässen, die ich gewohnt war. Jake war plötzlich fort und mein Blick suchte ihn – bis ich eine Hand auf der Schulter spürte. Verdutzt wandte ich mich um und stand ihm direkt gegenüber. „Du hast wirklich die Gabe, wie aus dem Nichts aufzutauchen“, sagte ich laut, damit er mich trotz der Instrumente verstand.

Jake neigte sich nah zu mir und berührte mit seinen Lippen mein Ohr. Ein Schauer rieselte mir über die Haut.

„Es ist besser, wenn du es mir ins Ohr sagst“, riet er mir mit einem Lächeln. „Sonst bist du morgen heiser und kriegst von der Schreierei keinen Ton mehr heraus.“

„Oh. Ja, in Ordnung.“

Jake zog die Augenbrauen hoch, denn da ich normal gesprochen hatte, war es ihm nicht möglich gewesen, mich zu verstehen. Ich beugte mich also meinerseits zu ihm und wiederholte es – war ihm so nah, dass ich den Duft seiner Haut wahrnahm. Leichter Schwindel erfasste mich. Jake hatte eine wundersame Wirkung auf mich.

Die Instrumente verstummten.

„Jake?“ Der Ruf seines Namens hallte wie ein Geheimnis über die Lichtung. Ein Mann hielt Jake eine Gitarre aus dunklem Holz hin.

„Das ist dann wohl mein Zeichen“, sagte er mit einem Schulterzucken, griff nach dem Instrument und setzte sich ans Feuer. Er spielte sich ein wenig ein, und zupfte dann langsame, fast melancholische Töne. Als er zu singen begann, schnürte es mir die Brust zu. Seine Stimme sprach etwas in meiner Seele an. Berührt nahm ich neben ihm Platz.

Sein Lied erzählte von Schottland und der Sehnsucht, endlich nach Hause zu dürfen. Er sang von grünen Hügeln, die im Abendschein golden leuchteten. Von Wäldern, in denen man frei war ...

Er weckte etwas in meinem Herzen, das ich nicht verstand.

Nach dem Lied saß Jake bewegungslos mit der Gitarre da und sah ins Feuer. Die Whistle nahm sein Spiel auf und ihre Melodie wehte in die Nacht hinaus. Fasziniert betrachtete ich das schmal gebaute Instrument in seinen Händen. Ich selbst war eher mit dem Klavierspiel vertraut. Die Gitarre besaß eingebrannte Verzierungen und wirkte sehr alt. Verträumt zupfte Jake weiter auf den Saiten.

„Das hört sich wunderschön an."

Er hielt inne und wandte sich mir zu. „Findest du? Ich bin nicht besonders gut, habe das Spielen nie richtig gelernt. Ich greife die Saiten eher aus einem Gefühl heraus."

„Es klingt so ... zart und irgendwie friedlich. Als würdest du den Saiten ein Geheimnis entlocken."

Meine Worte ließen ihn lächeln. „Du kannst ja sogar poetisch sein."

„Findest du?", entgegnete ich mit den gleichen Worten wie er zuvor.

Jake sah auf seine linke Hand, wohl um sein Spiel zu kontrollieren, denn dies wurde nun etwas komplizierter. Als er sich verspielte, fluchte er leise, versuchte aber der Melodie der Whistle zu folgen. „Ich sollte mehr üben", seufzte er dann und legte das Instrument neben sich.

Die Musik geriet in den Hintergrund und verklang.
Das Knistern des Feuers beherrschte nun die Geräusche der Nacht. Ich beobachtete, wie eine seltsame
Pfeife herumgereicht wurde, die man mir schließlich
anbot.

„Was ist das?"

„Nimm sie", forderte Jake mich auf.

„Und was rauche ich dann?"

„Vertraust du mir nicht?"

Unsicher beäugte ich ihn. „Ich weiß nicht."

„Ist es, weil ich ein Zigeuner bin?"

„Bist du das denn?"

„Die Leute nennen uns so."

Ich erinnerte mich an sein Lied. „Ihr seid aus Schottland, oder?"

„Ja, meine Familie stammt aus den Highlands", erzählte Jake. „Aber dort ist das Überleben noch schwieriger. Wir sind nach England gegangen, als ich ein kleiner Junge war."

Er fixierte mich mit seinen Rehaugen.

„Ein Familienzweig meiner Mutter kommt auch aus
Schottland", sagte ich daraufhin. Ich sah Jake von der
Seite an.

„Wie ist deine Mutter? War sie streng, als du ein Kind
warst?", fragte er leise.

Mein Blick senkte sich. „Sie starb bei meiner Geburt,
ich kenne sie nur von Bildern."

„Meine Ma starb vor zehn Jahren."

„Was fehlte ihr?"

Jake knabberte auf seiner Unterlippe, ehe er antwortete. „Sie hustete so lange, bis Blut kam. Mutter wurde
immer schwächer und bekam später kaum noch Luft.

Eines Morgens lag sie tot im Bett, sie ist einfach nicht mehr aufgewacht. Vater sagt, sie wäre untröstlich wegen meines Bruders gewesen. Aber ich glaube, es war der Husten."

„Das hört sich nach Schwindsucht an. Sonst hat sich keiner angesteckt?"

Jake schüttelte den Kopf.

„Dann hattet ihr Glück. Ich weiß, dass es ansteckend ist. Viele sind daran gestorben, auch in der hohen Gesellschaft." Dann registrierte ich wirklich, was er gesagt hatte. „Was ist denn mit deinem Bruder passiert?"

„Er war auch krank. Zwei Jahre bevor Mutter starb, bekam er ein Fieber und konnte … nun ja … seine Ausscheidungen nicht mehr an sich halten. Ich denke, er starb, weil die Ärzte, die wir fragten, uns nicht behandelten."

„Oh … das … tut mir leid. – Sag mir, wenn einer von euch erkrankt, ja?"

„Und was tust du dann?"

Ein verlegenes Lächeln huschte über meine Lippen. „Zur Not besteche ich Doktor Campbell."

Jake lachte lauthals auf. „Das traue ich dir zu!"

Mir wurde bewusst, wie vertraut wir bereits miteinander umgingen. Und was hatte ich da gesagt? Dr. Campbell bestechen? Ich weiß nicht, was gerade mit mir passierte, aber in mir keimte das Gefühl auf, ich sei verantwortlich für diese Menschen. Lag es daran, dass sie auf unserem Land lagerten – oder lag es schlicht an Jake? Er beobachtete mich. Ich konnte seinem Blick nicht standhalten und sah in das Feuer.

„Nimmst du jetzt einen Zug?"

Argwöhnisch sah ich auf die Pfeife, die ich noch immer in meinen Händen hielt. Plötzlich ließ sich die Tänzerin neben uns nieder. „Nimm davon, es wird dir guttun. Wir wollen dir nichts Böses.“

„Wenn meine Schwester das sagt, solltest du es tun“, sagte Jake.

Ergeben nickte ich und sog an der Pfeife. Es schmeckte überraschend … frisch! Nicht so, wie der stinkende Tabak meines Vaters. Eher so, als würde man in ein duftendes Kräuterfeld treten.

Ich blinzelte, denn mir wurde schwindelig, aber auf eine angenehme Weise. Jake saß ruhig neben mir, die Tänzerin holte ein braunes Säckchen hervor.

„Darf ich dir die Runen legen?“ Neugierig sah sie mich an.

„Ähm … ja, ich habe nichts dagegen.“ Mir fiel ein, dass ich kein Geld bei mir trug. „Ich kann dich aber erst später bezahlen, ich habe …“

Die Frau winkte ab. „Du hast heute Morgen bereits mit dem Essen bezahlt.“

Sie griff in den Beutel, schien sich einen Moment zu besinnen und holte einen flachen Stein heraus. Auf der Rune war eine Art Kreuz und sie legte sie sachte vor sich auf den Boden. Wieder griff sie hinein. Die zweite Rune ähnelte einer Raute, deren Enden sich überkreuzten. Der dritte Stein sah aus wie der Buchstabe H. Sie ordnete die Runen von rechts nach links an und legte ihren Zeigefinger auf die Kreuzrune.

„Nauthiz“, sagte sie leise und sah mich an. „Dies ist eine schwierige Rune und sie beleuchtet das, was im

Jetzt ist. Du stehst unter starkem Zwang. Schatten liegen in dir verborgen, die du nicht sehen willst. Es macht dich unzufrieden und du kämpfst dagegen an."

Ich schluckte. Wie konnte sie derart ins Schwarze treffen?

Ihr Finger wanderte zu dem nächsten Stein. „Die Rune Inguz. Der zweite Stein sagt dir, was du tun *könntest* und Inguz bedeutet Neubeginn." Sie lächelte ein wenig, ihr Blick streifte Jake, bevor sie die Augen wieder auf den Stein heftete. „Es ist an der Zeit, die Schatten mit jemandem zu teilen. Sie anzunehmen und zu erkennen, dass sie nicht dunkel, sondern nur noch nicht von der Sonne beleuchtet sind. Du solltest versuchen, dich zu befreien – von deinem eigenen Denken. Du lebst inmitten von Hindernissen, die du dir selbst in den Weg wirfst. Du musst sie wegräumen."

„Wie kann ich das tun?", fragte ich leise. Mir war, als würden tausend Spinnen über meinen Rücken laufen und ich fröstelte trotz des Feuers.

Ihr Blick bohrte sich in meinen. „Vielleicht musst du deine Denkweise sterben lassen und einer neuen Geburt von Gedanken entgegensehen."

Ich atmete tief ein. Wenn es doch so einfach wäre …

„Die dritte Rune sagt, was kommen wird. Es ist Hagalaz."

Gespannt wartete ich auf ihre Erklärung, doch sie starrte den Runenstein an und schwieg. Als mein Herz vor Aufregung schier aus der Brust springen wollte, seufzte sie und sah mich an.

„Die letzte Rune muss nicht eintreffen. Es ist ein möglicher Weg, der gegangen werden kann. Aber es ist auch der Pfad, der am wahrscheinlichsten ist."

„Was bedeutet Hagalaz?“

„Zerstörung.“

Die Gespräche am Lagerfeuer verstummten.

„Was heißt das, Noirin?“, fragte Jake in die Stille hinein.

„Hagalaz kann einen wachrütteln und die Form ihrer Erweckung kann vielfältig sein. Aber sie zerstört auf ihrem Weg. Es ist kein Vernichten von außerhalb. Die Rune zeigt nur das an, was du selbst erschaffen hast.“

„Ich werde von dem zerstört, was ich erschaffen habe?“, krächzte ich.

„Es ist nur eine Warnung, dass es passieren könnte.“

Mir wurde leicht übel. Ich lachte unsicher. „Deine Deutung sagt mir ja keine rosige Zukunft voraus.“

„Es liegt allein in deiner Hand. Die erste Rune ist unumstößlich, denn du befindest dich in ihr. Die zweite birgt eine Lösung und die dritte zeigt dir eine mögliche Zukunft. Nutze dein Wissen!“

Noirin sammelte die Steine ein, legte sie sorgsam in den Beutel zurück und entfernte sich von uns. Die feinen Glöckchen gaben ihrem Fortgehen etwas unglaublich Mystisches.

Jake reichte mir erneut die Pfeife. Dieses Mal griff ich beherzt danach, nahm einen tiefen Zug.

Ich schielte zu ihm hinüber. Er trug ein helles Hemd, das nur zur Hälfte zugeknöpft war. Die schwarze, abgewetzte Hose schmiegte sich um seine Beine und spannte etwas, weil er im Schneidersitz neben mir saß. Die dunkelbraunen Locken wanden sich immer mehr aus dem Zopf. Sein Gesichtsausdruck wirkte verträumt.

Versonnen betrachtete ich ihn, konnte den Blick kaum von seiner Gestalt lösen. Nach einer Weile griff ich erneut nach der Pfeife, aber Jake verhinderte es und legte sie zur Seite. „Es ist genug …"

Ich fühlte mich leicht und frei, aber auch schläfrig.

Jake half mir auf. „Besser du wachst morgen früh in deinem eigenen Bett auf. Geh jetzt, aber komm wieder."

Unentschlossen stand ich da und Jake brachte mich zu meinem Pferd.

„Der Tabak hat wirklich eine starke Wirkung", lallte ich und hielt mich am Hals meiner Stute fest.

„Das war kein Tabak. Es macht einen klaren Kopf."

„Einen klaren …?"

Jake unterbrach mich mit einem leisen Lachen. „Morgen, wenn du geschlafen hast, wirst du klar sehen können."

„Wunderbar. Das kommt recht selten vor", sagte ich.

„Ich weiß, John." Er schmunzelte. „Und nun reite nach Hause."

Schwankend stieg ich auf mein Pferd und trabte mit ihm davon.

Der Seele nahe

Der Ritt nach Hause war seltsam. Ich fühlte mich benommen, aber meine Sinne schienen geschärft zu sein. Erneut fragte ich mich, was in dieser Pfeife gewesen war. Wenn ich an Jake dachte, stieg in meiner Brust ein Gefühl auf, das mir den Atem nahm. Ich verstand diese Empfindung nicht. Nie zuvor hatte ein Mensch so sehr an meinem Inneren gerührt wie dieser junge Fahrende. Sicher war ich dem männlichen Geschlecht von jeher zugetan, auch wenn ich es stets – vor allem vor mir selbst – verbarg, aber Jake löste in mir etwas aus, das ich nur schwer mit dem gleichsetzen konnte, was ich für andere zuweilen empfunden hatte. Bei dem einen oder anderen prickelte Erregung in mir und ich gab mich Tagträumen hin. Jake hingegen zog mich auf andere Art an. Etwas erwachte in mir, und ich war nicht sicher, ob das gut für mich war, denn ich fürchtete mich davor.

Meine Stute lief durch die Nacht. Der Sichelmond schien silbern auf uns nieder. Müdigkeit übermannte mich trotz aller Überlegungen. Ich ließ meinen Kopf auf den Hals des Tieres sinken, während meine Hand über sein weiches Fell strich. Der wiegende Schritt des Pferdes ließ mich einschlummern.

„Sir?"

Ich schreckte auf.

„Sir John, geht es Euch gut?"

Ich blinzelte und sah in das besorgte Gesicht von Lilly-Ann. Ihr Haar war zerzaust und sie rieb sich verschlafen über die Augen. Die Stute hatte mich zum Stall gebracht und drängte nun zu ihrem Futtertrog. Eine einzelne Laterne beleuchtete karg einen Teil des Außengeländes.

Ich fuhr mir über das Gesicht. „Ja, es ist alles in Ordnung."

„Ist etwas passiert, Sir? Seid Ihr krank?"

Krank? Ich begriff nicht. Dann wurde mir bewusst, dass sie mich schlafend vorgefunden hatte – schlafend auf dem Rücken meines Pferdes.

„Nein, ich bin nicht krank, nur müde. Was machst du denn noch hier?"

„Ich war mir nicht sicher, ob heute Nacht vielleicht das Fohlen kommt. Die Anzeichen dafür sind da, also wollte ich hierbleiben."

„Das ist sehr umsichtig", lobte ich sie. Ein wenig ungelenk rutschte ich vom Rücken der Stute und Lilly-Ann nahm mir die Zügel ab.

„Ihr solltet der Stute endlich einen Namen geben", bemerkte sie leise.

„Ich habe bisher keinen gebraucht und sie auch nicht. Sie reagiert auf meinen Pfiff und auf ..." Ich stockte, denn mir wurde bewusst, dass das Pferd tatsächlich auf den Namen seiner Betreuerin hörte.

„Auf ...?", hakte sie nach.

Ich runzelte die Stirn. „Sie hört ... auf Lilly", sagte ich nachdenklich.

Erstaunt sah sie mich an. „Wirklich?"

Ich schüttelte den Kopf, um Klarheit bemüht.

„Nun ja", sagte sie trocken. „Das liegt wohl daran, dass ständig mein Name gerufen wird, weil man so oft nach mir schickt."

„Nein!", erwiderte ich impulsiv. „Lilly-Ann, das ist es nicht." Ich legte meine Hand auf ihren Arm. Das Mädchen wirkte immer so zerbrechlich und schien doch so stark zu sein. „Sie liebt dich und verbindet mit deinem Namen die Erinnerung an dich. Wenn man nach dir ruft, wendet sie sich dem Rufenden zu, weil sie weiß, du kommst in dessen Nähe."

Verblüfft schaute Lilly-Ann mich an. Es kam selten vor, dass ich Situationen auf diese Art erfasste. Normalerweise erkannte meine Schwester solche Dinge, aber doch nicht ich!

Jakes Worte kamen mir in den Sinn: *Morgen, wenn du geschlafen hast, dann wirst du klar sehen können.*

Mein Blick schweifte zum Himmel, der Morgen dämmerte bereits herauf.

Lilly-Ann weckte mich aus meinen Überlegungen. „Dann nennen wir sie Lilly?"

„Macht es dir etwas aus?"

Sie schüttelte den Kopf. „Ich werde mich um sie kümmern, Ihr könnt beruhigt schlafen gehen." Sie betrachtete mich und in ihren Augen lag eine gewisse Sehnsucht. Verlegen wandte ich den Blick ab, bedankte mich rasch.

Ich schlich zum Dienstboteneingang und schlüpfte hindurch. Zu meinem Erstaunen hörte ich Stimmen – und meinen Namen. Ich horchte auf, versuchte zu verstehen, was sie über mich sagten.

„John!"

Ertappt fuhr ich herum. Deidre sah mich mit großen Augen an, zog mich fort von der Tür. „Wo warst du? Es ist fast vier Uhr morgens!", zischte sie.

Ich warf einen schnellen Blick zum anderen Zimmer und erkannte, dass Hellen besorgt mit meinem Vater sprach.

„Ich war bei den Fahrenden."

„Du kannst nicht einfach für Stunden verschwinden!", rügte Deidre mich leise.

„Und warum nicht?", erwiderte ich trotzig.

Sie zog mich noch weiter weg, in die Dunkelheit der Bibliothek. „Weil du der Sohn eines Baronets bist! Weil du verheiratet bist! Weil du mir …" Sie stockte, sah mich einen Augenblick an und schwieg.

Ich strich ihr über die Wange. „Was muss ich dir, Schwester?"

„Weil du mir doch sagen musst, wo du hingehst."

„Aber ich sagte dir, wo ich hingehe", erklärte ich ruhig.

Deidre schnaubte empört. „Das war gestern am frühen Abend! Jetzt ist es fast Morgen und ich dachte, sie hätten dir die Kehle aufgeschlitzt."

„Es sind gute Leute. Du hast recht daran getan, ihnen Essen zu schenken."

Deidre funkelte mich mit einem Ausdruck an, den ich nicht recht begriff.

„Es geht mir gut, wirklich."

Forschend blickte sie mich an. „Was haben sie mit dir gemacht?"

Ich zog irritiert die Augenbrauen zusammen. „Nichts! Was sollen sie denn gemacht haben?"

Sie blinzelte. „Ich weiß nicht." Ich hörte den Stoff ihres Kleides leise rascheln, Deidre trat einen Schritt zurück. Dann straffte sie sich und ging an mir vorbei aus dem Raum. „Hellen! John ist gekommen." Meine Schwester warf mir einen letzten Blick zu und wandte sich abrupt ab.

Im selben Moment stürmte Hellen in die Bibliothek und fiel mir impulsiv in die Arme. „Oh Gott, John! Wo warst du?" Sie umarmte mich fest.

Vater war da weniger herzlich. „Wo bist du gewesen? Hast du dich in einem Wirtshaus herumgetrieben?", fragte er scharf.

Mein Blick ging Hilfe suchend zu Deidre, doch die starrte mich nur an.

... dann wirst du klar sehen können ..., hallte es in meinen Gedanken wider. Ich wusste, was ich sagen musste.

„Vater, auf unserem Land sind Fahrende."

Besorgt runzelte mein Vater die Stirn. „Zigeuner?!"

„Nein, Vater, keine Roma. Es sind Pavee, die ursprünglich aus Schottland hierherkamen. Ich habe sie entdeckt und als dein Sohn musste ich kontrollieren, ob sie eine Gefahr für uns darstellen. Aber es sind gute Leute und ich habe ihnen erlaubt, bei uns am Fluss zu lagern. Vielleicht können sie uns bei der Ernte helfen. Es sind einige kräftige Männer dabei. Sie haben mich eingeladen, bei ihnen zu verweilen, und ich hätte es unhöflich gefunden, das abzulehnen. Außerdem wollte ich sie kennenlernen. Die Zeit ist etwas zu lang geworden. Das tut mir leid."

Vater, Deidre und Hellen sahen mich bei dieser Offenbarung erstaunt an. Die Richtigkeit meiner Worte überraschte mich selbst.

„Und ... es sind gute Leute?", fragte Vater verunsichert.

„Ja", sagte ich aufrichtig.

Also bestimmte Vater mich zum Vermittler. Ich vermutete, er hatte nicht die Muße sich mit dem niederen Volk zu befassen. Hellen schaute mich an, als hätte ich eine Heldentat vollbracht. Ich lächelte ihr zu und sofort glomm in ihren Augen ein Feuer auf. Manchmal fragte ich mich, was sie bewog, so tief für mich zu empfinden. Ich vernachlässigte sie eher, als ihr die Aufmerksamkeit zu schenken, die sie verdient hätte.

Deidre nahm mich in einem unbeachteten Moment zur Seite. „Du solltest sie mit dem Essenskorb abspeisen! Dass sie hier sesshaft werden, war nicht vorgesehen", fauchte sie.

Verdutzt begegnete ich ihrem zornigen Blick. „Dann teil mir deine Gedanken das nächste Mal mit. Ich hatte es anders aufgefasst." Ich ließ sie einfach stehen und atmete tief durch, schluckte meine Wut herunter. Was war nur mit Deidre geschehen? Sie schien von Tag zu Tag verbitterter zu werden und ich begriff nicht, warum.

Später frühstückte ich mit meiner Familie, konnte meine Müdigkeit kaum verbergen, und gähnte hinter vorgehaltener Hand.

„Vielleicht hättest du dich doch ein wenig hinlegen sollen", wisperte mir Hellen ins Ohr.

Meine Schwester beäugte uns und wandte rasch den Blick ab, als ich dies registrierte. Verwirrt beobachtete ich sie und legte dann meine Hand auf Hellens. „Es geht schon, Liebes."

Mir fiel auf, dass mein Vater ungeschickt sein Frühstücksei abpellte, als wisse er nicht mehr genau, wie man das bewerkstelligte. „Soll ich?", fragte ich ihn leise.

Stumm reichte er mir den Eierbecher und ich nahm ihm diese einfache Aufgabe ab. Seit seinem Anfall schienen ihm gewisse Dinge schwerzufallen. Ich begriff nicht recht, wo seine Schwäche lag, versuchte aber, es ihm so leicht wie möglich zu machen, ohne ihn zu bevormunden.

Er lächelte befangen. „Ist nur ein Kribbeln in den Fingern."

„Weiß ich doch, Vater."

Das Gespräch wandte sich tatsächlich den Fahrenden zu. Ich wollte meinen Enthusiasmus, den ich für Jake empfand, um jeden Preis unter Verschluss halten, also argumentierte ich sachlich und verdrängte jedes Gefühl, als ich Jakes Familie beschrieb. Vater gab mir schließlich den Auftrag zu ihnen zu reiten und die Arbeitsbedingungen zu besprechen. Wir wussten beide, dass wir gute Arbeiter bitter nötig hatten. Die vorbeiziehenden Handwerker oder Erntearbeiter verlangten oft einen Lohn, den wir kaum zahlen konnten.

Als ich am frühen Vormittag zum Lager der Fahrenden zurückritt, herrschte dort geschäftiges Treiben. Dieses Mal ignorierten sie mich nicht, sondern winkten mir zu, freuten sich, mich zu sehen. Innerhalb von Augenblicken spürte ich ihre geballte Gastfreundschaft. Sie luden mich zum Essen am Lagerfeuer ein, und ich schlug es nicht aus, wollte den Platz neben Jake ergattern, doch ich war zu spät, und musste mit dem Alten vorlieb nehmen. Er grinste mich mit einem fast zahnlosen Mund an. Ich konnte mich eines Schmunzeln nicht erwehren. Mit seiner hutzeligen Gestalt sah er wirklich seltsam aus. Das Fehlen seiner Zähne unterstrich das Gefühl, einen Kobold vor mir zu haben.

Jake saß mir gegenüber, sah mich lächelnd an. „Das ist Jo, mein Großvater", stellte er mir den alten Mann vor. „Und wie geht es dir heute, John?"

Ich begegnete seinem forschenden Blick. „Gut. Wirklich! Ihr hattet recht. Was raucht ihr da für ein Kraut?"

„Es weckt die Seele", sagte eine Stimme neben mir. Die Tänzerin ließ sich in einer fließenden Bewegung neben mir nieder, drängte sich zwischen den Alten und mich.

„Die Seele?", hakte ich nach.

Sie sah mich mit dunkelbraunen Augen an. Ihr Haar verbarg sie unter einem Tuch, das sie um ihren Kopf geschlungen hatte. Nur vereinzelte Strähnen lugten hervor. Die Glöckchen an ihrem Rock klingelten leise. „Es hilft dem Geist, sich mehr mit der Seele zu verbinden."

„Und du meinst, das war bei mir nicht der Fall?"

Sie lachte auf. „Du warst so weit von deiner Seele entfernt, dass du dir nicht einmal die einfachsten Dinge merken konntest."

Ich schluckte fast hörbar, denn es stimmte. Ich war zerstreut und vergesslich. Jedoch gibt man so etwas nicht gerne zu. „Woher willst du das wissen?!"

Ihre Lippen kräuselten sich amüsiert. „Du weißt nicht einmal mehr meinen Namen", gab sie zu bedenken.

Ich starrte sie an. Fieberhaft sann ich nach dem Klang ihres Namens. Er war fort, obwohl ich genau wusste, dass Jake ihn mir am letzten Abend genannt hatte.

„Noirin", half Jake aus.

„Aber *seinen* Namen habe ich nicht vergessen!" Ich
zeigte auf Jake.

„Nun, das ist auch nicht verwunderlich", sagte Noirin
amüsiert.

„Nicht verwunderlich?"

„Still jetzt." Noirin legte den Zeigefinger an meine Lippen.

Zu meinem Erstaunen beteten sie vor dem Essen. Es
war kein auswendig gelerntes Gebet, so wie wir es in
der Familie taten, sondern ein ehrliches Gespräch mit
Gott, das mich berührte. Sie gaben mir von ihrem spär-
lichen Essen ab, als wäre ich einer der Ihren. Ich versprach ihnen, am nächsten Tag Brot und Käse vorbei-
zubringen.

So verging der Tag. Ich lernte diese Menschen immer
mehr schätzen, bot ihnen an, für unser Haus zu arbeiten und sie willigten sofort ein. Jakes Vater Joseph erzählte mir, dass ihre Familie größtenteils aus Handwer-
kern bestand, die es gewohnt waren, vielfältig und hart
zu arbeiten. Auch mit der Erntearbeit waren sie vertraut.

„Wir können euch nur einen kleinen Betrag bezahlen.
Dafür kann ich euch Essen zusichern."

„Das ist mehr, als wir sonst bekommen", antwortete
Joseph dankbar. Er strich sich durch das ergraute Haar
und nickte zufrieden.

Der Nachmittag neigte sich dem Ende zu und ich verabschiedete mich. Jake war in seinem Wagen verschwunden, als brauchte er Zeit für sich. Verstohlen betrachtete ich das geschlossene Fuhrwerk, das sein Zuhause darstellte. Die rötliche Farbe blätterte etwas ab,
aber ich sah feine Verzierungen, die jemand mit sehr

viel Mühe aufgemalt hatte. Ob Jake das selbst aufgepinselt hatte?

Ich gab mich der Hoffnung hin, dass er noch einmal herauskommen würde – aber er kam nicht.

Noirin hielt mich auf, als ich aufsteigen wollte. Lilly tänzelte nervös und ich hielt ihre Zügel kurz. Jakes Schwester hielt meinen Arm fest. Verwirrt begegnete ich ihrem scharfen Blick.

„Behandel ihn gut und tu ihm nicht weh!", zischte sie.

„Was? Ich verstehe nicht."

Sie neigte den Kopf, als wäge sie ab, was sie von mir halten sollte. „Ich habe gesehen, wie du ihn ansiehst, und er wird es tun, wenn du es verlangst – so wie er es immer macht, um uns zu helfen. Weil du gut zu uns bist. Weil du uns Arbeit gibst." Noirin schwieg kurz, dann wiederholte sie ihre ersten Worte: „Behandel ihn gut!"

Dann wollte sie einfach gehen. Nun hielt ich sie fest. Ärgerlich sah sie mich an und riss sich los.

„Was willst du mir sagen, Frau?"

Noirin betrachtete mich mit einem Stirnrunzeln. Scharf sog sie den Atem ein. „Ich rede von dem Preis."

„Was für ein Preis?" Ich gebe zu, dass ich sie in diesem Augenblick einfach nicht verstehen *wollte*. Jedoch sickerte eine Erkenntnis langsam in meine Gedanken. Sie schlug mir auf den Unterarm, ließ mich stehen und murmelte etwas von einfältig. Die Zügel entglitten meiner Hand. Rascher als sie erwartet hatte, war ich vor ihr, versperrte ihr den Weg.

„Der Preis, ja? Und warum muss Jake ihn zahlen? Was ist, wenn ich ihn von *dir* fordere!"

Noirin lachte mit heiserer Stimme. „Du würdest mich nicht wollen." Sie lief an mir vorbei und ging einfach davon.

Ich konnte nicht anders, als die Situation klarzustellen. „Ich werde keinen Preis verlangen – von niemandem!", rief ich ihr hinterher.

Noirin verharrte kurz, wandte mir ihr Profil zu. Ich sah, wie sie zögerte. Fast unmerklich nickte sie und stieg in einen der Pferdewagen.

Ich musste diese Erkenntnis erst einmal verarbeiten.

... er wird es tun, wenn du es verlangst – so wie er es immer macht, um uns zu helfen ...

Natürlich wusste ich sehr wohl, worauf Noirin anspielte. Nachdenklich rieb ich mir über das Gesicht, wollte zurück zu Lilly gehen, aber plötzlich stand Jake hinter mir.

„Geh noch nicht", sagte er mit gesenkter Stimme.

Ich begegnete seinem ernsten Blick. Dachte er wirklich, ich würde von ihm verlangen, dass er sich mir hingab? Nur weil ich freundlich zu ihnen war? Mein Gott, wie oft hatte er das schon tun müssen?

Jake hingegen lächelte mich an, fing mein Pferd ein, das durch das Lager spazierte und band es locker an einen Baum.

„Komm mit mir, John."

„Meine Familie wird sich fragen, wo ich bleibe." Nach dem Gespräch mit Noirin verspürte ich nur noch das Bedürfnis, dieser Situation auszuweichen. Warum gab er sich mit mir ab, wenn er damit rechnete, dass ich ihn für meine Freundlichkeit bezahlen ließ?

„Sie kennen dich, John, und werden sich nicht wirklich wundern." Jake grinste frech. „Komm!"

„Wohin?“

„Ich will dir etwas zeigen.“

„Und was willst du mir auf unserem eigenen Land zeigen, was ich nicht schon kenne?“

Jake blieb stehen und schaute mich seltsam an. „Das wirst du sehen, wenn du mitkommst.“

Ich atmete tief durch, folgte ihm ins Zwielicht der Bäume. Das Letzte, was ich von seiner Familie sah, waren die forschenden Augen Noirins, die uns hinterherblickten.

Dann waren wir allein – das erste Mal.

„Siehst du das Licht in den Bäumen, John?“

„Das Licht?“

„Sieh hin!“

Ich blickte zu den Bäumen hinauf. Ihre Kronen wiegten sich im Wind, sacht und mit leisem Rauschen. Die letzten Strahlen der Sonne warfen Lichter auf den Waldboden, weil sie durch das Blätterdach gefiltert wurden. Das Leuchten ließ das Grün der Blätter aufflammen, als würde Leben darinnen sein. Es war wunderschön.

„John ...“, flüsterte Jake, „dort *ist* Leben.“

Erschrocken starrte ich ihn an, wich einen Schritt zurück. „Wieso weißt du, was ich denke?“

Jake wandte seinen Blick nicht von den Bäumen. „Wenn man Verbindung zu sich selbst hat, dann fühlt man oft, was der andere denkt ... wenn man ihm nah ist.“

„Bin ich dir nah?“, fragte ich heiser.

Jake sah mich lächelnd an. „Das weißt du doch“, flüsterte er.

Von Weitem spielte eine einzelne Flöte ihr Lied. Ergriffen lauschte ich den zarten Klängen. Diese Stimmung besaß wahrhaft etwas Zauberhaftes. Ich spürte, wie Jake über mein zurückgebundenes Haar strich, wandte mich ihm verwundert zu. Ohne Vorwarnung näherte er sich. Sein Mund berührte sanft meinen. Erschrocken wich ich zurück, wollte ihm sagen, dass ich nichts von ihm erwarte, doch er legte seine Fingerspitzen auf meine Lippen.

„Geh jetzt nach Hause, John."

Höfisches Benehmen

Ich ritt nach Hause, doch ich hatte nicht alle Sinne beisammen. Am nächsten Tag konnte ich mich kaum auf meine Aufgaben konzentrieren, ließ ständig Dinge fallen, verschrieb mich bei Dokumenten, hörte nicht zu, wenn andere mit mir redeten. Nur Jake tauchte vor meinem geistigen Blick auf.

Er hatte mich geküsst!

Abrupt wurde ich aus meinen Träumereien gerissen, als ich einen empörten Aufschrei hörte.

„John!"

Ich blinzelte und sah die Bescherung. In meiner Zerstreutheit hatte ich das Tintenfass umgestoßen. Mir entschlüpfte ein Fluch. Meine Frau stand vor mir und sah mich verständnislos an. „Was beschäftigt dich heute so sehr?"

Ich enthielt mich eines Kommentars und wischte mit zusammengebissenen Zähnen die Tinte auf. Glücklicherweise hatte es nur das Holz der Tischplatte erwischt, meine Schreibarbeit war bis auf einen Tintenklecks unberührt geblieben, sodass ich wenigstens meine Aufzeichnungen retten konnte.

„Sprichst du nicht mehr mit mir?", hakte sie vorsichtig nach.

„Doch, natürlich. Es ist nichts, Hellen. Ich bin nur unkonzentriert."

Sie seufzte leise und verließ den Raum, wohl um sich wieder ihren Stickereien zu widmen. Gereizt ließ ich mein tintenverschmiertes Taschentuch fallen und klingelte nach der Dienerschaft. Nur wenig später scharrte es leise an der Tür.

„Herein", sagte ich beiläufig und Betty, unser Dienstmädchen, trat ein. Einige Strähnen ihres mausbraunen Haars lugten unter der Haube hervor und ihr Kleid wirkte vorne ein wenig zerknittert. Hatte sie den Boden gewienert?

„Ihr habt gerufen, Sir?"

„Ja, ich habe ein Tintenfass verschüttet, und ich befürchte, dass ich nicht sonderlich gut darin bin, Flecken zu beseitigen."

Sie knickste, verschwand kurz und kam bewaffnet mit Putzutensilien zurück. Ich ließ sie ihre Arbeit tun und schaute versonnen aus dem Fenster.

Von hier aus konnte man den See Derwent Water gut sehen. Nebel wallte auf dem See. Die Bäume standen starr und hoch aufgerichtet um das weitläufige Gewässer. In meinen Gedanken flammte das Lagerfeuer der Fahrenden auf und Jakes Lächeln ließ sich nicht mehr aus meinem Kopf verbannen. Was tat dieser Bursche nur mit mir?

Nur vage bemerkte ich, wie das Mädchen die Tür schloss und mich wieder allein ließ. Mein Blick streifte den Sekretär, in dessen Holz sich nun ein dunkler Fleck befand, dem selbst Betty nicht Herr geworden war. Würde die Tinte in dem rötlichen Holz mich nun immer an Jake erinnern? Mir entschlüpfte ein leises Lachen. Lustlos kramte ich ein neues Tintenfass aus der Lade und widmete mich wieder den Dokumenten, die einige Geschäfte meines Vaters behandelten. Dieses Mal bemühte ich mich um Konzentration, bis es leise klopfte.

„Herein", sagte ich mürrisch und machte mir zunächst nicht die Mühe aufzusehen.

„Unten ist Besuch. Kommst du zum Tee?"

Ich begegnete dem Blick meiner Schwester. Sie trug ihr grünes Lieblingskleid und ihr Haar war recht kunstvoll aufgesteckt, als wolle sie dem Ankömmling imponieren. „Wer ist es? Lester?"

Ein säuerliches Lächeln umspielte ihre Lippen. „Das hättest du wohl gern. Nein, die Sullivans sind da."

Die Sullivans? Gott, steh mir bei!

„Ja, ich komme", sagte ich, denn es wäre ein Affront gewesen, wenn ich ferngeblieben wäre.

„Bevor du unsere Gäste begrüßt, sieh bitte in den Spiegel", sagte meine Schwester und ich sah tatsächlich ein amüsiertes Funkeln in ihren Augen.

Stirnrunzelnd steckte ich die Schreibfeder in das Tintenfass und erhob mich. Der Spiegel offenbarte einige Tintenspuren auf meiner Wange und einen völlig zerzausten Schopf, da ich mir wohl während der Arbeit die Haare gerauft hatte. Seufzend wusch ich mir Gesicht und Hände, ordnete meine Kleidung, und versuchte aus meinem zerrupften Haar einen halbwegs ordentlichen Zopf zu bekommen. Kritisch begutachtete ich meine Aufmachung, schüttelte entnervt den Kopf. Das reichte nicht. Also puderte ich mir das blonde Haar noch heller, auch wenn ich dies noch so sehr hasste, und wechselte mein schlichtes Hemd gegen eines mit Rüschen an der Brust aus. Das weinrote Jackett rundete meinen Auftritt ab, sodass ich beruhigt nach unten ging.

Hellen schenkte mir ein strahlendes Lächeln. Sie trug das roséfarbene Kleid mit den Stickereien und tänzelte auf mich zu. Kleine glitzernde Steinchen waren in ihr Haar eingeflochten und ihr Dekolleté schimmerte leicht, als hätte sie den teuren Perlenpuder meiner Schwester benutzt, den diese noch in besseren Zeiten gekauft hatte. Ihr Korsett erschien mir viel zu eng gebunden und ich fragte mich, ob sie überhaupt noch genug Luft bekam.

„Wir sind ausstaffiert wie zu einem Ball", zischte ich ihr zu und ihr Lächeln verblasste.

„Gefalle ich dir nicht?"

Alarmiert sah ich zu ihr. „Doch Liebes! Du siehst wunderschön aus! Ich ärgere mich nur, dass wir diese Farce wegen dieser Lackaffen tun müssen, die sonst ..." Mir blieben die Worte im Hals stecken. „Gerard! Deidre hat mir erzählt, dass Ihr mit Eurer Gattin zu Besuch seid. Was führt euch in unser bescheidenes Heim?"

Gerard kam auf mich zustolziert und neigte den Kopf. „Euer Diener, Sir."

Ich führte die Begrüßungsfloskel weiter, während wir uns die Hand reichten, geleitete ihn in den Salon, wo Deidre bereits angeregt mit Angelina Sullivan plauderte. Hellen gesellte sich zu ihnen und die Frauen unterhielten sich affektiert über den neuesten Tratsch in der Gesellschaft. Ich schaute mich um, aber meinen Vater sah ich nicht. Hatte er sich hingelegt? Man würde es ihm nachsehen.

Gerard verlangte meine Aufmerksamkeit, als er sachte meinen Arm ergriff und mich zum Tisch zog.

Sein dunkles Haar war gescheitelt und zu einem festen Zopf gebunden. Die langen Koteletten umgaben sein Gesicht wie Schatten. Ich war unsicher, ob dies überhaupt noch der Mode entsprach.

„Kaffee!", sagte er plötzlich.

„Was?", fragte ich verdattert.

Stolz zeigte er auf ein Päckchen, welches Betty, unsere Bedienstete, nun vorsichtig anhob und es wohl in die Küche trug.

„Sehr teuer, Jonathan, aber ich dachte, für diesen Anlass ist es gerade gut genug."

Ich kam nicht recht mit. Welchen Anlass feierten wir?

Gerard musste aufgrund meines verwirrten Gesichtsausdruckes begriffen haben, dass ich nicht wusste, wovon er redete. „Wir haben uns ein neues Sommerhaus gekauft", erklärte er gedehnt.

„Oh! Das ... freut mich für euch."

Mit einem seltsamen Anflug von Begeisterung, die ich so noch nie an ihm wahrgenommen hatte, erzählte er mir, wie groß und herrschaftlich das Haus sei, betonte die Lage, beschrieb die teure Einrichtung. Meine Gedanken schweiften irgendwann ab. Ich zeigte einladend zum Tisch, wo wir Platz nahmen, und zwang mich zu einem Lächeln. Die Sullivans wussten, dass sich unser Vermögen größtenteils auf das Land beschränkte. Das hielt ihn nicht davon ab, sehr ausschweifend von seinem weitläufigen Park zu schwärmen, der dem Sommerhaus angehörte.

Betty gab sich wirklich Mühe, um unsere Gäste hoheitsvoll zu bewirten. Dennoch sah ich das Zittern ihrer Hände, als sie uns von dem teuren Kaffee eingoss. Das

Mädchen war es nicht gewohnt, uns auf diese Art zu bewirten. Wir lebten sehr bescheiden, und vor allem Hellen und ich schenkten uns lieber selbst ein. Doch heute nicht.

Als ich die Tasse an die Lippen heben wollte, stieß mir Hellen in die Seite, sodass ich fast den Kaffee auf meine Rüschen verschüttete. Ich warf ihr einen bösen Blick zu, aber nur kurz. Kunstvoll goss sie die schwarze Brühe in den Unterteller, stellte die Tasse beiseite und nippte dann an dem Kaffee. Mir fiel ein, dass dies eine der seltsamen Sitten war, die sich der Adel angewöhnt hatte. Ich fragte mich, wieso man Tee aus der Tasse und Kaffee aus dem Unterteller trank. Als ich den krümeligen Kaffeesatz sah, verstand ich diese Geste etwas besser und tat es Hellen nach.

Der Nachmittag verging schleppend. Der Kragen des Jacketts juckte mich am Hals, das Rüschenhemd kam mir viel zu warm vor und die Sullivans stahlen uns mit ihrer gekünstelten Art die Zeit. Gerard trank später einen großen Vorrat unseres Whiskys aus, was seiner Meinung nach ein karger Ersatz für den Kaffee war, den er uns gebracht hatte. Erst als es fast schon dämmerte zogen sie mit ihrer herrschaftlichen Kutsche ab. Deidre sah ihnen sehnsüchtig hinterher und ich fragte mich, ob sie wohl den Wunsch hegte, ein Leben im Reichtum zu verbringen. Meine Frau hingegen ließ sich schwer auf einen Sessel fallen und seufzte ergeben auf. Ihr Ausdruck brachte mich zum Lachen, denn sie rollte mit den Augen und zupfte an ihrer kunstvollen Frisur. Deidre blieb noch im Eingang und schaute den Sullivans hinterher, ich hingegen ging zu Hellen, küsste sachte ihre Wange. „Ich reite noch ein wenig aus.“

„Wäre ich nicht in diesem engen Kleid, würde ich sofort mit in den Stall kommen“, flüsterte sie leise, damit Deidre nichts mitbekam.

Zärtlich strich ich ihr über die Wange, wie zum Trost, reichte ihr aber kurzerhand das Jackett.

„Ich bringe es später nach oben“, murmelte sie und schloss die Augen. So wie mich die Sullivans aufgekratzt hatten, schien Hellen davon ermüdet zu sein.

Rasch lief ich an meiner Schwester vorbei und steuerte die Stallungen an. Fast erwartete ich, dass sie mich zurückzitierte, doch wahrscheinlich ahnte sie, dass mich nichts aufhalten konnte. Unser Stallmädchen machte mir wortlos Platz, ich sattelte Lilly, ignorierte das gute Rüschenhemd und schwang mich auf das Pferd.

Der scharfe Ritt machte meinen Kopf frei und ich atmete genussvoll die frische Luft, die erstaunlich warm für einen Frühlingstag war. An den letzten Ausläufern des großen Sees Derwent Water zügelte ich meine Stute und stieg ab. Sicherheitshalber band ich sie mit einem weitläufigen Seil aus meiner Satteltasche an einen Baum und ließ mich ins Gras fallen.

Die Halme kitzelten mich und letzte Sonnenstrahlen erfassten die kleine Lichtung, auf der ich mich verbarg. Leise plätscherte das Wasser an das steinige Ufer, lullte mich ein. Mir war immer noch zu warm und ich knöpfte entschieden diese verdammten Rüschen auf. Langsam richtete ich mich auf. Sollte ich schwimmen gehen? Der See wäre sicherlich eisig, aber es würde mein Gemüt abkühlen, meine Gedanken klären. Ein wenig argwöhnisch sah ich mich um. Stille umgab mich. Nur die Bäume und Vögel wären Zeuge. Kurzerhand zog ich das Band aus meinem Haar und entledigte mich meiner Kleidung, stakte nackt in den See. Mir entfuhr ein unterdrückter Schrei, als ich tiefer hineinstieg. Es war wirklich kalt! Abhalten ließ ich mich dadurch nicht. Meine Füße versanken im schlammigen Untergrund und Algen wickelten sich um meine Unterschenkel. Ich streifte die Wasserpflanzen ab und tauchte in den See. Kälte umfing mich, die mir ein Frösteln entlockte. Allem zum Trotz genoss ich das Bad und schmunzelte, als das Haarpuder als weiße Schliere auf dem Wasser tanzte. Um mich aufzuwärmen, schwamm ich mit kräftigen Zügen hin und her – bis ich eine Gestalt bei meiner Kleidung sitzen sah. Erschrocken erkannte ich Jake. Der junge Fahrende beobachtete mich ungeniert und mein Herz geriet ein wenig aus dem Takt. Ich versuchte, Gelassenheit auszustrahlen und schwamm zurück. Bei keinem anderen Mann hätte es mir etwas ausgemacht und ich wäre ans Ufer gestiegen, um mich anzuziehen. Bei ihm zögerte ich, als mir das Wasser bis zur Taille reichte.

„Ist es kalt?", fragte Jake mich spöttisch.

„Ja, ziemlich", antwortete ich wortkarg.

„Willst du dann nicht lieber rauskommen?"

„Ähm, ja", erwiderte ich, verharrte jedoch auf der Stelle.

„Oder soll ich mich erst umdrehen?" Ein amüsiertes Lächeln lag auf seinen Lippen.

„Nein! Ich meine ..." Ich stockte, sog tief den Atem ein und ging zum Ufer.

Jake sah sich suchend um. „Kein Handtuch?"

Befangen schüttelte ich den Kopf, wagte mich nicht zu meiner Kleidung, da Jake direkt danebenstand. Er bückte sich, fischte meine Hose hervor und reichte sie mir.

„Danke." Rasch streifte ich sie mir über und wollte nach meinem Hemd langen, als Jake mir auch dieses entgegenhielt. „Du wärst ein guter Kammerdiener", sagte ich scherzhaft.

Er lachte leise. Ich hingegen fühlte mich unwohl. Die Kleidung klebte an meiner nassen Haut und ich wäre Jake gerne anständig gegenübergetreten. Zaghaft beugte er sich vor und zupfte mir etwas aus dem Haar. Eine der Wasseralgen? Zumindest warf er es in den See. Wieder betrachtete er mich mit diesem intensiven Blick und ich dachte plötzlich an den zaghaften Kuss im Wald.

„Kommst du morgen zu uns? Es ist Beltaine, das Fest, in dem wir den kommenden Sommer feiern."

„Ich komme gerne", sagte ich sofort.

Er nickte und schickte sich an, zu gehen.

Bleib!, dachte ich, doch meine Zunge schien wie eingefroren.

Enttäuscht sah ich ihm nach, wagte aber auch nicht, ihn aufzuhalten, als er zwischen den Bäumen verschwand. Sehnsucht erfüllte mich. „Jake, geh nicht", flüsterte ich endlich.

Der Wald blieb ruhig, Jake war fort.

***

Auf dem Rückweg gebärdete sich Lilly sehr unruhig und ich vermutete, dass ich sie in letzter Zeit nicht ausgelastet hatte. Das Stallmädchen hatte noch andere Dinge zu tun, als meinem Pferd Beschäftigung zu geben, und ich war … nun ja … abgelenkt gewesen. Mit einem Seufzer gab ich nach und meine Stute galoppierte ungestüm über die Wiesen. Nach Hause wollte ich nicht, also lenkte ich sie durch ein Wäldchen. Atemlos kam ich auf ein Anwesen, das mir wohl vertraut war. Zwei Hunde stoben bellend auf mich zu und Lilly scheute etwas. Ich klopfte ihr beruhigend auf den Hals. „Als ob du das nicht kennen würdest", murmelte ich ihr zu, stieg ab und begrüßte die beiden Jagdhunde, die nun wie kleine Irrwische an mir hochsprangen. Lilly schnaubte und wich etwas zurück. Da ertönte ein Pfiff. Die Hunde ließen augenblicklich von mir ab, stürmten auf meinen treuen Freund Lester O'Brian zu.

Das Herrenhaus wirkte viel zu groß für eine einzelne Person und weite Teile davon waren ungenutzt, das wusste ich. Seine Eltern ruhten schon lange auf dem Friedhof in der Nähe und Lester schien nicht gewillt, zu heiraten. So lebte er mit seinen geliebten Hunden, abgeschottet von der Außenwelt in seiner Zuflucht. Das Land verpachtete er und erzielte so höhere Gewinne als wir. Das Geld hortete Lester, weil er ein Gutsherr war, der Schlichtheit und Alleinsein bevorzugte.

Lächelnd kam er auf mich zu. Sein dunkles Haar war entgegen der Mode kurz geschnitten und er trug eine schlichte Leinenjacke. Mit einem Nicken bedeutete er einem Stallknecht, dass er Lilly versorgen solle. Dann umarmte er mich fest. Überrascht schob er mich ein wenig von sich, um mich argwöhnisch zu betrachten. „Hat es geregnet? Du bist ganz feucht."

„Äh, ich war baden", antwortete ich wortkarg.

Lester zupfte an meinen Rüschen herum. „Mit deinem guten Hemd? Deidre wird hocherfreut sein." Er schnaufte amüsiert.

Ich schöpfte hörbar Atem und warf einen vorsichtigen Blick auf mich. Erdkrümel und kleine Blätter hatten sich in meiner Hose verfangen und der feine Stoff des Hemdes klebte nach wie vor an meiner Haut. Unwillig pflückte ich die Natur aus meiner Kleidung. „Die Sullivans waren da", murmelte ich.

„Oh Gott, dann komm rein, ich gebe dir einen Brandy."

Die Hunde tänzelten um ihren Herrn. Entschieden zog Lester mich ins Haus.

Am liebsten hielt sich Lester in seiner Bibliothek auf und dorthin führte er mich. Trotz der angenehmen Frühlingsluft brannte ein Feuer im Kamin. Wärme umfing mich. Der harte Ritt und die feuchte Kleidung hatten mir zugesetzt, ich fröstelte. Seufzend näherte ich mich den Flammen und schloss die Augen. Lester stupste mich leicht an und reichte mir ein Glas. Ich betrachtete die rotgoldene Flüssigkeit nur einen Augenblick und trank es in einem Zug aus. Der Brandy brannte in meiner Kehle, ich genoss ihn trotzdem.

Mit gespielt tadelnder Miene schaute Lester mich an, dann lachte er und schenkte mir nach. „Und? Was haben sie sich dieses Mal gekauft?"

Ich nahm einen vorsichtigeren Schluck. „Ein neues Sommerhaus, mit allem Zierrat", sagte ich heiser und räusperte mich.

„Na, wunderbar. Vielleicht verbringen sie den Sommer dann dort und nicht bei uns.“

Mir entschlüpfte ein Lachen und Lester grinste mich frech an.

Einer der Hunde – ich konnte sie nicht alle auseinanderhalten, denn Lester besaß eine ganze Zucht – gesellte sich zu uns, ließ sich mit einem Grunzen auf den weichen Teppich vor dem Kamin fallen. Ich hockte mich hin und kraulte ihm die Ohren, sodass er genießerisch aufseufzte.

Lester zog zwei Sessel ans Feuer. „Komm, setz dich, John.“

Aufgrund seines verschmitzten Gesichtsausdruckes nahm ich an, dass er gnadenlos über Gerard und Angelina Sullivan herziehen wollte. Schmunzelnd setzte ich mich in einen der Ledersessel und starrte in die Flammen, die mich abrupt an das Lagerfeuer der Fahrenden erinnerte …

„John?“

Mit einem Blinzeln schrak ich auf.

„Welchen Träumen gibst du dich hin?“

„Welchen … Träumen?“, hakte ich verdattert nach.

„Du hättest deinen Gesichtsausdruck sehen sollen. Als ob du frisch verliebt wärest.“ Lester lachte vergnügt auf.

„Ich genieße nur in aller Versonnenheit die Hitze deines Feuers“, konterte ich rasch.

„Und die Wärme des Brandys“, sagte er gedehnt und goss mir ein weiteres Glas ein.

„Ich werde völlig betrunken sein, wenn ich nach Hause komme“, gab ich zu bedenken.

„Hellen wird es dir nachsehen, mein Freund. Wahrscheinlich hat sie sich nach *dem* Besuch selbst einen ordentlichen Schuss Whisky in ihren Tee gegossen – heimlich natürlich."

Diese Vorstellung kam mir so absurd vor, dass mir ein amüsiertes Schnauben entfuhr.

Wir gingen zu belanglosen Gesprächen über und zu meinem Erstaunen sprach mich Lester auf die Fahrenden an. Ob ich wisse, dass sie auf meines Vaters Land lagerten und ob man ihnen dies gewähren solle. Ernst erklärte ich ihm, wie ich die Situation geregelt hatte. Lester schien sehr viel Verständnis für diese Menschen aufzubringen, was mich erstaunte.

„Ich traf im Wald gestern ein Mädchen", erzählte er plötzlich.

„Von den Fahrenden?"

„Ja."

„Und was wollte sie?"

Lester wagte einen vorsichtigen Blick zu mir. „Ich weiß nicht. Kräuter suchen? Sie mochte meine Hunde."

„War es Noirin?"

„Sie nannte sich Mary."

Ich wusste, dass sie zu Jakes Leuten gehörte. Wie sie verwandtschaftlich zu ihm stand, war mir jedoch noch nicht bekannt. Keiner von uns vertiefte das Thema, stattdessen starrten wir nun beide in die Flammen. Der Brandy ermüdete mich, lähmte angenehm meine Glieder, sodass ich am liebsten in dem Sessel eingeschlafen wäre. Als die Standuhr mit leisen Glockenschlägen zehn Uhr ankündigte, raffte ich mich dennoch stöhnend auf. Meine Familie sollte meinetwegen nicht erneut in Aufruhr geraten. In der Flasche befand sich nur noch ein kärglicher Rest Brandy und ich seufzte resigniert auf. Lester schlummerte in seinem Sessel, einen der Jagdhunde halb auf dem Schoß.

„Geh ins Bett, mein Freund." Ich weckte ihn und er blinzelte mich müde an, nickte aber.

Mir war schwindlig, als ich durch das Haus schritt. Ich musste mich ernstlich zusammenreißen, um nicht zu schwanken. Als die Kälte des Abends mich traf, erschauerte ich. Vielleicht hätte ich das Jackett doch mitnehmen sollen. Zitternd ging ich in den Stall. Lilly begrüßte mich mit einem freundlichen Schnauben. So ritt ich betrunken und todmüde nach Hause.

Hellen fragte mich nicht, wo ich gewesen war und reichte Betty nur wortlos meine zerknitterte Kleidung. Ich dachte an Lesters Worte. Ob sie ihren Tee wirklich ab und zu mit einem Schuss Whisky trank? Würde ich dies schmecken, wenn ich sie jetzt küsste? Eigentlich war mir nicht danach, doch in meinem betrunkenen Zustand schwirrten verschiedene Dinge durch meinen Kopf. Plötzlich erinnerte ich mich Jakes Worte.

Kommst du morgen zu uns? Es ist Beltaine.

Das Frühlingsfest der Kelten. Wie viel des alten Volkes steckte in ihm?

Meine Gedanken wurden unterbrochen, als Hellen mir ein Nachthemd reichte, was ich in meinem Zustand unbeholfen überstreifte. Meine Frau schien darüber überaus belustigt und kicherte leise.

„Du warst bei Lester", stellte sie fest.

„Oh ja."

„Ihr zwei werdet irgendwann volltrunken eine Dummheit begehen. Aber nein, die Hunde passen ja auf euch auf", mutmaßte sie glucksend.

Als sie mir eine Nachtmütze reichen wollte, wandte ich ihr einen bösen Blick zu. „So betrunken bin ich nicht, dass ich dieses Ding aufsetze!“

Sie befühlte unbewusst ihr zartes Nachthäubchen. „Aber es hält warm.“

„Ich hab Haare auf dem Kopf, Liebes, die wärmen mich auch.“

„Und wie ist es mit Läusen?“

Pikiert schaute ich sie an. Diese Diskussion führten wir von Zeit zu Zeit, denn Hellen, wie auch der Rest der Familie, schwor auf Nachtmützen.

„Ich hoffe doch, dass in meinem eigenen Bett keine zu finden sind. Oder juckt dir etwa der Kopf?“

Ihre Miene drückte Entsetzen und gleichzeitige Belustigung aus. Sie bewarf mich mit der Mütze und ich fing sie geschickt auf, auch wenn mich die rasche Bewegung ins Torkeln brachte. Gott, wie war ich heil nach Hause gekommen? Lilly musste wirklich blind den Pfad heimgefunden haben, denn ich erinnerte mich kaum an den Rückweg. Sorgsam verstaute ich die Mütze in eine Schublade meiner Nachtkommode und schlug die Decke auf. Betty, die Gute, hatte uns einen Bettwärmer in unsere Schlafstätte gelegt. Ich entfernte ihn und ließ mich mit einem Seufzen in das behagliche Bett fallen. Hellen schlüpfte zu mir unter die Decke und schmiegte sich an mich. Ich legte einen Arm um sie – und fragte mich gleichzeitig, wie es sich anfühlen würde, wenn ich das Gleiche mit Jake täte. Mit schlechtem Gewissen verdrängte ich Überlegungen dieser Art und ergab mich meiner Erschöpfung.

In dieser Nacht schlief ich tief und traumlos.

Erst das Trällern einer Amsel weckte mich. Sie sang in den höchsten Tönen eine wunderbare Melodie, als ob sie den Sommer hervorlocken wolle. Mein Kopf wandte sich zur Seite, doch Hellen war fort. Also gab ich mich meinen Träumereien hin und genoss die Sonnenstrahlen, die mein Gesicht wärmten, da man die Vorhänge bereits aufgezogen hatte. Blinzelnd prüfte ich den Stand der Sonne. Es war spät, viel zu spät! Selbst das Frühstück musste schon vorbei sein!

Verdammt!

Viel zu rasch schwang ich die Beine aus dem Bett. Leichte Übelkeit befiel mich und ein unangenehmer Stich fuhr mir in den Kopf.

„Himmel, Lester", brummte ich, „du und dein verflixter Brandy."

Mein Körper gewöhnte sich trotzdem nach einiger Zeit an eine aufrechte Haltung, und ich entledigte mich meines Nachthemdes, um mich zu waschen.

Kurze Zeit später kam ich tadellos und in schlichter Kleidung die Treppe herunter. Der Blick meiner Schwester drückte Missbilligung aus. Vater las ein Buch und störte sich nicht an meinem Zuspätkommen.

Hellen lächelte mich an. „Im Speisesaal steht noch ein Frühstück für dich."

„Vielen Dank", murmelte ich und erwiderte ihren freundlichen Ausdruck.

Betty goss mir am Tisch heißen Tee ein, da sie wohl spürte, dass ich noch nicht richtig wach war. Recht appetitlos aß ich die Reste, die man mir übrig gelassen hatte. Als sie sich zurückziehen wollte, hielt ich sie kurz auf. „Betty, kannst du bitte einen Korb mit Lebensmitteln zusammenpacken? Es kann ruhig reichhaltig sein."

Das Mädchen knickste und verließ den Raum.

Als ich später das Haus verlassen wollte, hielt mich Deidres Zofe Rachel zurück. Die junge Frau verbarg ihr blondes Haar wie immer akkurat unter einer Haube und wagte nicht mich anzusehen.

„Sir … meine Herrin sagt, Ihr sollt bitte kurz zu ihr kommen."

Und warum sagt meine Schwester mir das nicht selbst?, dachte ich irritiert, erwiderte aber nur: „Ist gut, Rachel. Vielen Dank."

Seufzend suchte ich Deidre in ihrem Zimmer auf. Ich klopfte leise an und wartete höflich darauf, dass sie mich hereinbat. Sie öffnete die Tür selbst und funkelte mich mit einem Blick an, den ich nicht einordnen konnte.

„Rachel sagt, du …"

„Heute Morgen stand eine der Fahrenden in der Küche und fragte ernsthaft, ob sie Maggie helfen könne!", unterbrach sie mich unwirsch.

Maggie war unsere Köchin und die gute Seele der Bediensteten.

„Und wo ist das Problem, Deidre?"

„Du sagtest etwas von Erntearbeit!"

„Die Fahrenden – sie heißen O'Malley – verlangen nicht viel Geld und ich weiß, dass Maggie oft Hilfe braucht, da ihr unnützer Sohn entweder im Wald umherstreift oder irgendwelchen Mädchen nachstellt."

Meine Schwester schnaubte undamenhaft und begann, unruhig durch den Raum zu laufen. Ich trat ein und schloss die Tür.

„Deidre, was ist mit dir?", fragte ich sanft.

Sie verharrte und ich sah, wie sich ihre Brust hob und senkte, als wäre sie gerannt. Abrupt fuhr sie zu mir herum. In ihren Augen spiegelte sich ein Ausdruck, den ich nicht verstand. Dann senkte sie die Lider. Ihr Schweigen hing bedrückend im Raum. Ich näherte mich ihr. „Bist du unglücklich?"

„Warum sollte ich wohl glücklich sein, John? Du treibst dich mit Fahrenden herum, Vater ist nur noch ein Schatten seiner selbst und das Geld fließt uns durch die Finger!"

„So schlimm ist es nicht! Ich verwalte schließlich unsere Gelder und ich sage dir ..."

„Aber wir sind weit davon entfernt, in der gleichen ...!" Deidre stockte und wandte sich ab, ging zum Fenster. „Du verstehst das nicht, John. Dich kümmerte es nie besonders, was die Gesellschaft denkt."

„Und was denkt sie über uns?"

„Ich weiß es nicht!" In ihren Augen schimmerten Tränen. „Sicher lachen sie über uns. Und jetzt beschäftigen wir auch noch Zigeuner. Was sollen Leute wie die Sullivans denn denken?"

Plötzliche Wut wallte in mir auf. „Die Sullivans mögen mittlerweile adlig sein, aber sie sind neureiche Aufschneider, die ihre Beschäftigten um des Geldes willen ausnutzen. Ich weigere mich, mit ihnen verglichen zu werden, ob es nun deine Freunde sind oder nicht", sagte ich scharf. „Großvater hat unser Anwesen heruntergewirtschaftet und Vater hat es mühsam wieder aus dem

Schuldenberg herausgeholt. Sag du mir nicht, du wärst unglücklich, weil du kein verdammtes Sommerhaus hast."

„Es geht doch nicht um ein Sommerhaus!"

„Worum geht es dann, Deidre?"

Ihr Seidenkleid raschelte, als sie mit einer fahrigen Bewegung über den Stoff strich. Hellen hatte nur ein gutes Kleid, das roséfarbene, das sie beim Besuch der Sullivans getragen hatte. Deidre erlaubte es sich, mindestens drei Kleider dieser Art zu besitzen.

„Deidre, ich versuche, deinen Wünschen gerecht zu werden."

„Es geht nicht nur um Geld, ich will ... anerkannt sein", gestand sie leise.

„Warum glaubst du, dass wir in der Gesellschaft nicht anerkannt sind, Deidre?"

„Ich will die Zigeuner nicht im Haus haben", überging sie meine Frage. Meine Schwester straffte sich und an ihrem Blick sah ich, dass das Gespräch für sie beendet war.

Mühsam schluckte ich meine Gefühle hinunter und sagte völlig ruhig: „Das wirst du dulden müssen, zumindest in der Küche. Ansonsten wird Maggie irgendwann überfordert sein und dann kannst du deine Kartoffeln selbst schälen."

Ich verließ ihr Zimmer, schloss leise die Tür und ignorierte ihr entrüstetes Aufkeuchen.

Was dachte sie sich nur? Selbst ich hatte schon bei der Ernte geholfen und Hellen bewirtschaftete sogar gerne ihr kleines Gartenstück. Deidre musste noch nie solche Arbeiten übernehmen und nun beneidete sie auch noch Menschen wie die Sullivans? Kopfschüttelnd polterte ich die Treppe herunter, stürzte aus dem Haus und wollte nur noch fort. Aufgewühlt wie ich war, achtete ich nicht darauf, wohin ich lief und stieß unerwartet mit jemandem zusammen. Verwirrt schaute ich neben mich und sah Noirins verdutztes Gesicht vor mir. Sie schien völlig verunsichert.

„Verzeih!" Rasch rappelte ich mich auf und bot ihr hilfreich die Hand. Prompt ergriff sie meine Rechte und ließ sich von mir helfen.

Mir war nicht nach einem Gespräch. Auch spürte ich Deidres Blicke auf mir, sie schaute mit Sicherheit aus dem Fenster und beobachtete mich. Also warf ich nur einen flüchtigen Blick auf die Schale mit Hühnerfutter, die durch unseren Zusammenstoß verschüttet worden war, murmelte erneut eine Entschuldigung und flüchtete in den Stall.

Meine Stute wieherte aufgeregt, als sie mich sah. Ein Lächeln huschte über mein Gesicht. Ich öffnete das Gatter, schlüpfte zu ihr in die Box und vergrub mein Gesicht in ihrem Fell.

„Meine Schwester treibt mich in den Wahnsinn", murmelte ich. Sanft zupfte die Stute an meiner Jacke.

Da ich Lilly-Ann, das Stallmädchen, nirgendwo sehen konnte, sattelte ich mein Pferd selbst und ritt zu den O'Malleys.

Beltaine

Bei Lillys sanftem Tritt wurde ich ruhiger, schien mich wieder selbst zu finden, obwohl mein Herz begann, schneller zu schlagen, wenn ich an Jake dachte. Als ich zum Lager kam, erblickte ich nur den alten Jo, der rauchend am Feuer saß. Trotz der Sonne besaß der Tag eine gewisse Kühle, und mein Gefühl sagte mir, dass das Wetter umschlagen würde. Als ich Lilly locker an einen Baum band, erspähte ich Jake mit einem großen Hengst. Ich konnte nicht verstehen, was er zu ihm sagte. War es gälisch? Sein Tonfall beruhigte mich ebenso wie das Pferd.

Sanft fuhr Jake mit einer Bürste über das grau gesprenkelte Fell und über die dunkle Mähne. Das Tier schnaubte leise, rieb sich an ihm, sodass Jake ins Schwanken geriet. Mit einem leisen Lachen schubste er den Kopf des Pferdes ein wenig von sich. Prüfend griff Jake dann nach einem der breiten Hufe, die einen ausgeprägten Fesselbehang zeigten. Der Grauschimmel wollte Jake den Vorderlauf entwinden, doch der wies den Hengst mit einem scharfen Ruf zurecht, sodass er den Huf kontrollieren konnte.

Jake verharrte, sein Blick glitt suchend über die improvisierte Weide, die man mit Seilen gesichert hatte. Spürte er meine Gegenwart? Als er mich erspähte, breitete sich ein Lächeln auf seinem schönen Gesicht aus.

Langsam lief ich durch die kleine Pferdeherde der O'Malleys und bewunderte die kräftigen Tiere.

„Liath ist sofort fertig, nur noch einen Moment."

„Ihr habt wunderschöne Pferde", sagte ich und strich einer Stute prüfend über die Flanke.

„Unser einziger Besitz, die Wagen mal ausgenommen", erwiderte Jake und entließ Liath. Der Hengst schüttelte seinen Kopf und tänzelte über das Gras. Wir schauten einen Moment zu, wie er übermütig ein Stück über die Wiese galoppierte.

„Ich habe Liath bekommen, nachdem ein Gutsherr ihn als untauglich für seine Zucht erklärte. Er wollte ihn an einen Schlachthof verkaufen."

„Und er hat ihn dir einfach gegeben?"

„Ähm ... ja, mehr oder weniger. Ich kannte den Mann und der Preis war ... gering."

Das Eifersuchtsgefühl, das mich aufgrund seiner Antwort durchströmte, verstörte mich. Nach diesem ominösen Preis fragte ich nicht.

„Er sieht ein wenig so aus, als ob sich ein Vollblut mit einem Shire Horse eingelassen hat", mutmaßte ich und entlockte Jake ein Schmunzeln.

„Gut erkannt. Seine Mutter ist in rossigem Zustand durchgegangen und quasi geflohen. Man fand sie sehr viel später in friedlicher Eintracht mit einem Arbeitspferd in der Nähe eines Nachbargutes. Liath ist manchmal ein wenig stur, aber auch sehr gutmütig."

Seine Augen sahen mich forschend an. „Du bist etwas durch den Wind", erkannte er.

„Ich hatte einen Streit mit meiner Schwester."

„Dann komm! Wandern wird dir guttun." Er nahm mich am Arm und zog mich mit sich.

„Was hast du vor?“

„Ich entführe dich“, sagte er verschmitzt.

Jake und ich durchstreiften den Wald und stiegen eine Zeit lang die begrünten Hügel hinauf. Er führte mich durch einen Hain und eine Ebene lag vor uns. Inmitten der weiten Wiesenfläche erhoben sich hohe Steine, durch die das Licht der Mittagssonne schien.

Castlerigg, dachte ich.

Ein Gefühl der Ehrfurcht ergriff mich.

Dunkle Wolken türmten sich hinter den Hügeln von Westmorland auf, wurden vom Wind über den Himmel gefegt und wölbten sich über den Steinkreis, als wollten sie die Sonne vernichten.

Wir näherten uns der verwitterten Formation. Eine Böe riss an meinem Haar, als ich die Hand danach ausstreckte. Außen fühlten sich die Felsen des Steinkreises rau und kalt an. Glitt man mit der Hand weiter in den inneren Kreis, schien die Oberfläche leicht glatt geschliffen zu sein. Das Gestein war auf der ebenen Fläche wärmer als außen und ich befühlte verwundert verschiedene Stellen. Ein seltsames Gefühl ergriff mich unerwartet. Ein Schauer rieselte über meine Haut und ich zog mich zurück, schaute zu Jake, der mit geschlossenen Augen den Wind genoss. Erneut streckte ich die Hand aus und berührte dieses Mal das Moos auf den Steinen. Sanft ergriff Jake meine Rechte, löste mich von dem Felsen und zog mich in den Steinkreis. Der Wind verebbte. Stille umgab uns.

„Es ist Beltaine …“, flüsterte Jake. Dann legten sich seine Hände um mein Gesicht und er zog mich zu sich. Seine Lippen legten sich sanft auf meine. Ich verharrte erschrocken. Er löste sich von mir, blieb nah bei mir und schaute mich an. Seine Augen waren so sehr Fenster zu seiner Seele, dass mein Herz förmlich brannte. In seiner Iris schimmerten Lichter und ich war nicht sicher, ob sie vom letzten Sonnenlicht rührten oder einfach der Zauber dieses Ortes durch ihn hindurchfloss. Jake wartete, rührte sich nicht. In diesem Augenblick geschah etwas mit mir. Ich begriff, dass hier der Wendepunkt war, den Noirin in ihren Runen gesehen hatte. Impulsiv beugte ich mich vor, küsste Jake und presste ihn an mich. Ihm entfuhr ein leises Seufzen und mein Körper geriet in Flammen. Verstört wich ich wieder etwas zurück. Jake schien zu begreifen, was ich empfand, und nahm meine Hand.

Wir setzten uns mit dem Rücken an einen der Steine, schauten zu, wie Sonne und Wolken um die Oberhand kämpften. Irritiert nahm ich zur Kenntnis, dass feiner Regen auf das Land fiel, der Kreis der Steine davon jedoch unbehelligt blieb.

Auch mein Gefährte bemerkte das Phänomen. „Ich war mal in einem Steinkreis, darin wuchsen Vergissmeinnicht. Innen waren sie rot, außen normal blau", erzählte er leise, streichelte über meinen Handrücken. „Und in einem Dolmen, den ich mal im Wald gefunden habe, wuchs kein einziger Grashalm, nicht einmal Moos." Er sah mich an.

„Ich glaube, ich habe mal einen Feenring gesehen", nahm ich das Thema auf. „Damals wagte ich nicht, darüber nachzudenken, was es sein könnte. Es kam mir nur vor, als würde das Gras höher sein. Seltsame Pilze wuchsen dort und die Stelle war kreisrund."

„Was dachtest du denn damals, was es ist?"

Ich lachte verlegen. „Ich weiß nicht."

„Und jetzt wagst du es, darüber nachzudenken?"

„Ja."

Jake richtete sich ein wenig auf, um mich besser ansehen zu können. „Warum?"

Ich senkte den Blick. Dieses Gespräch nahm eine ungewöhnliche Wendung. Sanft hob Jake mein Gesicht an und lenkte meinen Blick in seine Augen. „Warum, John?"

„Es ist deinetwegen", gab ich zu. „Mit dir ist es nicht abwegig, über so etwas zu reden."

Ein Lächeln huschte kurz über sein Gesicht und er begann, an den Grashalmen zu zupfen. „Wird sich deine Frau fragen, wo du bist?", fragte er plötzlich.

„Ja ... sicher wird sie das." Der Gedanke an sie bereitete mir Unwohlsein.

„Aber es macht dir nichts aus?"

Tränen schossen mir in die Augen und ich wandte mich rasch ab. Ich zog die Knie an und legte meinen Kopf darauf.

„Verzeih ...", flüsterte Jake.

Plötzlicher Wind peitschte den Regen in den Steinkreis, als wolle er uns vertreiben.

„Es ist wohl besser, wenn wir einen Unterschlupf suchen." Jake erhob sich.

„Ich weiß, wo wir uns unterstellen können. Komm!"

Außerhalb des Steinkreises hielt Jake das Gesicht in das rauschende Nass. Mir war, als ob der Regen alle unguten Gefühle abwusch. Ich lachte leise und nahm Jake bei der Hand. „Komm schon!"

Wir rannten über die Wiese, den Hügel hinunter. Ich führte uns zu einem alten Schafunterstand. Die Tiere blökten und liefen lieber in die Feuchtigkeit der Weide, als ihre Bleibe mit uns zu teilen.

Duftendes Heu umgab uns. Das Rauschen des Regens war allgegenwärtig. Jake fröstelte in seinem dünnen Leinenhemd und ich zog meine Jacke aus, um sie ihm zu geben. Ich bemerkte seinen neugierigen Blick. Dachte er womöglich ...? Meine Hand krampfte sich um den Stoff.

Aber Jake lächelte. Mein Herz geriet regelrecht ins Stolpern, denn er sah mich eindringlich an. Ohne Vorwarnung war er mit einem Schritt bei mir und zog mich an sich.

„John ..." Sehnsucht spiegelte sich in dem einen Wort. Oder wollte ich dies nur so sehen?

Ich spürte seine Lippen. Ein ersticktes Geräusch entfuhr mir.

Oh, dieser Kuss war anders. Die Berührung ging so tief, dass es mich erschütterte. Ich fühlte, wie er die oberen Knöpfe meines Hemdes öffnete. Begehren flammte wie ein Feuer in mir auf. Aber Noirins Worte hallten in meinen Gedanken wider. Ich umfasste seinen Kopf, fühlte das nasse, seidige Haar.

„Jake ... nicht! Du musst das nicht tun!"

Er hielt inne.

Ich wich ihm aus. „Ich werde nicht leugnen, dass ich nach dir verlange. Aber ich ..." Meine Worte stockten, ich wagte, ihn anzusehen. „Ich erwarte das nicht von dir und fordere auch keinen Preis für ..."

Er erstickte mein Reden mit einem ungestümen Kuss und ich keuchte leise auf.

„Sei still, John, oh, sei still. Ich weiß das!", wisperte er an meinen Lippen.

Angst überflutete mich völlig unerwartet. „Jake ... nicht ..." Sanft fasste ich ihn an den Armen, schob ihn etwas zurück.

Verwirrt sah er mich an. Wasser tropfte von seinem Haar auf sein Oberteil, das völlig durchnässt war. Ich sah, wie er zitterte, und legte ihm endlich meine Jacke um die Schultern.

In dem dämmrigen Licht wirkten seine Augen fast schwarz und der Ausdruck seines Gesichtes traf mich tief ins Herz. Ich hob meine Hand, strich fast ein wenig unbeholfen über seine Wange. „Es ist nur ... wegen Hellen", sagte ich heiser.

Jake lachte bitter auf, trat einen Schritt zurück. „Von den anderen – die ich eigentlich *nicht* wollte – hat keiner auch nur einen Gedanken an seine Frau verschwendet." Tränen schimmerten in seinen Augen und mein Magen ballte sich so sehr zusammen, dass er mir wie ein Stein vorkam. Jake fuhr sich über das Gesicht und strich die nassen Haarsträhnen zurück. „Und der Einzige, den ich ... den ich will, der ..." Er wandte sich ab und starrte in den Regen. „... will mich nicht."

Mit einem Schritt war ich bei ihm. „Jake, das ist nicht wahr!"

„Ist schon gut, ich verstehe das."

Meine Hände umfassten seine Schultern, doch er drehte mir den Kopf nur halb zu.

„Das ist das Besondere an dir, John. Deswegen ..." Er brach ab.

Ich fragte mich einen unsinnigen Moment lang, ob *es* vielleicht mit einem Mann kein Verrat an der Ehefrau wäre. Natürlich war das blanker Unsinn, aber auch wenn Hellen mich liebte, war unsere Ehe arrangiert worden und ich empfand eher freundschaftliche Gefühle für sie.

„Ich habe dem noch nie nachgegeben“, flüsterte ich und war über meine eigenen Worte überrascht. Sie entschlüpften mir einfach.

Langsam wandte sich Jake mir wieder zu. An seinem forschenden Blick erkannte ich, dass er sehr genau verstand. „Dann fürchtest du dich?“

„Ja ...“

Seine Hand streichelte mir übers Haar und ein Lächeln legte sich auf seine Lippen. „Aber das musst du nicht.“

Seine Nähe berauschte mich so sehr, dass ich kaum atmen konnte. Furcht vermischte sich mit Begehren. Die Schuld wurde von einem Feuer verdrängt, dem ich nicht entrinnen konnte. Diese Flammen ließen mich vergessen, wer ich war. In diesem Augenblick existierte nur Jake. Es fühlte sich an, als ob ich mein ganzes Leben nur auf ihn gewartet hatte. Und *ihn* sollte ich abweisen? Ich konnte es nicht.

„Zur Hölle mit allem!“, entfuhr es mir.

Ich zog ihn an mich, küsste ihn und spürte, wie er sich in meine Umarmung fallen ließ. Die Zeit schien sich zu verlangsamen. Jede Minute, die ich zuvor ohne ihn gelebt hatte, erschien mir plötzlich so belanglos, dass ich mein Zögern von vorhin kaum fassen konnte.

Jake öffnete weitere Knöpfe meines Hemdes und sah mich fragend an. Zur Antwort nahm ich sein Gesicht in beide Hände und berührte erneut seine Lippen, sodass er erstickt aufstöhnte. Er streifte mir das Oberteil über die Schultern, sodass mich die Kälte des Tages erfasste. Der Wind trieb den Regen zu uns herein. Doch es war unwichtig, verblasste in der Berührung seiner Hände auf meiner Haut, die mir wie die Kraft eines Blitzes erschienen. Sie entfachten einen Brand in meinem Inneren.

Wir stolperten ins Heu, und als unsere Kleidung verteilt im Stall lag, kehrte die leise Furcht vor diesem Neuen zurück. Jake ließ nicht zu, dass ich darin versank, sondern löschte das dunkle Gefühl aus. Ich hingegen ließ nicht zu, dass er sich von mir abwandte. Mit einem zaghaften Lächeln gab er meinem Wunsch nach und schlang seine Arme um mich.

Nie zuvor hatte ich bei der Liebe etwas Derartiges empfunden. Es fühlte sich an, als würden unsere Seelen verschmelzen – als würde *meine* Seele durch ihn endlich komplett sein.

***

Versonnen betrachtete ich die morschen Bretter über mir, die das Dach des Verschlages bildeten. Jake lag in meinen Armen. Ihn so nah bei mir zu wissen, fühlte sich an wie ein Traum, von dem ich wünschte, dass er nie enden möge. Sanft fuhr ich ihm durch das zerzauste Haar, das ihm aus dem Zopf gerutscht war. Sein Kopf war auf meine Brust gebettet und ich sah, wie er gedankenverloren die langen Strohhalme am Boden durch seine Finger gleiten ließ. Er richtete sich auf und sah mich an. Beunruhigt registrierte ich, dass seine Augen glänzten. Tränen?

Ich fuhr erschrocken auf. „Hab ich dir wehgetan?“, flüsterte ich.

Jake legte seine Hand an meine Wange. „Nein!“

„Aber warum ...?"

Er wischte sich über die Augen. „Du hast nicht nur ... du hast ... mich geliebt", raunte er überrascht.

Vielleicht war ich einfach zu ehrenhaft, was das anging, aber ich begriff nicht recht, warum ihn das so sehr verwunderte.

Plötzlich lächelte er, fasste in mein Haar und zog mich zu sich, küsste mich liebevoll. Dann stand er auf, schlüpfte in seine Hose und klaubte seine restlichen Sachen zusammen. Rasch lief er durch den Regen davon. Verwirrt blieb ich zurück. Mit fahrigen Bewegungen zog ich mich ebenfalls an, blieb aber noch lange dort im Heu und dachte nach.

Hatte man Jake bisher wirklich nur ... benutzt? Mir graute bei dieser Vorstellung.

Als der Abend dämmerte, lief ich durch den Nieselregen zurück zum Lager der Fahrenden, um Lilly abzuholen. Jakes Familie hatte sich gut um mein Pferd gekümmert. Suchend schaute ich mich um, doch Jake blieb verschwunden. Also ritt ich zurück zum Herrenhaus.

***

Beim Abendessen mit der Familie erinnerte ich mich immer wieder an Jakes Berührungen, dachte an seine Stimme, seine schimmernden Augen, doch kaum einer nahm Notiz von mir. Hellen plauderte angeregt über neue Stoffe, Vater ließ ihren Redeschwall geduldig über sich ergehen und Deidre schwieg, wie meistens. Sie war die Einzige, die mir seltsame Blicke zuwarf. Schließlich gingen wir zu Bett. Hellen näherte sich mir und half mir aus dem Abendjackett.

„Wieso bist du heute Nachmittag im Regen herumgelaufen?“

„Das Wetter hat mich überrascht“, antwortete ich einsilbig.

„Hoffentlich hast du dich nicht erkältet.“

„Bestimmt nicht, Liebes.“

Hellen begann, mein Hemd aufzuknöpfen. Ihre Hand glitt in mein Oberteil. Alles in mir sträubte sich. Ich wollte nicht, dass sie mich so berührte. Die Erinnerung an Jake war zu nah!

Sie stellte sich auf die Zehenspitzen und küsste mich. Gleichzeitig nestelte sie an den Schnüren ihres Kleides. Ich erwiderte sanft ihren Kuss, suchte aber innerlich nur eine Möglichkeit zur Flucht.

„Hilfst du mir bitte mit den Bändern, John?“, flüsterte sie.

Mit geübten Händen befreite ich sie aus ihrem schweren Kleid. Sie mochte es nicht, wenn Deidres Zofe Rachel ihr half, also tat ich es immer für sie. Doch heute war ihre Bitte von einer Sehnsucht überlagert, die mich mit Angst erfüllte. Schuldgefühle plagten mich. Was war ich für ein Ehemann? Die Lust eines anderen Mannes konnte ich stillen und meiner Frau wollte ich mich entziehen?

Hellen spürte, dass etwas nicht stimmte. „Was ist mit dir? Geht es dir nicht gut?“

„Ich bin nur müde.“

„Du warst aber auch lange fort. Warst du bei den Fahrenden?“

Sie legte ihre Unterkleidung ab und zögerte, das Nachthemd überzustreifen, sah mich auffordernd an.

„Ich ... ja, ich musste einiges mit ihnen besprechen ... wegen der Arbeit, weißt du?" Die Lüge kam eher stotternd über meine Lippen.

Hellen legte ihr Nachthemd beiseite, schlüpfte nackt in unser Bett – erwartungsvoll. „John, komm ins Bett", wisperte sie.

Nicht heute!

Wie versteinert stand ich da, senkte den Blick. Ein wenig verwirrt richtete sie sich wieder auf, stieg aus dem Bett und streifte sich das Nachthemd über. „John, was ist denn?"

Trotz allem war ich ein guter Ehemann und nahm auch meine Pflichten wahr. Hellen hatte es mehr als verdient. Gott, aber nicht heute Nacht!

„Mir ... mir geht es vielleicht wirklich nicht gut." Dies war nicht einmal eine Lüge.

„Du hast dich doch erkältet", bemerkte sie besorgt.

„Mag sein."

Fürsorglich half sie mir aus meinen Sachen und reichte mir mein Nachtgewand. Ihr zuliebe setzte ich sogar diese verdammte Mütze auf. Spät in der Nacht, als alle schliefen, war ich noch immer hellwach. Schon vor einiger Zeit hatte ich die Nachtmütze auf die Kommode gelegt, hätte sie am liebsten in den noch glühenden Kamin geworfen. Hellen regte sich neben mir, seufzte leise im Schlaf. Ich kämpfte mit mir. Hier lag meine Frau neben mir, aber ich sehnte mich so sehr nach Jake, dass es wehtat. Schließlich stand ich leise auf, zog mich an und lief hinaus.

Der Vollmond leuchtete mir den Weg, als ich zum Pferdestall ging und mich ohne Sattel auf Lilly schwang. Mit dumpfen Hufschlägen ritt ich über die nassen Wiesen und hielt erst an der Glut des Lagerfeuers der Fahrenden an. Unsicher stieg ich vom Pferd und band Lilly an einen Baum. Sie schüttelte sich, spitzte die Ohren, als Jakes Hengst Liath leise wieherte und an den Rand der Wiese getrabt kam. Es war eine kalte Nacht. Nebel legte sich wie ein frostiger Hauch über die Landschaft. Frierend verschränkte ich meine Arme. Am Lager hielt nur der alte Jo Wache, starrte mich einen Moment verwundert an.

Was wollte ich hier?

Er winkte mich zu sich. Wie in Trance lief ich auf ihn zu, hockte mich still neben ihn. Jo sog an seiner Pfeife und ich roch, dass zumindest er normalen Tabak rauchte. Wortlos reichte er mir eine Taschenflasche. „Gegen die Kälte."

Prüfend roch ich an dem Inhalt. Whisky, dachte ich und nahm einen ordentlichen Schluck, der mir so stark in der Kehle brannte, dass ich ein Husten unterdrücken musste.

„Hab die Flasche mal nem feinen Kerl geklaut", sagte er und lachte geckernd. „Ist schon ewig her."

Ich schmunzelte, reichte sie ihm zurück. Scharfe Augen betrachteten mich und ich fühlte mich klein wie eine Maus.

„Du bist wegen Jake hier", mutmaßte er.

Nervös strich ich mir das vordere Haar hinter die Ohren, bemerkte, dass ich es nicht zusammengebunden hatte, es mir lose auf die Schultern fiel. „Ich konnte nicht schlafen."

„Aber du bist wegen *ihm* hier."

„Ich weiß nicht."

„Natürlich weißt du das!"

„Mir ... mir kam der Gedanke, dass ich vielleicht ... ruhiger werden würde, wenn ich näher bei ihm bin.“

„Dann geh zu ihm. Sein Wagen ist der mit den aufgemalten Ranken. Siehst du? Dort.“

„Aber er schläft doch.“

„Glaub ich nicht.“ Jo zog an seiner Pfeife und stieß runde Qualmkringel aus. Für ihn schien das Gespräch beendet zu sein.

Mit Herzklopfen erhob ich mich, lief auf Jakes schlichten Pferdewagen zu. Im Mondschein sah ich, dass die rötliche Farbe abblätterte. Die Verzierungen, die mich an Efeu erinnerten, sah man trotzdem deutlich. Zaghaft öffnete ich die schmale Tür und schlüpfte hinein. Silbriges Licht drang durch das Wagenfenster, beleuchtete Jakes schmale Gestalt, die auf einer Pritsche lag. Das erste Mal nahm ich wahr, wie er lebte. Der Pferdewagen war klein und einfach gehalten. Nur wenige Habseligkeiten konnte ich in dem Zwielicht erkennen. Seine Armut erschreckte mich zutiefst und ich dachte erneut an meinen unsinnigen Streit mit Deidre.

„John? Bist du das?“, flüsterte Jake unsicher.

Ich ging zu ihm, kniete mich vor sein Bett. „Verzeih mir, ich wollte dich nicht stören.“

Er richtete sich auf. „Was tust du denn mitten in der Nacht hier?“

„Ich ... ich weiß nicht. Der Schlaf wollte nicht kommen. Ich ...“ Meine Stimme brach ein wenig, also räusperte ich mich. „Du warst heute Nachmittag so schnell verschwunden.“

„Ja, ich weiß und das tut mir leid. Ich ... musste erst begreifen.“

„Was begreifen?“

„Sag *du* es mir, John.“

Zuerst antwortete ich nicht, doch ich verstand sehr gut. „Ich glaube ... ich liebe dich, Jake“, sagte ich so leise, dass ich mich selbst kaum hörte. Ich hatte diese Worte noch nie zuvor so ehrlich ausgesprochen.

Jake blinzelte, schien etwas fassungslos zu sein. Langsam hob sich seine Hand. Sanft strich er mir eine helle Strähne meines Haares aus der Stirn. „Du bist anders, als alles, was ich bisher gekannt habe, John. Du rührst etwas in mir, das ich noch nicht benennen kann, aber es ... fühlt sich wie ein Waldbrand an. Zugleich scheinst du aber auch das kühle Wasser zu sein, das das Feuer löscht.“

Diese Worte waren mehr, als ich je zu hoffen gewagt hätte.

Er schlang die Arme um mich. „Halt mich fest, John!“

Ich presste ihn an mich, als würden wir einander nur diese eine Nacht haben. Langsam ließ ich mich mit ihm auf die Schlafstätte sinken, behielt ihn im Arm. Jake legte seinen Kopf auf meine Brust und ich spürte, wie meine aufgebrachten Gefühle zur Ruhe kamen.

„Jake, wie alt bist du?“, fragte ich im Flüsterton.

„Fünfundzwanzig. Und du?“

„Einunddreißig.“

Keiner von uns ging weiter auf das Thema ein. Wir fröstelten beide und ich zog seine Decke um uns. Nun wusste ich, was ich dieser Familie als Erstes zukommen lassen musste.

„Mit dir ist es nicht mehr so kalt“, wisperte er.

Sanft küsste ich seine Stirn, schloss die Augen und zog ihn näher zu mir. Mit dem Geräusch seiner ruhigen Atemzüge konnte auch ich endlich schlafen.

Ein lautes Lachen riss uns noch vor der Morgendämmerung aus dem Schlaf. Wir rührten uns nicht, sondern lauschten den Stimmen von Jakes Familie, die sich, so schien es, schon am Feuer versammelt hatte. Ihr Gemurmel ließ mich wieder schläfrig werden, obwohl ich spürte, dass Jake unruhig war. Er wusste, dass er eigentlich dabei sein müsste – aber er blieb bei mir.

Das Gespräch der Fahrenden nahm eine andere Wendung – es ging um Jake und mich.

„War er so lange bei McKay, dass er nicht aus dem Bett kommt?", fragte ein Mann mit ärgerlichem Unterton.

Ich spürte, wie sich Jake versteifte und Anstalten machte aufzustehen, doch er setzte sich nur auf und lauschte Noirin, die ihren Bruder verteidigte.

„Er arbeitet hart, genauso wie wir alle. Urteile nicht über ihn."

„Das tue ich nicht!", fuhr er dazwischen. „Ich verurteile diese verdammten Reichen, die meinen, sie könnten ihn für sich beanspruchen!"

„Mit John ist es anders, Vater", setzte Noirin dagegen. „Ich denke, dass John ihn liebt."

Einen Augenblick war Stille und man hörte nur das Knistern des Lagerfeuers.

„Trotzdem nutzt er Jake aus", murmelte er bitter.

War das Jakes Vater? Die nächsten Worte bestätigten meine Vermutung.

„Nein, das tut er nicht, Vater."

„Aber …"

„Jake ist freiwillig bei John.“

Es raschelte leise und wir hörten Schritte, die durch das Lager gingen. Ich vermutete, dass sich Jakes und Noirins Vater erhoben hatte, und nun unruhig auf und ab ging. Jake schwang die Beine aus dem Bett und vergrub das Gesicht in seinen Händen. Ich legte sachte meine Hand auf seine Schulter.

„Wird dein Großvater verraten, dass ich hier bin?“, wisperte ich.

Jake schüttelte nur mit dem Kopf. Sie schienen sich etwas beruhigt zu haben, denn das Gespräch wurde weitergeführt, aber in ruhigerem Ton.

„Ich dachte, er tut das nur, wenn wir in Not sind“, hörte man nun eine jüngere Stimme.

„Das ist ja auch so. Schließlich hat Vater ihm gesagt, dass …“, Noirin wurde unterbrochen.

„Ich habe was …? Nichts habe ich gesagt!“

„Das ist nicht wahr“, vernahm man die knarzige Stimme von Jakes Großvater.

Noirin mischte sich wieder ein. „Wer hat denn zu Jake gesagt, dass er versuchen soll, Nutzen aus den begehrlichen Blicken der reichen Herrschaft zu ziehen? Ich war es nicht!“

Die Stimmung heizte sich auf. „Ich hatte an Frauen gedacht!“

„Für die Frauen aus der hohen Gesellschaft ist es nicht ungefährlich. Außerdem holen sie sich nicht für eine Nacht einen Fahrenden ins Bett. Sicher kommt es vor, dass sich mal eine anderweitig verliebt, aber meist haben sie doch viel zu viel Angst vor ihren Männern. Und was hast du denn gedacht, wo Jake landen würde?“

Noirin klang nun sehr aufgebracht. „Außerdem ist er an Frauen glaube ich nicht interessiert."

„Und was ist mit Mary?", hakte er nach. Ein grollender Unterton schwang in seiner Stimme mit.

Mary? Plötzlich wurde mir leicht übel.

Ein empörtes Schnauben entfuhr Noirin. Jake verkroch sich unter die Decke.

„Wir wissen mittlerweile alle, wie das passiert ist!", schimpfte Noirin. Eine zarte Frauenstimme setzte an, etwas zu sagen, doch Noirin gebot ihr zu schweigen.

„Du hast es auch nicht unterbunden, als du wusstest, wofür Jake bezahlt wurde", fuhr der Jüngere mit dem eigentlichen Thema fort. „Selbst wenn er verletzt zurückkam, hast du wortlos das Geld genommen."

„Gott, sie sollen aufhören!", flüsterte Jake gedämpft. Er schien sich regelrecht vor mir verbergen zu wollen. Die Sache mit Mary begriff ich noch nicht. Trotzdem strich ich ihm sanft über den Rücken, um ihm zu versichern, dass ich zu ihm halten würde.

„Ich lasse nicht zu, dass du so etwas noch einmal tun musst", sagte ich leise zu ihm.

Ein leises Schluchzen entrang sich ihm und mir blutete das Herz. In diesem Augenblick wusste ich, dass ich lieber selbst auf gewisse Annehmlichkeiten verzichten würde, als diese Familie in Not zu wissen. Wir lauschten wieder dem Gespräch draußen, das nun weitergeführt wurde.

„Ich habe die Augen davor verschlossen", sagte Jakes Vater betrübt.

„Das hast du", antwortete Noirin ohne Mitgefühl.

„John liebt ihn also."

„Ja", sagte Noirin ohne eine Spur Unsicherheit.

„Und Jake?“

„Nun, er empfindet ebenso.“

Zärtlich strich ich ihm eine dunkle Strähne aus dem Gesicht und küsste ihn aufs Haar.

„Sie hat recht, John“, murmelte er und schmiegte sich an mich. „Noirin hat recht …“

Draußen am Feuer war nun alles verstummt. Man konnte hören, wie sie sich erhoben und ihrer Wege gingen, um ihre Arbeiten zu verrichten. Jake wischte sich über das Gesicht und spähte nach draußen. „Du kannst jetzt hinaus.“

Wachsam stieg ich aus dem Wagen und Noirin kam mit meinem Pferd am Zügel auf mich zu. „Ihr habt gelauscht“, sagte sie zu mir.

Ich zuckte mit den Schultern. Was sollte ich darauf erwidern?

Noirin lächelte plötzlich. „Nun weißt du, was ich von dir halte, Sir John McKay.“

Noirin benutze das erste Mal die respektvolle Anrede, die man mir oft ehrenhalber verlieh.

Verwundert starrte ich sie an. „Danke“, murmelte ich verlegen.

Plötzlich befiel mich Angst. Was, wenn es Gerede geben würde? „Noirin! Du darfst das auf keinen Fall weitererzählen! Es könnte mein Tod sein, wenn die Gesellschaft das herausfindet!“

„Glaub mir, John, ich weiß das. Wir wissen das alle. Von uns wird niemand etwas erfahren. Passt nur gut auf, dass man euch nicht erwischt.“

Ich nickte beruhigt und stieg auf mein Pferd. Als ich schließlich zurück zum Herrenhaus ritt, stellte ich erleichtert fest, dass niemand meine Abwesenheit bemerkt zu haben schien. Leise schlich ich ins Zimmer, zog meine Kleider aus und schlüpfte wieder in mein Nachtgewand.

Als ich in meinem großen, weichen Bett lag und durch das Fenster schaute, zusah, wie der Morgen erwachte, schmiegte sich Hellen an mich. Ich versuchte, Jake aus meinen Gedanken zu verbannen. Doch das gestaltete sich als sehr schwierig.

Stallgespräche

Die Zeit verflog förmlich und der Frühling ging in den Sommer über. Die Luft roch überwältigend nach Blumen und Gras. An diesem Morgen fühlte ich mich regelrecht betört davon. Heute drückte ich mich vor der lästigen Verwaltungsarbeit und floh zu den Weiden. Am Zaun lehnend beobachtete ich die Pferde ... und Jake. Er überprüfte mit seinem Cousin Brian das sprießende Getreide auf den Äckern, die in einiger Entfernung in der Nähe des Waldes lagen.

Die O'Malleys kümmerten sich mittlerweile mit Lilly-Ann um unsere Pferde und unser zartes Stallmädchen, das zuvor oft überfordert gewesen war, schien überaus dankbar dafür zu sein. Die Äcker wurden von ihnen weitaus sorgfältiger bearbeitet als von den Leiharbeitern, die wir sonst beschäftigten. Einige Leute aus Keswick beäugten die Fahrenden zwar misstrauisch, aber außer Deidre, die dies mit Sorge betrachtete, kümmerte es uns nicht. Auch Maggie profitierte von Jakes Familie, denn keiner von ihnen scheute die Küchenarbeit. Ich bezahlte sie so gut ich konnte, auch wenn es eigentlich zu wenig war. Im Gegenzug verköstigten wir sie. Die O'Malleys schienen mit diesem Handel überaus zufrieden.

Jakes Blick schweifte zu mir, als hätte er gespürt, dass ich in seiner Nähe weilte. Seinen Gesichtsausdruck konnte ich nicht erkennen, aber er sagte etwas zu Brian und kam auf mich zu. Ich begrüßte ihn mit einem Lächeln und wir wahrten die Fassade, hielten Abstand, denn man konnte nie wissen, wer uns beobachtete.

„Arbeitest du heute gar nicht?", fragte Jake mich leise.

„Nein, ich genieße die Sonne und den schönen ... Ausblick."

Auf meine anzügliche Antwort lachte er und kratze sich fast verlegen die halb nackte Brust.

„Offene Hemden finde ich gut." Ich gluckste leise und versuchte ein Lachen zurückzuhalten, da Brian mittlerweile viel zu nah war und ich nicht wollte, dass er ein Techtelmechtel zwischen uns verfolgte.

„Jake, siehst du noch mal nach den Ställen, oder soll ich?", rief Brian in dem Augenblick.

Wir blickten uns an, verstanden uns ohne Worte.

„Ich gehe!", erwiderte er und zwinkerte mir zu.

„Warte, ich habe noch etwas für dich." Ich reichte Jake einen Beutel, den ich zuvor von Maggie abgeholt hatte.

Neugierig lugte er hinein und lächelte. „Du weißt, womit du einen Fahrenden verführen kannst." Hungrig holte er den Brotranken und das Stück Käse hervor, biss herzhaft von beidem ab. „Danke", nuschelte er.

Im Augenwinkel sah ich, wie Brian uns verstohlen beobachtete. Rasch drehte ich mich wieder zu den Weiden, obwohl mir klar war, dass er natürlich von unserer Beziehung wusste. Jakes Schritte verklangen hinter mir und ich schloss die Augen, hielt mein Gesicht in die Sonne. Mein Herz pochte rascher, viel zu schnell. Als ich eine Weile gewartet hatte, richtete ich mich betont langsam auf und folgte Jakes Weg. Unser Stallmädchen war nirgends zu sehen, doch ich hörte Geräusche in den Boxen.

Sei jetzt nicht hier, Lilly-Ann!, bat ich innerlich.

Als ich die Stallung betrat, umfing mich der Geruch der Pferde, vermischt mit dem von frischem Stroh. Aufgrund des Dämmerlichts brauchte ich einen Moment, um mich an die neuen Lichtverhältnisse zu gewöhnen. Nur wenige Tiere verblieben bei dem Wetter im Stall, ich hörte das Schnauben der beiden trächtigen Stuten. Jake schaufelte gerade neues Stroh zu einem der Pferde und hielt inne, als er mich sah. Sein Grinsen konnte man durchaus als unverschämt bezeichnen, als er die Heugabel beiseitestellte und die Box schloss. Er tänzelte die Leiter hinauf und war schneller durch die Luke zum Heuboden verschwunden, als ich hinterherkommen konnte.

Seine Arme schlangen sich um meinen Hals. Ich lachte unter seinem stürmischen Kuss, schob ihn ein wenig von mir und funkelte ihn an. „Erst erzählst du mir endlich von der Sache mit Mary."

„Du willst *jetzt* über Mary reden?"

Seit wir seine Familie belauscht hatten, versuchte ich ihm dieses Geheimnis zu entlocken. Doch er blieb seit Wochen so stur, wie ich unnachgiebig war.

Heute schien er zu resignieren, ließ sich grummelnd ins Heu fallen. Ohne Vorwarnung griff er sich eine Handvoll der duftenden Halme und warf sie nach mir, traf mich direkt ins Gesicht, sodass ich prustend zurückwich.

„Also ... Mary stellte mir nach, aber ich wollte nicht recht. Vor sieben Jahren lockte sie mich mit einem Vorwand zu einer einsamen Stelle und ... ähm ... verführte mich dann doch", sprudelte es aus ihm hervor. „Eigentlich wollte ich das gar nicht! Aber sie sagte, ich könne es nicht nur mit Männern treiben, also gab ich nach. Es war nur einmal, aber sie ..." Jake schluckte schwer und ich starrte ihn mit offenem Mund an. „... wurde schwanger. Du kannst dir die Prügel, die Vater mir angedeihen ließ, kaum vorstellen."

Völlig verblüfft realisierte ich, was er gesagt hatte. „Die Kleine ist ...?"

„Ja, Elissa ist meine Tochter." Verlegen senkte er den Blick. „Aber Mary ist schließlich meine Cousine und deshalb halten wir es geheim."

„Ist Mary nicht um einiges älter als du?", fragte ich immer noch entgeistert.

„Ja, fast zehn Jahre. Sie hat meine ... öhm ... jugendliche Dummheit auch voll ausgenutzt." Er lachte mit heiserer Stimme.

„Deshalb wolltest du es nicht erzählen."

„Manchmal lässt sie mich immer noch nicht in Ruhe, aber seitdem wir hier sind, geht es. Sie ist ein bisschen komisch."

„Meinst du, sie ist in dich verliebt?"

„Ich denke ja."

Behutsam legte ich einen Arm um ihn. „Weiß die Kleine es?"

Er schüttelte den Kopf. „Vielleicht sage ich es ihr später mal, aber sie fragt nie danach." Ein Lächeln huschte über seine Züge. „Aber sie liebt mich trotzdem."

„Du nennst sie Lissy, oder?"

„Auf Elissa hört sie ja nie", sagte er mit einem amüsierten Schnauben.

Ich hätte ihn gerne gefragt, ob er denn außer mir überhaupt keine schönen Erfahrungen gehabt hatte, aber ich wagte es nicht, fürchtete die Antwort. Völlig unerwartet nahm er mein Gesicht in seine Hände und küsste mich sanft. „Ich will jetzt nicht mehr an Mary denken."

Dem würde ich nicht widersprechen …

Als Schritte unten im Stall erklangen, fuhren wir erschrocken auseinander. Uns entschlüpfte beiden ein Fluch und wir verhielten uns still. Als das Scharren der Leiter ertönte, stieß Jake mich ins Heu und schaufelte Unmengen davon auf mich, sodass ich kaum Luft bekam.

Ich hörte Lilly-Anns verdutzte Stimme, als sie Jake gewahrte und konnte ein Auflachen kaum unterdrücken, also presste ich mir die Hand auf den Mund. Plötzlich dachte ich an mein Jackett, das ich ausgezogen hatte. Mir war bewusst, dass ich mich nicht rühren durfte, aber diese Situation kam mir so absurd vor, dass ich innerlich vor Belustigung zitterte. Es raschelte leise und ich hoffte, dass Jake mein Kleidungsstück ebenfalls verbarg. Er tischte Lilly-Ann gerade eine perfekte Lüge auf, die seine Anwesenheit auf dem Heuboden erklärte und Schritte entfernten sich, das Mädchen schien den Stall wieder zu verlassen. Jake wühlte sich zu mir durch und ich konnte nur in Lachen ausbrechen, als er mir das Heu aus dem Haar zupfte.

„Nicht wirklich so ungestört, wie wir dachten", bemerkte er und ließ sich trotzdem nicht davon abhalten, seine Lippen auf meine zu pressen.

„Möchtest du …?", begann ich, sah ihn aber nur fragend an.

Er hielt inne. „Was denn?", wisperte er.

„Ich meine, möchtest *du* ... auch ...?"

Endlich begriff er und starrte mich erstaunt an. „Du würdest dich mir hingeben?"

„Wie könnte ich mich dir verweigern, wenn du dich mir hingibst?"

Sein Blick senkte sich. „Andere hatten damit keinerlei Probleme, glaub mir."

Mit Herzklopfen wartete ich, wusste nicht wirklich, ob ich *dazu* bereit wäre, aber es war, wie ich sagte. Ich würde es ihm schenken. Mit einem tiefen Atemzug holte Jake Luft, schüttelte den Kopf. „Ich fühle mich nicht besonders ... männlich ... in deiner Gegenwart." Er lachte unsicher. „Vielleicht später einmal."

Zart strich ich ihm über seine zerzausten Locken. „Du kannst fühlen, wie du möchtest ... in meiner Gegenwart." Dann küsste ich ihn.

Unerwartete Nachricht

Das Getreide wuchs und die Wochen zogen ins Land. Dieses Jahr war die Ernte wirklich gut, denn das Wetter war meist sonnig geblieben, nur durchbrochen von sanften Regengüssen. Durch die O'Malleys brauchte ich mich nicht weiter darum zu kümmern, denn mittlerweile arbeiteten sie selbstständig und ich wusste, dass man sich auf sie verlassen konnte. Selbst Deidre ertrug sie stillschweigend.

Wir saßen beim Tee beisammen und ich schaute geistesabwesend aus dem Fenster, die zierliche Tasse in der Hand. Hellen und Deidre unterhielten sich leise, ich hörte das Kichern meiner Frau. Verwundert schielte ich zu ihnen hinüber, doch sie beachteten mich nicht. Eine gewisse Heiterkeit lag im Raum und ich schien der Einzige zu sein, den man davon ausschloss. Unerwartet goss Vater mir einen ordentlichen Schuss Whisky in den Tee. „Was ...?", begann ich verdattert, aber er klopfte mir nur auf die Schulter und sagte: „Wirst du brauchen, Junge." Sein breites Grinsen offenbarte die durch den Anfall gelähmte Stelle im Gesicht, die er sonst so perfekt verbarg. Er schien es an meinem Ausdruck zu sehen und zwirbelte verlegen seinen Schnäuzer.

„Vater, was ist heute mit euch?"

„Ich sage nichts. Trink deinen Tee und geh zu Hellen."

Seine Worte rührten etwas in mir und ich konnte noch nicht sagen, in welche Kategorie ich diese aufwallenden Gefühle einordnen sollte. Ich schüttete den alkoholisierten Tee hinunter, erhob mich und gab Hellen ein deutliches Zeichen, dass sie mir folgen sollte. Sie erhob sich und ihr Gesicht strahlte förmlich. Lächelnd hakte sie sich bei meinem angebotenen Arm ein und wir schlenderten hinaus in die Sonne.

„Warum tun denn alle so geheimnisvoll?"

„Weil heute Doktor Campbell hier war."

Ich zog eine Augenbraue hoch und verstand nicht, was daran gut sein sollte. „Warum war er denn da?", fragte ich argwöhnisch.

„Meinetwegen", sagte Hellen immer noch mit einem überaus fröhlichen Gesichtsausdruck.

Ich war verwirrt. Sorge wand sich wie eine kleine Schlange durch meine Sinne. Auch wenn ich Jake aus tiefstem Herzen liebte, so verspürte ich für Hellen große Zuneigung, wenngleich sie auch anderer Art war. „Hellen, bist du krank?"

Sie holte tief Luft. „Nein! Aber wir bekommen ein Baby."

Ich starrte sie dümmlich an.

Ihr Gesichtsausdruck wandelte sich sofort in eine verletzliche Miene. „Was hast du denn?", fragte sie leise. „Freust du dich nicht?"

Ich besann mich und nahm sie in den Arm. „Aber natürlich, Liebes!"

Von Freuen konnte allerdings nicht wirklich die Rede sein. Ich fühlte mich viel eher geschockt. Natürlich nahm ich meine Ehepflichten wahr, Hellen sehnte sich danach. Aber an Kinder hatte ich nie zuvor gedacht.

Um meine Empfindungen nicht preiszugeben – Hellen konnte sehr gut in meinen Zügen lesen – presste ich sie an mich und versuchte mich an den Gedanken zu gewöhnen, dass ich Vater wurde.

***

Am späten Nachmittag stahl ich mich davon und lief über die Wege unseres Anwesens. Die Rosen standen in voller Blüte und ihr Duft vermischte sich mit dem würzigen Geruch des Kräutergartens. Ich stellte mir vor, wie mein Kind hier umhertollen würde, und schaffte es nicht, diese Vision aufrechtzuerhalten. Ob Jake ähnlich empfunden hatte? Mir fielen seine Worte ein. *Du kannst dir die Prügel, die Vater mir angedeihen ließ, kaum vorstellen.*

Ich war mir sicher, dass es Jake noch viel unangenehmer gewesen war. Einige Male schon hatte ich Lissy beobachtet. Man konnte Jakes Züge in ihrem hübschen Gesicht erkennen und sie liebte ihn, auch wenn sie nicht einmal ahnte, dass er ihr Vater war. Ihre Mutter Mary konnte ich nur schwer einschätzen. Sie warf Jake oft seltsame Blicke zu. Auch wusste ich von Lester, dass er sich mit ihr traf. Diese Beziehung begriff ich nicht recht. Sie war genauso heimlich wie meine Liebe zu Jake, denn Lester war ein reicher Gutsherr.

In der Nähe der Felder säumten Trockenmauern meinen Weg. Die späte Sonne warf goldene Lichtstrahlen auf den Pfad, Baumkronen filterten die Strahlen und hier an diesem friedvollen Ort schien die Zeit stehen geblieben zu sein. Seufzend setzte ich mich an den Stamm einer Eiche und wog meine Gefühle ab. Als ich aufschaute, sah ich Jake auf dem halb abgemähten Feld stehen. Die Sense noch in der Hand, begutachtete er seine Rechte, arbeitete dann weiter. Mir fiel auf, dass er Schwierigkeiten hatte, das Schneidwerkzeug richtig zu halten. Alarmiert raffte ich mich auf, hing mein Jackett über eine der Mauern und ging auf ihn zu. Wie ertappt schaute er mir entgegen.

„Was hast du an der Hand?“, fragte ich ohne Umschweife.

Völlig verschwitzt und mit müdem Ausdruck begegnete er meinem Blick. „Es ist nichts, nur ein Kratzer.“

Mit so etwas ließ ich mich für gewöhnlich nicht abspeisen. „Zeig es mir.“

Jake schien verwundert über meinen Tonfall, der keinen Widerspruch duldete. Aber ich hatte schon einen Leiharbeiter sterben sehen, nur weil er eine angeblich harmlose Fußwunde nicht behandelt hatte. Der Wundbrand hatte ihm den halben Fuß zerfressen, bis er schließlich gestorben war.

„Es ist nicht schlimm, John.“

„Jake, zeig mir deine Hand.“

Mit einem Aufstöhnen gab er nach, ließ die Sense fallen und zeigte mir seine Handinnenfläche. Ich sog scharf den Atem ein. Ein tiefer Schnitt zog sich quer darüber. „Das nennst du nichts?“

Jake schien über mein Verhalten tief verwirrt zu sein. „Ich ... es tut mir leid. Ich kam aus Versehen mit der Hand an die Schneide, als ich sie von Erde befreien wollte. Ich kann trotzdem arbeiten.“

Plötzlich begriff ich, dass er fürchtete, ich könne wütend sein, weil er nicht mehr voll arbeitsfähig war.

Rasch trat ich näher zu ihm. „Jake, verstehe mich nicht falsch. Das Getreide kann warten oder ich mähe es zu Ende. Aber diese Schnittwunde ist nicht ungefährlich. Bitte gehe zu Noirin. Sie soll es sich ansehen, ja?"

„Aber ..."

„Bitte, Jake."

Ich zog bereits mein Hemd aus, das ich nicht verschmutzen wollte, und legte es zu meinem Jackett. Zielsicher griff ich nach der Sense und fuhr mit Jakes Arbeit fort.

„John! Nun warte doch, ich hole Brian!"

„Der senst das obere Feld. Geh zu Noirin. Ich mähe nicht das erste Mal das Getreide."

„Das sehe ich", hauchte er und in seinem Gesichtsausdruck spiegelte sich seine Überraschung wider.

Schließlich lief er davon und ich hoffte, dass er meinem Rat folgte. Da ich wusste, wie stolz und stur er sein konnte, vertraute ich ihm in dieser Hinsicht nicht besonders. Nach einiger Zeit sah ich Joseph im Eilschritt über die Stoppelfelder eilen, Jake musste seinem Vater Bescheid gegeben haben.

„Sir John, das müsst Ihr doch wirklich nicht tun!", protestierte er und nahm mir vehement die Sense ab.

„Es tat gut!", erwiderte ich freundlich und wischte mir mit dem Handgelenk über die verschwitzte Stirn.

Der Fahrende murmelte etwas in seinen kurzen Bart, sein flüchtiges Lächeln entdeckte ich trotzdem.

Die O'Malleys konnten sich nie so recht entscheiden, wie sie mich ansprechen sollten. Vor anderen wählten sie stets die Höflichkeitsform, was auch vonnöten war, um den Schein zu wahren. An ihrem Feuer duzten sie mich. Ergab sich aber eine Situation, in denen ich sie positiv überraschte, zollten sie mir ebenfalls Respekt, auch wenn niemand in der Nähe weilte. Schon lange hatte ich aufgegeben, dies zu durchschauen und nahm es so hin. Wieder zu Hause entkam ich den neugierigen Blicken meiner Familie, wusch mich in meinem persönlichen Zimmer, das schon vor meiner Hochzeit mein Eigen gewesen war, und zog mich zum Abendessen um. Hellen begrüßte mich freudig, sie schien immer noch euphorisch. Ich versuchte, ihr Gefühl nach außen hin zu teilen, aber Jakes Wunde bereitete mir Sorgen. Ich wusste, dass Noirin so etwas mit ihren Kräutern behandeln konnte, denn sie war sehr heilkundig.

Hatte er ihr die Verletzung überhaupt gezeigt?

Nach dem Mahl sagte ich Hellen, dass ich zu den O'Malleys müsse, erklärte ihr wahrheitsgetreu, dass sich Jake verletzt habe und ich nach ihm sehen wolle. Zu meiner Überraschung sorgte sie sich.

„Dann geh zu ihm! Hoffentlich ist es nichts Ernstes."

Ein wenig verblüfft sah ich meine Frau an, die mir ein zaghaftes Lächeln schenkte. „Ich weiß, dass ihr euch gut versteht. Auch wenn er nicht unserem Stand entspricht, ist er einmal ein Freund, der dich nicht zum Alkohol verführt, also schau mich nicht so an", sagte sie mit einem amüsierten Glucksen.

Gott, Hellen, wenn du wüsstest ..., durchfuhr es mich. Ich zwang mich zu einem Lächeln, küsste sie sittsam auf die Wange und steuerte den Stall an.

Die Pferde waren noch auf der Weide und ich fluchte leise. Zu Fuß lief ich durch den kleinen Hain am Fluss entlang und kam nach einiger Zeit bei den O'Malleys an.

Noirin sah auf. „Jake schläft schon, er war sehr müde."

Das glaubte ich ihr sogar, nachhaken musste ich trotzdem. „Hat er dir seine Handwunde gezeigt?"

„Seine ... Handwunde?" Sie fuhr auf. „Nein!"

„Er hat sich heute an der Sense geschnitten."

„Ich dachte, es wäre nicht so schlimm", mischte sich Joseph ein.

„So sah das nicht aus. Kannst du bitte nach ihm sehen, Noirin?"

Sie nickte und fasste mich am Arm, zog mich mit sich. „Komm mit. Dieser Bursche bekommt eine Tracht Prügel, wenn der Schnitt tief ist", schimpfte sie.

Ich schnaufte amüsiert auf. „Aber sieh erst nach seiner Wunde und verhau ihn dann."

Ein Lachen platzte aus Noirin hervor und sie zerrte mich energisch am Ärmel zu Jakes Wagen, den ich mittlerweile sehr gut kannte. Ohne anzuklopfen, traten wir ein.

Jake lag von uns abgewandt auf der Seite, die Hand dicht an sich gepresst. Noirin rüttelte ihn sanft an der Schulter.

„Jake ... zeig mir deine Hand." „Hat John dich geholt?", nuschelte er.

„Dein John ist hier." Kurzerhand ergriff sie seine Rechte und wickelte seinen provisorischen Verband ab, der nur aus einem Stoffstreifen bestand. Jake verzog schmerzhaft das Gesicht und warf mir einen vorsichtigen Blick zu, seine Augen deuteten eine Entschuldigung an.

Seine Schwester zog die Augenbrauen zusammen und richtete das Wort an mich: „Bleib bei ihm." Rasch stieg sie vom Wagen, wahrscheinlich, um etwas zu holen.

„Ich hatte nicht vor, woanders hinzugehen“, flüsterte ich und suchte Jakes Blick. „Du bist ein sturer Esel“, sagte ich dann sanft.

„Ich weiß ...“

Sachte strich ich ihm eine feuchte Strähne seines Haares aus der Stirn. Ich bemerkte, dass er sich nach der Arbeit nicht gewaschen hatte. Besorgt hielt ich nach Noirin Ausschau, denn dies sah ihm in keiner Weise ähnlich. Seine Schwester kehrte mit einigen Utensilien zurück, gab Kräuter in eine Schale und zerdrückte sie mit einem Stößel. Der Duft der Pflanzen erfüllte den Wagen.

„Hast du die Wunde ausgewaschen, Jake?“, fragte sie ernst und fixierte ihren Bruder mit scharfem Blick.

„Ja, am Fluss.“

Mit einem tiefen Atemzug nickte sie und ergriff Jakes verletzte Hand. Als sie die Wunde behandelte, sagte er kein Wort, aber ich sah, wie er das Gesicht vor Schmerz verzog. Die Kräuterpaste verteilte sie auf einem sauberen Stoffstreifen und umwickelte Jakes Rechte damit. Kopfschüttelnd wuschelte sie Jake durch das Haar. „Dummer, kleiner Bruder“, sagte sie leise und verließ abrupt den Pferdewagen.

Als sich Jake aufrichtete, ließ er den Kopf gesenkt. „Es tut mir leid. Ich wollte nicht ...“ Er stockte und ich wartete geduldig. Hörbar schnappte er nach Luft. „Ich wollte nicht wie ein Schwächling wirken.“

„Jake, ich habe schon einen Menschen sterben sehen, dessen Wunde weitaus harmloser ausgesehen hatte.“

„Es tut mir leid“, flüsterte Jake erneut.

„Tu so etwas einfach nie wieder." Ich griff nach seiner gesunden Hand und hauchte einen Kuss darauf, ließ ihn nicht los. „Schlaf jetzt, Jake."

„Bleibst du noch ein wenig hier? Bis ich eingeschlafen bin?"

„Natürlich."

Mit einem Seufzen legte er sich nieder und schloss die Augen. Unsere Finger verschränkten sich ineinander und ich genoss es einfach nur, ihn nah bei mir zu wissen.

„Ich weiß gar nicht, was ich ohne dich machen soll ... wenn wir weiterziehen", murmelte er.

Mich durchfuhr ein eisiger Schrecken. „Weiter ... ziehen? Ich verstehe nicht."

Seine Lider hoben sich ein Stück und er blinzelte mich an. „Im Herbst ziehen wir immer Richtung Süden nach Cornwall. Wegen des Wetters."

„Das ... das wusste ich nicht." Ein seltsames Ziehen ergriff mein Herz. „Könnt ihr nicht einfach hierbleiben? Die Wagen wären in der alten Scheune gut aufgehoben und im Haus ist genug Platz für euch. Der Dienstbotenbereich ist für viel mehr Personal ausgelegt."

Jake wandte sich zu mir, schüttelte mit trauriger Miene den Kopf. „Dieser Gedanke kam mir auch, aber sie wollen nicht. Vater will weiterziehen, so wie jedes Jahr."

„Wie ... lange ... seid ihr fort?"

Plötzlich schimmerten Tränen in Jakes Augen. „Wenn die Knospen der Kirschblüten hervorsprießen, kommen wir zurück", sagte er leise.

So lange!

„Wie soll ich es ohne dich aushalten?", wisperte ich verzweifelt. Damit hatte ich nicht gerechnet! Als Jake seine Arme um mich schlang, presste ich ihn an mich.

„Es ist ja ... nur der Winter", brachte er mit einem leisen Schluchzen hervor. Er verbarg das Gesicht an meiner Schulter, als wäre es ihm peinlich, dass er ein wenig die Fassung verlor.

So saßen wir in dem Pferdewagen und schwiegen, hielten uns nur fest. Denn der Herbst würde unaufhaltsam kommen.

***

Scharfer Wind peitschte einige Wochen später über die schlammigen Wiesen, riss an den rotgoldenen Blättern, die sich noch an die Zweige krallten. Westmorland war im Winter wahrlich kein freundlicher Ort, da musste ich Joseph O'Malley recht geben. Meine Überredungskünste fruchteten auch nicht. Keine Scheune, kein Haus konnte diesen Mann locken, er wollte nach Cornwall, wieder auf Reisen gehen und sich mit anderen Fahrenden treffen, wie sie es wohl jedes Jahr taten. Am Abend war ich ein letztes Mal an ihrem Feuer, lauschte Jakes Gitarrenspiel und träumte schon jetzt vom Frühjahr. Er suchte meinen Blick und schien mir etwas sagen zu wollen, dann sah er auf die Saiten seiner Gitarre und begann eine zarte Melodie, die mir eine Gänsehaut verursachte. Die Klänge webten eine besondere Stimmung, sein Gesang war leise und eindringlich. Jakes Familie verstummte. Ich spürte plötzlich, dass er für mich sang! Bewegungslos verharrte ich und lauschte seinem Spiel, versuchte die Fassung zu wahren, denn es war eine offene Liebeserklärung an mich. Als sein Lied endete, kümmerte ich mich nicht um die anderen und zog ihn an mich.

„Erzählst du uns eine Geschichte, Jake?", fragte Noirin sanft.

Jake löste sich ein wenig von mir und schüttelte den Kopf. „Heute nicht", antwortete er heiser.

Verständnisvoll nickte sie, überlegte einen Moment, und begann dann selbst mit sicherer Stimme eine alte Legende vorzutragen.

Ich blieb so lange, bis Joseph mich fortschickte, weil sie ihr Familienritual durchführen wollten. Immer vor der Abreise machten sie ihre Pferdewagen im letzten Feuerschein aufbruchbereit, besprachen letzte Dinge und ruhten dann bis zur Dämmerung. Außenstehende waren da nicht willkommen.

Jake begleitete mich zu meinem Pferd. „Denke nicht, dass ich dich nicht hierhaben möchte", flüsterte er. „Ich muss mich Vater fügen."

Ich nickte wortlos und hob den Sattel auf Lillys Rücken, zurrte ihn fest.

„John ... ich wünschte, du könntest bleiben. Bitte glaube mir das."

Langsam richtete ich mich auf, strich ihm über die Wange. „Ich weiß, Jake."

Er griff nach meinem Arm, als wolle er mich aufhalten. „Sehen wir uns morgen früh ein letztes Mal? Ich ertrage es nicht, mich jetzt zu verabschieden, wo ich weiß, dass du noch die ganze Nacht so nah bist."

„Ich warte im Morgengrauen am Moor auf dich."

Sachte küsste er mich und wandte sich dann abrupt ab.

Schwermütig stieg ich auf Lilly und ritt nach Hause. Schlaf fand ich in dieser Nacht nicht mehr. Ich geisterte im Haus herum und wartete auf die Dämmerung.

Als sich der Himmel langsam aufhellte, lief ich zu Fuß zum Rand des Moores, das von hohen Laubbäumen umgeben war. Nebelfetzen schwebten aus der Richtung des Sumpfes und bildeten durch die Böen seltsame Gestalten, die mich an Geister erinnerten. Als Jake den Hügel herunterkam und zu mir in den Hain trat, wusste ich, dass ich ihm eines noch sagen musste. Ich wollte ihn nicht im Unklaren lassen, auch wenn ich nicht ermessen konnte, wie er reagieren würde. Er trug eine Fellweste gegen die Kälte und stieg vorsichtig den rutschigen Hang hinunter.

„Seid ihr fertig?", fragte ich ihn leise.

„Ja, wir sind aufbruchbereit."

„Ich muss dir noch etwas sagen. Die ganze Zeit scheute ich mich davor, aber ..."

In seinen Gesichtszügen las ich Unsicherheit und ich schluckte schwer.

„Hellen ... bekommt ein Kind."

Überrascht starrte er mich an und ich senkte den Kopf. „Ich ... sie ist meine Frau, ich muss ja mit ihr ..." Ich sprach diesen Satz nicht zu Ende, er war lächerlich. Das fand wohl auch Jake, denn er begann zu lachen. Verwirrt blickte ich zu ihm auf.

„Entschuldigst du dich gerade bei mir, weil du mit deiner Ehefrau schläfst?!"

Wie absurd, dachte ich und konnte nicht anders, als in sein Lachen mit einzustimmen. Plötzlich wurde er ernst, nahm mein Gesicht zwischen seine Hände – seine Wunde war glücklicherweise gut verheilt.

„John, liebst du sie eigentlich? Ist sie gut zu dir? Du sprichst kaum über Hellen.“

Die Wärme seiner Haut auf meinen Wangen beruhigte mich. Ich beugte mich vor und küsste ihn sachte. Scheute ich die Antwort? Ja. Er jedoch ließ mich nicht los, verlangte die Wahrheit.

„Sie ist wohl die beste Frau, die ich mir wünschen könnte“, begann ich leise. „Ja, sie ist gut zu mir, viel mehr, als ich es verdient hätte. Und ja, ich liebe sie, aber meine Zuneigung zu ihr fühlt sich völlig anders an. Sie ist mir mehr Freundin und Vertraute. Mit dir ist es …“ Mir fehlten die richtigen Worte, meine Gefühle für ihn zu beschreiben. Sie gingen so tief, dass ich es nicht benennen konnte.

In einer flüssigen Bewegung schlangen sich seine Arme um meinen Hals, sein Gesicht kam ganz nah. „Ich verstehe, was du sagen willst. Aber dann besitzt du mehr, als viele andere, die ich kenne.“ Seine Lippen suchten die meinen. „Sei für sie da. Ich konnte, wollte und durfte es bei Mary nicht, aber Lissy ist für mich eine Kostbarkeit, die niemand ersetzen könnte.“

„Aber du kommst zurück, oder? Du bleibst mir deswegen nicht fern?“

„John … ich könnte dir niemals fernbleiben. Du besitzt mein Herz.“

Auch wenn tausend Spiegel die Wahrheit sprächen,
So sähest du niemals das, was du einst warst.

Zauber der Klänge

Gegenwart

Tränen rannen Katelyn über das Gesicht. Langsam ließ sie Johns Buch sinken, war kaum fähig aus seinen Worten wieder hervorzukommen.

Die Kirschblüten ...

Ihr Blick hob sich und sie betrachtete den knorrigen Baum, dessen Blütezeit fast vorbei war. Hellgrüne Blätter verdrängten die weiße Schönheit der Kirschblüte.

Dies war keine Geschichte, es erzählte den Abschnitt eines Lebens, das ihr so vertraut war, dass sie es nicht erfassen konnte. In diesem Buch befanden sich Passagen, die sie seit Jahren träumte und die nun endlich ein vollständiges Bild ergaben.

Wie war das möglich?

Katelyn presste das Buch an ihre Brust. Erst jetzt bemerkte sie, wie sehr sie fror. Die Gefühle zu der Erzählung hatten bisher alle anderen Sinne überlagert. Es fühlte sich an, als ob sie ein Teil davon war.

Verloren, dachte sie, ich hab dich verloren. Der Gedanke schnitt wie ein Messer in ihr Herz.

Die Sonne verbarg sich hinter einem diesigen Himmel. Das Nachmittagslicht durchdrang die Wolken, als wären sie aus Milchglas. Zitternd richtete sich Katelyn auf, ging um das Cottage herum und trat durch die knarrende Tür ins Innere. Fiona war nicht zu sehen, aber in diesem Augenblick konnte Kately auch nicht reden. Sie musste ausbrechen aus diesem Gefühlstaumel, der sie schwindelig werden ließ, als ob sie zu viel Alkohol getrunken hätte. Oben in ihrer Wohnung legte sie das Buch behutsam auf das Bett und sah zur Seite, in den Spiegel.

Ein Schreck fuhr ihr in die Glieder, denn plötzlich sah sie, wie in einer fernen Erinnerung, ein ähnliches, doch anderes Spiegelbild als sich selbst. Sie blinzelte und diese Illusion war genauso schnell fort, wie sie davon überrascht worden war. Langsam wandte sie sich vollends um und betrachtete sich. Doch nun sah sie nur das, was sie immer im Spiegel erblickte.

Immer? Nein, dies war ihr schon diverse Male passiert doch bisher hatte sie sich lediglich erschrocken und es dann verdrängt. Konnte sie das jetzt auch noch? In ihr stieg eine besondere Empfindung auf, die stets mit diesem Erlebnis einherging. Katelyn schloss die Augen und schmeckte dieses Gefühl, als könne sie es wirklich kosten. Doch als die innere Veränderung begann, scheute sie noch, es wirklich zuzulassen. Trotzdem loderten in ihren Gedanken die Flammen eines Lagerfeuers, Lachen hallte wie ein Echo in ihr wider, Gesichter tauchten auf, die endlich gesehen werden wollten.

Heiße Tränen benetzten ihre Wangen. Sie beachtete sie nicht, als ob es nicht ihre wären. Bilder rauschten an ihr vorbei, bis sie plötzlich kaum noch Luft bekam und dies unterband. Ihre Hand glitt zu ihrem Kragen, zog ihn nach unten, als schnüre er sie ein.

Sie tat einen tiefen Atemzug und ging aus einem Impuls heraus zu ihrem Schrank, öffnete ihn. Die alte Gitarre fiel ihr fast entgegen. Sie fing sie rasch auf, damit sie nicht auf den Boden schlug. Sie zog den Reißverschluss der Schutzhülle auf und strich über das dunkle Holz.

Poliert, wie der Sekretär, schoss ihr durch den Kopf.

Energisch verdrängte sie den Gedanken. Schon sehr lange spielte sie nicht mehr. Warum eigentlich nicht? Vielleicht weil auch die Musik viel zu viel in ihr weckte. Aber vielleicht konnte dieser Teil in ihr einfach nicht mehr schlafen. Sie zog sich eine Jacke über, schnappte sich Johns erstes Buch und verbarg es in ihrer großen Innentasche. Es einfach hier auf dem Bett liegen zu lassen, brachte sie nicht über sich. Rasch verschloss sie wieder die Schutzhülle und schulterte die Gitarre. Es drängte sie hinaus!

Doch Fiona hielt sie auf. „Katy, iss erst etwas!"

Bei den Worten ihrer Großmutter realisierte sie, dass sie das Mittagessen völlig versäumt hatte. Fiona hatte sie wohl nicht stören wollen und sie war dankbar dafür.

„Wenigstens eine Banane."

Katelyn nahm das Obst mit einem Lächeln entgegen, verließ das Haus und lief den Weg zum Wald entlang. „Wo will ich eigentlich hin?", nuschelte sie vor sich hin und schluckte ein Stück Banane herunter. Ihr Instinkt führte sie zu einer kleinen Lichtung, die mit hohem Gras bewachsen war. Sie konnte nicht sagen, warum, aber dies erschien ihr der richtige Ort zu sein, um zu verweilen.

Das Wetter wechselte, Wind flüsterte in den Tannen und wieder erkämpfte sich die Sonne ihren Platz am Himmel. Die Gitarre gab einen leisen Laut von sich, als

Katelyn sie behutsam an sich nahm. Die Saiten mussten gestimmt werden, vorher würde sie keinen klaren Ton hervorlocken können. Johns Buch legte sie auf einen flachen Felsen.

„Vielleicht hörst du es ja", wisperte sie. Ein Lächeln legte sich auf ihre Lippen.

Dann setzten sich die Finger der linken Hand wie von selbst auf die vertrauten Stellen, die rechte Hand zupfte über die Saiten. Ein Lied drängte sich ihr auf. Es erzählte von grünen Hügeln, die im Abendschein golden leuchteten. Von Wäldern, in denen man frei war ...

***

Chris öffnete das kleine Fenster seiner neuen Wohnung und genoss die frische Luft, die hereinwehte. Er konnte über die grau geklinkerten Häuser hinweg auf die Hügel und Wälder blicken. Hier, an diesen Ort, gehörte er hin. Die Zeit in der Stadt, wo er studiert hatte, war ihm viel zu lange vorgekommen, nun war er endlich wieder zu Hause. Ob er längerfristig einen Arbeitsplatz in der Bücherei erhaschen konnte, war noch unklar. Noch war es ein Nebenjob, bei dem er sich bewähren musste.

Mit einem schiefen Lächeln schaute er auf die Kartons, die vor Büchern überquollen. Man konnte nicht behaupten, er würde diese Schätze nicht lieben. Sollte er endlich das Regal aufbauen und sie einräumen? Chris seufzte, er verspürte nicht sonderlich viel Lust dazu. Staubsaugen müsste er auch.

„Ja, und Fenster putzen, die letzten Habseligkeiten in die Schränke einräumen, die Wanddekoration anbringen ...“ Er schnaubte, schloss das Fenster und verharrte plötzlich. Ein Gefühl befiel ihn förmlich, klammerte sich an sein Herz und blieb wie ein feiner Kaktussplitter darin stecken.

Hinaus! Er musste nach draußen!

Sollte er dem Impuls nachgehen? Es gab so viel zu tun.

Für gewöhnlich hörte er auf seine innere Stimme, sie hatte ihn immer gut geführt. Chris nahm die Jacke vom Haken, streifte sie über und verließ das Haus, das am Stadtrand von Keswick gebaut worden war. Ein wenig abseits auf einem Trampelpfad, der zum See führte, sah er ein Pferd mitten auf den Feldern stehen. Die Farbe des Fells erinnerte ihn immer an Baileys, deshalb trug sie auch diesen Namen. Mit verengten Augen versuchte Chris zu erkennen, wo der Reiter war, denn das Tier war gesattelt und aufgezäumt. Er schmunzelte, als Hamish ein Stück entfernt aus den Sträuchern kam, Chris hörte ihn bis hierher fluchen. Er war schließlich schneller bei der Stute, die ihre weiße Mähne nach hinten warf, als er ihr zu nah kam.

„Komm schon, Süße. Hamish meint es nicht so. Er ist nur ein wenig ungehalten, dass du immer buckelst.“

Chris griff nach den Zügeln und ließ sich nicht davon beeindrucken, dass sie stieg. Er zog sie herunter und streckte die Hand aus.

„Sie wird dich beißen, Chris! Lass es sein!“

Trotz der Warnung strich seine Rechte über ihre Stirn, bis hinunter zu ihren Nüstern. Die Stute schnaubte leise, roch an ihm. Ihre dunklen Augen beäugten Chris.

„Mir ist echt noch nie so ein stures Biest untergekommen“, maulte Hamish. „Mann! Dabei arbeite ich jetzt über ein Jahr mit ihr. Als ob sie mich hasst.“

„Vielleicht willst du nicht, dass man mit dir arbeitet, was?“, gurrte Chris und sie schubberte sich an seinem Oberarm. Er wich ihr aus, um sie daran zu hindern, ihn umzuwerfen.

„Ja, ja, bestärke sie noch!“, schimpfte sein Freund, konnte aber ein belustigtes Schnaufen nicht unterdrücken.

„Mich würde es wirklich reizen, es bei ihr zu versuchen“, sagte Chris und ordnete die Zügel, zupfte die Blätter aus Baileys Mähne.

„Tu dir keinen Zwang an, sie braucht auf jeden Fall Auslauf, aber ich werde mich heute nicht noch einmal abwerfen lassen.“

„Echt? Du lässt mich auf ihr reiten?“

„Mach nur, du kriegst es wahrscheinlich besser hin als Baileys Reitbeteiligung.“ Hamish schnallte sich die Sicherheitsweste ab und reichte sie Chris, doch der winkte ab.

„Ich würde diese Zicke wirklich nicht ohne reiten“, warnte Hamish.

„Gib mir nur deine Kappe, ich hasse diese Westen. Da fühl ich mich steif wie ein Stockfisch.“

Hamish zuckte mit den Schultern und reichte die Reitkappe an Chris weiter, der sie rasch aufsetzte und befestigte. Bailey ging derweil eigene Wege und trottete über das Feld. Hamish fuhr sich durch die kurzen roten Locken und lachte laut auf. „Ich wünsche dir viel Spaß beim Ausritt, Chris.“

Sein sarkastischer Tonfall beunruhigte Chris ein wenig. Sie konnte doch nicht so schwierig sein? Im Studium hatte er nicht reiten können und es furchtbar vermisst. Hamish war sein alter Schulfreund und früher hatten sie immer auf dem Hof seiner Eltern herumgelungert. Bailey faszinierte ihn, seitdem er sie vor zwei Wochen das erste Mal gesehen hatte. Das junge Pferd hielt tatsächlich, als er einen Pfiff ausstieß, trieb aber dann ein freches Spiel mit ihm. Es dauerte eine Weile, bis Chris die Zügel zu fassen bekam. Er nahm den Pferdekopf in beide Hände und schaute ihr in die Augen. „Nur einen Ausritt, kein Hamish-Training", versprach er.

Bailey entwand sich ihm, blieb aber stehen, als er die Riemen der Steigbügel kürzte, da Hamish etwas größer war als er. Probeweise stellte er den Fuß hinein. Sie wich so schnell zur Seite aus, dass Chris unsanft auf dem Hintern landete, den Fuß darin verkeilt.

„Scheiße", murmelte er und befreite sich rasch. Bailey sah sich zu ihm um und wieherte leise. „Du bist doof und ich mache blöde Anfängerfehler", murrte Chris, aufgeben würde er nicht. Er besann sich seiner Reiterfahrung und zog sich auf ihren Rücken. Überrascht tänzelte sie zur Seite, bockte aber nicht.

„Vielleicht ist ja ein schmaler Kerl wie ich eher deine Kragenweite. Hamish sollte nicht so viel Fast Food essen", lästerte er grinsend und wollte Bailey zurück auf den Weg lenken. Doch sie ignorierte einfach seine Geste und trabte in die entgegengesetzte Richtung.

Chris konnte nicht anders, als zu lachen. Er ließ ihr ihren Willen, trieb sie an und jagte mit ihr über das Feld. In der Nähe eines Tannenwaldes verhielt sie plötzlich, ihre Ohren stellten sich auf, als würde sie lauschen. Gitarrenklänge schwebten wie durch einen Zauber in der Luft. Chris kannte das Lied nicht, aber es rührte etwas in ihm an. Als er Bailey anzeigte, dass sie in die Richtung der Musik laufen solle, ließ sie sich widerstandslos von ihm führen.

Bailey kämpfte sich durch einige weitläufige Sträucher – dann blieb sie einfach stehen und rührte sich nicht mehr. Eine junge Frau saß auf der Lichtung, konzentriert schaute sie auf ihre Gitarre. Die langen Locken fielen ihr wie ein dunkler Schleier vors Gesicht, und sie unterbrach das Spiel, strich sie hinter das Ohr.

Ihr Anblick ließ ein Gefühl aufflammen, so heftig, dass Chris ein Zittern in den Beinen spürte. Sie bemerkte ihn und schaute auf. Er vergaß das Atmen, umklammerte die Zügel, als könnten sie ihm Halt geben. Chris blinzelte, atmete tief durch und dieser Bann brach. Aus einem Impuls heraus ließ er sich von Bailey gleiten, die nach wie vor ruhig dastand, was absolut ungewöhnlich für dieses Pferd war. Ihr Kopf wandte sich ihm zu, doch er konnte in ihrem dunklen Blick nicht lesen.

Die junge Frau legte die Gitarre zur Seite und starrte ihn an. Etwas berührte sie in ihm, das er zuerst nicht einordnen konnte. Es riss an seinem Inneren und ließ sein Herz hart gegen den Brustkorb schlagen. Verwirrt band er Bailey locker an einen Baum und nahm rasch die Reitkappe ab, zauste sich das blonde Haar, das irgendwann mal ein moderner Kurzhaarschnitt gewesen war. Nun spürte er, wie eine Böe an seinen halblangen Strähnen zerrte.

Wie ein scheues Reh schaute sie zu ihm auf, als er wie magisch angezogen nähertrat. In ihren Augen spiegelte sich ein Sonnenstrahl, ließ die Iris bernsteinfarben aufleuchten. Fassungslosigkeit lag in ihren Zügen. Ob sein Gesichtsausdruck ähnlich wirkte?

Was geschah denn hier?

Verlegen kratzte er sich am Hinterkopf. „Hallo ... ich hab ... die Musik gehört.“

Sie schien etwas sagen zu wollen, brachte aber kein Wort heraus.

„Entschuldigung, ich wollte dich nicht stören.“ Chris wich zurück, sie schien so verstört.

Abrupt richtete sie sich auf. „Das tust du nicht!“

Er atmete auf, suchte fieberhaft nach einem Gesprächsanfang. „Kommst du aus der Gegend hier?“

„Ich wohne drüben am Fluss im O'Brian-Cottage.“

Seine Aufmerksamkeit fiel auf ein altes Buch, das sie auf einem Bodenfelsen abgelegt hatte. Es ruhte zwischen Moospolstern in der Sonne. Ihm fiel es schwer, den Blick davon zu lösen, es kam ihm so vertraut vor.

„Ich heiße Katelyn“, sagte sie leise und Chris sah sofort wieder auf.

„Ich bin Chris, eigentlich Christopher, aber so nennt mich niemand. Ich wohne jetzt in Keswick – endlich wieder. Hab in der Stadt studiert und bin wieder zurück.“ Er presste die Lippen aufeinander, um seinen Redeschwall zu stoppen, doch sie lächelte zaghaft, also wagte er sich weiter vor. „Du spielst schön. Als ... würdest du den Saiten ein Geheimnis entlocken.“

Katelyns Gesicht verlor jede Farbe, sie schwankte leicht. Besorgt trat er näher, fasste sie sachte am Arm, damit sie nicht stolperte. „Alles in Ordnung?“

„Ich weiß nicht", wisperte sie.

Seine Hand umfasste sanft ihren Oberarm, ihre Lippen bebten. Chris fühlte sich wie gefangen. Eine Regung durchzog ihn und raubte ihm erneut den Atem. In seinem Inneren ... verschob sich etwas. Es fühlte sich an, als würde etwas einrasten – als fülle diese kurze Berührung einen Teil in ihm, den er verloren glaubte. Abrupt löste er sich und wich ein wenig zurück.

Chris sah, dass sich ihre Augen mit Tränen füllten. Die Geräusche des Waldes verstummten, die Welt schien aufgehört haben, sich zu drehen. Leichter Schwindel erfasste ihn und er blinzelte. Dann schien Katelyn in Panik zu geraten, sie griff nach ihrer Gitarre, hob die Hülle auf und begegnete fast gehetzt seinem Blick.

„Entschuldige", hauchte sie, dann rannte sie davon.

Chris blieb verstört zurück. Bailey wieherte leise, doch er starrte der jungen Frau wie betäubt nach. Wie von Geisterhand wandte sich sein Blick nach rechts. Sie hatte das Buch vergessen. Langsam, als fürchte er es, hockte er sich nieder und nahm es an sich. Es durchfuhr ihn wie ein elektrischer Schlag. Fast wäre es ihm aus den Händen geglitten. Chris schlug es auf und fiel auf die Knie. Wie erstarrt sah er auf die Zeilen – die er nur zu gut kannte, weil er seit Jahren davon träumte, sie zu schreiben.

***

Katelyn rannte stolpernd durch den Wald. Sie konnte die Tränen nicht mehr zurückhalten. Konnte dieser junge Mann Wirklichkeit sein oder hatte sie fantasiert?

Warum rannte sie eigentlich fort?

Jäh stoppte sie ihren Lauf und blieb schwer atmend stehen. Rasch verstaute sie endlich das große Instrument in seiner Hülle. Da wurde ihr eiskalt. Johns Buch!

Oh Gott! Ich habe es auf dem Felsen liegen gelassen.

Sie schulterte die Gitarre und spurtete zurück. Innerlich verfluchte sie ihre Flucht, ihre Feigheit. Aber Chris hatte sie in einen wahren Gefühlsrausch versetzt, der ihre Sinne zu sehr überflutet hatte. Ihr Körper zitterte noch immer nach seiner kurzen Berührung und ihr Herz drohte seitdem förmlich aus der Brust zu springen. Eine Wunde war in ihrer Seele aufgerissen und sie fürchtete, daran zu verbluten. Obwohl sie ahnte, dass vielleicht nur dieser Fremde sie überhaupt heilen konnte. Oder hatte Johns Geschichte sie so sehr gefangen genommen, dass sie es sich einfach nur wünschte? Sie wusste es nicht mehr, verlor völlig die Fassung. Katelyn stürzte auf die Lichtung. Chris war fort, als hätte es ihn nie gegeben.

„Nein!", flüsterte sie. „Wo bist du?"

Als sie vor dem flachen Felsen stand, konnte sie nur erschrocken realisieren, dass das Buch ebenfalls fort war. Sie rannte zu der Stelle, wo er sein Pferd angebunden hatte, lief zwischen den Bäumen umher.

„Chris?"

Dumpfe Hufschläge hallten wie ein Echo durch den Wald. Katelyn sah sich um, aber sie konnte ihn nicht entdecken. Dann verstummten die Geräusche und nur die alten Laubbäume verharrten bei ihr, wie Wächter über eine andere Zeit.

Betroffen ging sie nach Hause, war froh, dass Fiona sie in Frieden ließ und verbarg sich in ihrem weichen

Bett. Johns zweites Buch lag auf ihrem Nachttisch. Hatte sie es dort abgelegt? Katelyn konnte sich nicht mehr erinnern. Doch sie griff danach, schlug es auf.

Wie ein Feuer im Herzen

2. Buch

Kirschblüten

März 1765

Behutsam streifte ich die überschüssige Tinte von meiner Schreibfeder am Rand des Glasbehälters ab und widmete mich einer Rechnung, die ich abzuheften gedachte. Mein Sekretär knarrte leise, als ich den Arm aufstützte. Als ich aus dem Fenster schaute, bog der Sturm die Äste des Kirschbaumes so zur Seite, dass ich fürchtete, er würde umknicken. Ein seltsames Gefühl durchzog mein Herz, als ich auf die Knospen schaute. Wenn der Baum starb, würde ich nicht mehr seinen Blütenstand beobachten können.

„So ein Unfug", murmelte ich. Als ob Jake deshalb nicht zurückkehren würde!

Hellen schaute verwundert auf. „Was ist denn John?"

Um Ruhe zu finden, hatten wir uns beide in mein persönliches Zimmer zurückgezogen. Normalerweise verbarg ich mich hier, wenn ich allein sein wollte, aber heute leistete mir Hellen Gesellschaft. Sie war mit ihrer Häkelei so leise gewesen, dass ich sie nach einiger Zeit kaum mehr wahrgenommen hatte. Immer noch schaute sie zu mir herüber.

„Nichts, Liebes", erwiderte ich rasch.

Ihr Bauch wölbte sich und eine seltsame Faszination überwältigte mich jedes Mal, wenn ich mir vorstellte, was sie dort in ihrem Körper beherbergte. Ihre Schwangerschaft neigte sich bereits dem Ende zu und die Erinnerung an den harten Winter verschwamm. Innerlich ruhelos und gereizt fristete ich mein Dasein und durfte dies doch niemals nach außen tragen.

Wann genau würden die Fahrenden zurückkehren? Auch wenn der Sturm nun über die Ebenen brauste, übernahm der hereinbrechende Frühling die Oberhand. Milderes Wetter kam stetig aus dem Süden, als würde Jake die Blütezeit mitbringen. Wieder schweifte mein Blick zum Kirschbaum vor dem Haus. Die Knospen waren noch verschlossen.

Im Augenwinkel sah ich, wie sich Hellen aus dem Sessel stemmte. Sie legte das Häkelzeug beiseite und trat neben mich, folgte meinem Blick. „Wovon träumst du, John?"

„Ich überlege, wann wohl die Knospen der Kirschblüten hervorsprießen", sagte ich mehr oder weniger wahrheitsgetreu.

„Wir haben Ende März. Ich denke, ein bisschen wird es noch dauern." Sie lächelte auf mich herunter, strich mir sachte über das offene Haar. „Es ist einsam, nicht wahr?"

Verwundert sah ich auf. „Was meinst du?"

„Ohne die O'Malleys. Ich mag sie."

Völlig überrascht starrte ich sie an. „Wirklich?"

Erneut schenkte sie mir ein sonderbares Lächeln, das ich nicht recht verstand. Aus einem Impuls heraus legte ich meine Hand auf ihren gerundeten Leib.

„Es war lebhafter hier, als sie bei uns waren."

„Ich wusste nicht, dass du sie gern hast", hakte ich vorsichtig nach.

„Du hast sie doch auch gern."

Dem konnte ich nicht widersprechen. Plötzlich bewegte sich unter meiner Hand etwas und ich zuckte ein wenig zusammen. Hellen lachte leise.

„Du lieber Himmel!", entfuhr es mir. Das Kleine boxte mir gegen meine Handfläche, als wolle es mir etwas mitteilen. Zart küsste ich Hellens Bauch und entlockte ihr einen versonnenen Ausdruck.

„Du solltest mal eine Pause machen." Sie wies auf den Stapel Dokumente, den ich heute schon beschriftet hatte. Die Verwaltung unseres Anwesens schien eine Arbeit ungeahnten Ausmaßes zu haben. Die Löhne mussten ordnungsgemäß verteilt und verschiedene Verkäufe, die auch den Pferdenachwuchs betrafen, geregelt werden – und die Ernte war dieses Jahr so außerordentlich gut gewesen, dass wir die Hälfte des Korns nach Keswick an die Bäckerei verkauft hatten. Die Wolle unserer wenigen Schafe brachte ebenfalls geringe Einnahmen, die uns zwar nicht sonderlich weiterbrachten, aber von der wir eine Wiege hatten kaufen können.

„Soll ich Betty sagen, dass sie uns Tee aufbrühen soll?", fragte ich Hellen.

„Ja, das ist eine gute Idee. – Ich habe sie übrigens gefragt."

„Wegen des Babys?"

Hellen nickte eifrig. „Betty hat gesagt, sie würde sehr gerne zwischendurch das Kindermädchen mimen."

„Oh, das ist gut." Das Mädchen kam aus gutem Hause und arbeitete schon einige Jahre für uns. Sie war uns allen eine Vertrauensperson, auch wenn sie mit Maggie viel zu oft herumtratschte. Aber wahrscheinlich taten das alle Frauen gern.

Hellen beugte sich ein wenig herunter und küsste mich auf die Wange. „Komm mit in den Salon. Ich denke, ich brauche mehr als einen Tee. Mein Baby hat Hunger."

„Nur das Baby?", fragte ich verschmitzt und Hellen zog einen Schmollmund, der mich zum Lachen brachte.

***

Am Spätnachmittag ließ der Sturm endlich nach. Die Luft schien glasklar zu sein und roch nach feuchtem Grün. Die Sonne strahlte schräg durch den Kirschbaum und mir glitt ein Lächeln über die Lippen. Die Sehnsucht nach Jake fraß mich innerlich auf, doch mit jedem Frühlingsboten wuchs meine Hoffnung. Im Stall bat ich Lilly-Ann mein Pferd zu satteln. Ungeduldig knibbelte ich an dem Holzverschlag, sah dann nach den trächtigen Stuten und kam wieder hervor, als Lilly-Ann mit meinem Pferd zu mir kam. Sie reichte mir die Zügel und Lilly riss übermütig den Kopf hoch.

Das Mädchen schaute mich ein wenig befangen an, ließ mich dann vorbei. Plötzlich sagte sie leise: „Ihr wartet auf *ihn* ... nicht wahr?"

Abrupt blieb ich stehen. Lilly schnaubte und tänzelte auf der Stelle. „Wie bitte?", fragte ich harsch, ohne mich umzuwenden.

„Ich meine, auf Jake ...", erwiderte sie leise.

Ein Gefühl wie aus Eis durchzog meine Sinne.

„Jeden Tag reitet Ihr zum Hügel und schaut Richtung Süden“, fuhr sie fort.

Mein Herz raste und ich konnte meinen Atem kaum kontrollieren. Mit zittrigen Fingern band ich Lillys Zügel an einen Balken, drehte mich herum. „Was versuchst du hier anzudeuten?“ Mein Tonfall kam leise und so scharf aus mir hervor, dass Lilly-Ann ängstlich zurückwich. Sie senkte den Blick und einige dunkle Haarsträhnen, die sich aus ihrem Tuch herausgewunden hatten, fielen in ihr Gesicht. „Nichts! Verzeiht! Es geht mich nichts an.“ Hastig wandte sie sich ab, lief mit schnellen Schritten zum Ende des Stalles. Ich stürzte auf sie zu. Viel zu grob riss ich sie am Arm zu mir hin. „Sag, was du zu sagen hast!“, zischte ich.

Tränen standen in ihren Augen. Ich sah in ihrem Blick, dass sie fürchtete, dass ich sie schlagen würde. Natürlich tat ich nichts dergleichen.

„Sir, es tut mir leid!“, stammelte sie. „Ich wollte nicht … ich schwöre, ich werde nichts sagen!“

„Du weißt es“, wisperte ich geschockt, ließ sie los und wich zurück.

„Ja. Ich habe euch im Sommer gesehen – im Wald.“

Angesichts dieser Enthüllung nutzte es nichts, etwas zu verleugnen. „Was willst du?“, fragte ich heiser. „Geld? Willst du mich erpressen? Wenn das öffentlich wird, bedeutet das für mich vielleicht den Strick!“

Lilly-Ann wurde bleich, sie schwankte. „Niemals würde ich etwas sagen. Glaubt Ihr, ich will Euren Tod?“

„Ich weiß nicht, was du willst“, antwortete ich tonlos.

„John, ich sagte es Euch, damit Ihr vorsichtiger seid!“ Das erste Mal sprach sie mich ohne das förmliche Sir an.

Ich schluckte schwer, begriff, dass sie es gut meinte. Wortlos nickte ich ihr zu, griff nach Lillys Zügel und verließ den Stall. Langsam folgte sie mir, beobachtete mich, als ich mein Pferd bestieg. Ich lenkte das Tier noch einmal zu ihr hin. „Warum warnst du mich?"

Lilly-Ann senkte den Blick. „Es ist ... weil ich Euch ... wirklich sehr mag." Sie drehte sich um und verschwand wieder in dem Gebäude.

Verblüfft starrte ich auf das offene Stalltor. Ich fühlte mich wie versteinert. Ohne mein Zutun begann meine freche Stute mit unserem Ausritt und ich rügte sie nicht einmal dafür. Zu sehr verwirrte mich Lilly-Anns Aussage. Mit einem tiefen Atemzug trieb ich mein Pferd zu einem harten Galopp an und strebte den Hügel hinauf. Tatsächlich verharrte ich oben und schaute nach Süden, hielt Ausschau nach den Wagen der O'Malleys und ritt dann zu Lester. Bei ihm würde es starken Brandy und Ablenkung geben. Und das war alles, was ich jetzt brauchte.

***

Einer von Lesters Hunden stürmte kläffend auf mich zu, als ich durch das eiserne Tor ritt, welches das unmittelbare Grundstück vor seinem Herrenhaus begrenzte. Ich stieg ab, begrüßte den schlaksigen Jagdhund und versuchte gleichzeitig Lilly zu beruhigen, die das Kerlchen definitiv als Störenfried empfand.

Vincent, ein älterer Mann mit wüsten Locken, begrüßte mich und nahm kommentarlos die Zügel meiner Stute, um sich um sie zu kümmern – er war Lesters oberster Stallknecht.

Mein Freund besaß eine beachtliche Zucht Englischer Vollblüter und verdiente sich an ihnen eine goldene Nase. Auch zwei unserer Pferde entstammten seiner Zucht, jedoch besaß er wohl das Dreifache an Tieren und sein edler Stall konnte mit den adligen Großgrundbesitzern mithalten.

Lester schlenderte mit einem Gewehr auf der Schulter auf mich zu.

„Willst du auf die Jagd?", fragte ich ihn.

„Nein, nein, ich säuberte nur das Gewehr. Und das mache ich lieber draußen."

Wir umarmten uns kurz und er geleitete mich ins Haus hinein, lehnte das Gewehr einfach an die Wand im Eingangsflur und führte mich in den Salon. Der Hund lief schwanzwedelnd neben mir her, im Vorbeigehen zauste ich ihm das kurze Fell.

„Brandy, John?"

Ich bejahte dies und setzte mich in einen der gemütlichen, weichen Sessel. Lester schenkte uns großzügig ein und setzte sich mir gegenüber, sah mich mit glänzenden Augen an. Ich wunderte mich ein wenig über seinen verklärten Gesichtsausdruck.

„Was ist denn, Lester?"

Endlich rückte er mit der Sprache heraus. „Sie hat geworfen, John! Und sie sind tatsächlich fast alle kaffeebraun, wie ich es wollte."

Ich richtete mich auf. „Annies Junge sind da? Wo?" Jetzt wurde auch ich aufgeregt.

„Komm!" Er stand auf und ich schüttete den Rest des Brandys hinunter.

Lester schritt voraus und wir gingen in den hinteren Teil des Hauses, wo er einen externen Bereich für seine

Hunde eingerichtet hatte. Viele amüsierten sich darüber, aber ich wusste, wie wichtig sie ihm waren. Es war seine Familie.

Dann hörte ich sie – leises Fiepen, juchzendes Bellen. Fünf Welpen balgten sich um die Zitzen ihrer Mutter Annie, die eines von ihnen hingebungsvoll ableckte. Als sie den Kopf hob, sah ich, dass dieser anders war. Er war zwar ebenso braun wie die anderen, doch zwei große weiße Flecken durchzogen das Fell, das auch etwas länger als bei den anderen Welpen war. Der eine Fleck zog sich quer über die Nase, sodass eine Gesichtshälfte weiß und die andere braun war. Quer über den Rücken war die andere helle Zeichnung. Ich fand ihn wunderbar!

„Nur einer fällt etwas aus der Art", plauderte Lester. „Dafür ist er Mamas Liebling."

Und meiner auch ..., dachte ich und beugte mich über das kleine Holzgatter, das den Mutter-Kind-Bereich umzäunte. „Wie heißt er?", fragte ich. „Der mit den Flecken."

Lester grinste mich schelmisch an. „Ich kenne dich, mein Freund, und so wie ich dich ansehe, habe ich mich nicht getäuscht. Der kleine Kerl hat noch keinen Namen, denn ich dachte, du willst deinem Hund vielleicht selbst einen geben."

Mein Kopf ruckte hoch.

„Er gefällt dir doch, oder?", fragte Lester nun doch etwas unsicher.

„Du meinst das ernst, oder?", platzte es aus mir heraus.

„Ja, aber du kannst dir auch einen braunen nehmen, wenn du das lieber möchtest. Ich wollte dir einen Hund zur Geburt schenken. Ein Kind muss doch mit ..." Lester konnte nicht zu Ende sprechen, denn ich umarmte ihn fest, was er lachend erwiderte.

„Er ist perfekt, Lester!"

Ich nannte das Bürschchen Less, was meinen Freund zu wahren Heiterkeitsausbrüchen verleitete. „Du bist, was Namen angeht, nicht sehr ideenreich, oder?", fragte er belustigt.

„Na ja, dann erinnert er mich immer an dich", protestierte ich mit einem Augenzwinkern.

Natürlich musste ich noch warten, bis ich Less nach Hause holen konnte, aber das machte mir nichts aus. Jeden Tag würde ich nun bei den Hunden sein und darauf achten, dass der Kleine mich kennenlernte.

Ich sollte hier noch erwähnen, dass ich schon länger einen von Lesters Hunden haben wollte, doch er gab sie nicht gern her, hatte eine ganze Hundeschar um sich und züchtete sehr sorgsam und selten, sodass seine Hündinnen nie zu Schaden kamen. Die Hunde waren wie gesagt eher seine Familie und er dachte nicht daran, mit ihnen Geld zu verdienen. Doch er hatte mir versprochen, wenn ihm einmal ein Wurf mit kaffeefarbenen Welpen gelingen würde, dann wäre mir einer davon sicher.

Beim Abendessen erzählte ich begeistert von Less und strich dabei sanft über Hellens Hand, denn sie wurde etwas blass um die Nase. Ich wusste, dass sie sich vor Lesters Hunden ein wenig fürchtete.

„Aber er wird unserem Baby doch nichts tun, oder?"

„Ach, Liebes. Less ist doch noch ein Welpe. Sie werden zusammen aufwachsen."

Hellen machte zwar immer noch ein skeptisches Gesicht, jedoch nahm sie es hin. Vater schien sich zu freuen, Deidre hingegen sagte nichts und ich wurde aus ihrem Gesichtsausdruck nicht schlau.

***

Die Zeit verging und ich achtete sorgsam auf die Kirschblüte. Die Knospen begannen langsam aufzubrechen und mit jedem Tag wurde ich nervöser. Morgens schaute ich aus dem Fenster, betrachtete die erwachende Natur.

Hellen entfuhr ein leises Stöhnen, der Bauchumfang ließ sie schlecht schlafen. Leichte Rückenschmerzen plagten sie bereits, die Dr. Campbell als Senkwehen bezeichnete. Als ich sie beobachtete, erfasste mich plötzlich tiefe Zuneigung. Dies würde sich niemals ändern, auch wenn ich Jake liebte.

Mein Blick schweifte wieder nach draußen. In meinem Nachtgewand fröstelte ich und überlegte, ob ich meinen Morgenmantel holen oder das Kaminfeuer anfachen sollte. Ich entschied mich für Letzteres, damit Hellen beim Aufwachen nicht frieren musste. Rasch wusch ich mich mit dem Wasser aus der Waschschüssel und zog mich an. Ein Spaziergang würde mir guttun.

Die Dämmerung begann neblig und kühl. Wieder zog die Feuchtigkeit aus dem Hochmoor zu uns ins Tal und benetzte die Wiesen wie mit einem Leichentuch. Hinter den Hügeln erhob sich die aufgehende Sonne und tauchte die grau getünchte Landschaft in ein goldenes Licht. Obwohl tagsüber das milde Wetter die Oberhand gewann, fror man in der Frühe. Ich schlug den Kragen meiner Jacke auf, schmiegte mich in den gefütterten Stoff.

Geräusche drangen durch den Nebel. Sie kamen weiter vorne von einem Weg. Pferdegeschirr rasselte, leises Lachen ertönte. Für den Bruchteil einer Minute blieb mein Herz stehen und ich lauschte. Dann beschleunigte ich meine Schritte. Konnte es wahr sein?

Aufgeregt lief ich den Klängen der Pferde, den leisen Gesprächen, dem Scharren von Rädern auf den unebenen Wegen entgegen. Als ich auf einer Anhöhe stand, sah ich auf die O'Malleys hinunter.

Jake lief ganz vorne und führte sein Pferd Liath, das seinen Wagen zog, um ein großes Schlagloch herum. Wie aus einem Impuls heraus blickte er auf. Im ersten Moment wusste ich nicht, wie ich reagieren sollte. Seit Monaten sehnte ich mich so sehr nach ihm, dass es schmerzte. Aber würde alles da weitergehen, wo wir aufgehört hatten? Fragend und unsicher sah ich ihn an.

Als er gewahrte, dass ich es war, ließ er alles hinter sich zurück und rannte den Hang hinauf. Jake stürzte in meine Arme und eine Woge der Erleichterung durchströmte mich. Ich konnte kaum glauben, dass er zurück war, wusste nicht, was ich sagen sollte. Um ihn zu betrachten, schob ich ihn ein wenig von mir, ohne ihn loszulassen. Jake war schlanker, sein offenes Haar noch länger geworden. Der Winter hatte die Sonnenbräune weggewischt und seine Augen schienen in dem blassen Gesicht dunkler zu sein. Mir kam es so vor, als ob er aus einer anderen Welt zu mir zurückkehrte.

Schweigend zog er mich wieder zu sich heran und presste seinen Mund auf meinen. Ich umfasste mit beiden Händen sein Gesicht, wollte ihn nie wieder loslassen.

„Jake!", rief Joseph unwillig. „Dein Wagen steckt in dem verdammten Schlagloch. Nun komm schon zurück."

Wir lachten leise und gingen gemeinsam den Hügel hinunter. Ich reichte Joseph die Hand und wir tauschten Begrüßungsfloskeln aus. Noirin grinste mir nur zu, Brian neigte kurz den Kopf. Nur Mary wandte sich ab und der alte Jo war wohl in einem der Wagen. Lissy jedoch lief geradewegs auf mich zu, funkelte mich mit den gleichen dunklen Augen an, in denen ich mich sonst verlor.

„Das nächste Mal kommst du mit!", bestimmte Jakes Tochter.

Ich ging in die Hocke, um nicht auf die Kleine heruntersehen zu müssen. „Und wieso muss ich mit euch kommen?"

Sie warf Jake einen seltsamen Blick zu. „Sonst ist er wieder so traurig", flüsterte sie mir ins Ohr. Dann hüpfte sie auf die neblige Wiese, ignorierte den Ruf ihrer Mutter.

Langsam richtete ich mich auf. Hatte Jake ihre gewisperten Worte gehört? Wieder rief Mary nach ihr, aber das Mädchen trotzte ihr.

„Ruf du sie", brummte Joseph seinem Sohn zu und ich sah, wie ein kleines Lächeln um Jakes Mundwinkel zuckte.

„Lissy! Komm zurück!"

Erstaunt sah ich, wie die Kleine innehielt und sofort zu Jake lief, von dem sie nicht einmal ahnte, dass er ihr Vater war.

„Ist der Nebel zu dicht, Jake?", fragte sie.

„Ja, Süße, bleib bei den Wagen", sagte Jake nur ruhig und strich ihr über das braune Haar. „Lissy?" Das Mädchen schaute zu ihm auf. „Du musst auf deine Mama hören."

Ihre Lippen pressten sich zusammen, dann nickte sie.

Derweil versuchten Brian und Joseph Jakes Pferdewagen aus dem Schlagloch zu befördern. Ich packte mit an und zusammen schoben wir das Gefährt weiter auf den Weg.

Es war ein wunderbares Gefühl mit den Fahrenden über unsere Pfade zu gehen. Die leisen Geräusche der Pferde beruhigten mein Gemüt und uns umgab etwas Friedvolles, als wir durch die Nebelschleier zu ihrem alten Lagerplatz gingen. Lissy durfte schließlich auf Liath reiten und sang ein schottisches Lied, das über die Hügel hallte. Jakes großer Hengst schien das zusätzliche Gewicht nicht zu spüren und zog gutmütig den Wagen weiter. Das Gefährt fühlte sich vertraut an. Das ausgebleichte Rostrot der gezimmerten Hölzer, Jakes gezeichnete Efeuranken, die bereits verblassten, der klappernde Fensterladen der kleinen Luke ... all das vermittelte mir ein Gefühl von Realität. Jake war wieder da!

***

Blauer Himmel spannte sich über Castlerigg. Die hohen Steine warfen Schatten auf die Wiese im inneren Kreis, doch wir lagen in wärmenden Sonnenstrahlen.

Lauer Wind berührte unsere Gesichter, Vögel zwitscherten, und der Geruch von Gras umgab uns.

Ich stemmte mich auf einen Ellbogen und betrachtete Jake versonnen. Er wirkte noch gutaussehender, als ich ihn in Erinnerung hatte. In meinen Träumen wollte sein Gesicht nie wirklich sichtbar werden und mit den Monaten war dies noch schlimmer geworden. Ihn jetzt neben mir zu wissen, erfüllte mich mit einer Vielzahl von Gefühlen.

„Ahnst du eigentlich, wie sehr ich dich vermisst habe?"

Seine Lider hoben sich und er blinzelte gegen die Sonne an. Sanft strich ich ihm eine wellige Haarsträhne zurück.

„Ich weiß, wie du dich gefühlt hast", flüsterte er, umfasste mit einer Hand meinen Nacken und zog mich zu sich herunter, um meine Lippen zu berühren – nur ganz sacht, als sei ich zerbrechlich.

„Ich habe ..." Jake stockte, schien nicht zu wissen, wie er seine Gedanken ausdrücken sollte. Tief sog er die Frühlingsluft ein und lächelte, fast ein wenig verlegen. „Ich habe niemandem erlaubt, mich zu ... berühren. Ich ... ich war dir treu."

Diese Worte trafen mich zutiefst, denn ich konnte nicht das Gleiche von mir behaupten. Hellen liebte mich, forderte natürlich gewisse Ehepflichten ein und ich wollte mich ihr nicht verweigern. Mit fortschreitender Schwangerschaft ebbte dies natürlich ab, aber ...

Jake schien meine Überlegungen sehr genau zu ahnen.

„John, so war das nicht gemeint, ich weiß doch, dass du verheiratet bist. Ich wollte nur, dass du es weißt."

Stumm streichelte ich ihm über die Wange. So viel wollte ich ihm sagen, doch es wollte nicht über meine Lippen kommen. Ich spürte tatsächlich, wie sich meine Augen vor Tränen verschleierten, und zog ihn rasch an mich. Jake schmiegte sich in meine Umarmung. So verharrten wir eine lange Zeit in dem Steinkreis.

Dann schob er mich ein wenig von sich, um mich anzusehen. „Bist du eigentlich schon Vater?"

„Noch nicht, aber lange wird es nicht mehr dauern."

„Und wie geht es deiner Frau?"

„Relativ gut, würde ich sagen. Sie klagt nicht, obwohl ich weiß, dass ihr der Rücken manchmal schon schmerzt."

„Mary hat immer sehr viel gejammert", überlegte Jake. „Und sie tat so, als ob ich Schuld an ihrer Misere hatte, obwohl sie es ja irgendwie geplant haben muss."

„Vielleicht war sie auch einsam", überlegte ich.

„Ja, das mag sein." Abrupt richtete sich Jake auf, schaute zu mir herunter. „Wusstest du eigentlich, dass sie im letzten Sommer ein Techtelmechtel mit deinem Freund hatte?"

Mein Lachen hallte von den Steinen wider. „Ja, ich habe so etwas gehört. Obwohl sich Lester nur sehr vage ausgedrückt hat." Plötzlich fiel mir mein kleiner Hund ein. „Weißt du was? Lester hat mir einen seiner Welpen geschenkt!"

„Wirklich? Wie sieht er denn aus?"

„Vielleicht ...?" Könnte ich es wohl wagen, Jake mit zu Lester zu nehmen? Ich überlegte nur kurz. „Komm, ich zeig ihn dir!"

Wir wanderten den Hügel hinunter und ich führte Jake auf den Waldweg, der zum O'Brian-Anwesen führte. Der lange Fußmarsch tat uns beiden gut und wir konnten langsam in unsere vorgegebenen Rollen schlüpfen, um bei Lester nicht aufzufallen. Jeder verräterische Blick musste ausbleiben, denn mein Freund kannte mich seit Kindertagen. Wir mussten also sehr vorsichtig sein.

Jegliche Befürchtungen waren unbegründet. Lester freute sich über unseren Besuch und ich fragte mich, ob er vielleicht an Mary dachte.

„Also seid ihr wieder da", sagte er lächelnd zu Jake, nachdem ich sie einander vorgestellt hatte. Lester wusste durch Mary genau, wer Jake war, aber das durften wir natürlich nicht offen aussprechen. Jake näherte sich meinem Freund, was mich ein wenig verwirrte. Dann begriff ich.

„Soll ich Mary sagen, dass Ihr auf sie wartet?", flüsterte Jake gerade so laut, dass ich es noch hören konnte.

Lester warf mir einen unsicheren Blick zu, doch ich tat so, als ob ich nichts gehört hätte, konzentrierte mich auf meinen Welpen. Less erkannte mich bereits und sprang verspielt an den niedrigen Holzwänden des abgesperrten Bereichs hinauf.

Zu meiner Überraschung verstanden sich Jake und Lester ausgesprochen gut, denn mein heimlicher Geliebter kannte sich erstaunlich gut mit Hunden aus. Er erzählte, dass die Fahrenden sehr oft Hunde besäßen, auch zu ihrem Schutz. Und Jake liebte Hunde, ich sah es an den Blicken, mit denen er Lesters gepflegte Jagdhunde musterte. Die beiden philosophierten über Hundezucht. Mir genügte es, wenn ich Jake unauffällig beobachten konnte – jede seiner Bewegungen, jedes Lachen, jeden Blick seinerseits. Das dunkle Haar fiel ein wenig zerzaust über seine Schultern. Durch die Fenster des Raumes schien goldener Sonnenschein und Jakes eigentlich braune Augen leuchteten wie aus Bernstein.

Lester erzählte gerade, wie er mit seinen Hunden auf die Jagd ging, da keimte in mir eine Idee. Ich wartete auf eine Pause in ihrem Gespräch, um sie nicht zu stören, dann mischte ich mich ein und fragte kühn: „Lester, du hast doch eine Jagdhütte unten am See Derwent Water, oder?"

Freundlich sah mich Lester an. „Ja, sicher. Brauchst du sie? Ich benutze sie zurzeit kaum, weil ich noch bei Annie und den Welpen bleiben muss." Lester kam in Plauderlaune und Jake sah mich überrascht an. „Mit den anderen Hunden unternehme ich nur kurze Streifzüge in der Umgebung", fuhr er fort, „aber die Jagdhütte? Nein, die brauche ich im Moment wirklich nicht."

Ich räusperte mich. „Ich dachte, ich könnte dort über das Wochenende mit Jake angeln gehen", sagte ich betont gleichmütig. Im Augenwinkel sah ich, wie Jake die Augenbrauen hochzog und ich verkniff mir ein Grinsen.

„Ich wusste gar nicht, dass du gerne angelst", warf Lester stirnrunzelnd ein, konnte sich aber ein seltsames Grinsen nicht verkneifen. Was denkt er gerade?, fragte ich mich erschrocken. Mein Freund wiederum schien andere Schlüsse zu ziehen, als ich befürchtet hatte.

„Dem Haus wird es gut tun, wenn zur Abwechslung jemand dort ist, es ist sicher schon völlig eingestaubt. Und du musst wirklich mal etwas anderes sehen als deine Dokumente. Bring deiner Schwester schöne

Fischfilets mit, dann wird sie dich vielleicht ziehen lassen", endete er scherzhaft.

Ihm war es also auch aufgefallen, dass Deidre an seltsamen Stimmungsschwankungen litt und mich am liebsten im Haus einsperren würde, wie einen ungehorsamen kleinen Jungen. Dass sie Fisch sehr gerne aß, daran hatte ich nicht gedacht. Aber das wäre natürlich ein wunderbarer Vorwand.

Später verabschiedeten wir uns und schlenderten zum Lager der O'Malleys zurück. Jake sah mich fröhlich von der Seite an. „Angeln?"

„Jaah, aber wir finden sicher auch noch das ein oder andere, was wir sonst noch dort tun könnten", antwortete ich mit gespielt ernster Miene.

Rasch sah sich Jake um, zog mich dann in den Schutz der Bäume und küsste mich ungestüm. Ich hielt ihn etwas zurück, nahm sein Gesicht zwischen meine Hände, zwang ihn mich anzusehen.

„Einmal …", flüsterte ich mit rauer Stimme, „… einmal möchte ich dich in einem weichen Bett lieben und nicht auf kargem Wald- oder Stallboden."

„So selbstsüchtig …", sagte er belustigt, befreite sich aus meinem Griff und machte dort weiter, wo ich ihn gestört hatte. Unsere Lippen trafen sich, doch wir fuhren erschrocken auseinander, als sich galoppierende Hufe näherten.

„Schnell!", zischte Jake mir zu und wir rannten in den Wald, bis wir immer noch geschockt und mit klopfenden Herzen auf einer Lichtung stehen blieben. Ich hatte nicht erkennen können, wer den Weg heraufgeritten war. „Hast du gesehen, wer …?", begann ich.

„Ich glaube, es war deine Schwester“, beantwortete Jake meinen unausgesprochenen Satz.

„Meinst du, sie hat uns gesehen?“

Er schüttelte zu meiner Beruhigung den Kopf. „Nein, sicher nicht. Und wenn, hat sie uns nicht erkannt, bei dem scharfen Ritt.“

„Wahrscheinlich ist sie wieder wütend auf mich.“ Ich seufzte.

Jake sah mich nachdenklich an. „Ich habe sie im letzten Sommer beobachtet.“

Überrascht begegnete ich seinem Blick. „Deidre? Wieso?“

Bei der Antwort wand sich Jake sichtlich. „Sie sieht dich an, als ob … ist sie deine leibliche Schwester?“

„Ja, sicher ist sie das. Wie sieht sie mich an?“

Er schnaufte. „Nicht wie eine Schwester.“

„Sondern?“, hakte ich nach.

Jake runzelte die Stirn. „John“, flüsterte er, „siehst du es wirklich nicht?“

Stumm schüttelte ich den Kopf.

„Ich glaube, sie ist eifersüchtig.“

Mir blieb für einen Moment der Atem weg, ich starrte ihn dümmlich an und konnte nichts sagen, bis ich endlich ein entsetztes: „Was?“, herauskrächzte.

„Mir fiel auf, dass sie dich sogar vom Fenster aus beobachtet. Hellen tut das nie.“

„Aber Hellen und sie verstehen sich gut.“

„Es geht auch nicht um Hellen, John. Ihre Auffassungsgabe ist glaube ich sehr ausgeprägt, denn *mich* scheint sie regelrecht zu hassen.“

„Du glaubst, sie weiß es?“

„Ja.“

„Und … sie ist auf *dich* eifersüchtig? Aber wieso nicht auf Hellen? Ich verstehe das nicht.“

„Vielleicht …“ Jake wand sich etwas, sprach nicht weiter und senkte den Blick.

Plötzlich begriff ich und mich durchfuhr ein eiskalter Schauer. Langsam setzte ich mich auf einen umgefallenen Baum, vergrub das Gesicht in den Händen. „Es ist, weil ich dich mehr als mein Leben liebe“, flüsterte ich. „Hellen besitzt nicht mein ganzes Herz.“

Ich spürte seine Hand auf meiner Schulter, er küsste mich aufs Haar und setzte sich neben mich. Wortlos zog er mich an sich. Gefasst richtete ich mich auf.

„Vater schickte sie damals auf eine Internatsschule. Er meinte es gut mir ihr“, erklärte ich leise. „Ich glaube, dort hat man ihr etwas angetan. Als sie zurückkehrte … Nie zuvor habe ich sie derart verstört erlebt. Und sie verweigert jeden Verehrer, wirklich jeden!“

„Dann ist es vielleicht auch deshalb, weil du der einzige Mann bist, der ihr niemals gefährlich werden könnte.“

Ich spürte, dass sich in Jakes Worten mehr Wahrheit verbarg, als ich zugeben wollte. Sehr lange hatte ich nicht mehr an die furchtbare Zeit gedacht, als Deidre förmlich nach Hause geflüchtet war und sich wochenlang in ihrem Zimmer vergraben hatte. Nach zwei Jahren in dieser Schule weigerte sie sich, auch nur einen Fuß dorthin zu setzen. Wir sprachen nie wieder darüber und Deidre blieb bei uns.

„Lilly-Ann deutete ebenfalls an, dass sie … mir zugetan ist. Sie weiß von uns und warnte mich.“

Jake schluckte geräuschvoll. „Wird sie etwas sagen?“

„Nein, ich bin mir sicher, das wird sie nicht. Aber ... wieso? Ich meine, was finden sie an mir? Und auch Hellen! Ich weiß, dass sie damals sehr angetan war, mich zu heiraten, obwohl es unsere Väter arrangiert hatten."

„Du siehst gut aus, John. Unterschätze das bei den Frauen nicht." Jake zuckte mit den Schultern. „Aber vielleicht ist es auch, weil du dir eben nicht bewusst bist, was du für eine Wirkung hast. Oder, weil du wegen deiner Neigung niemals eine Frau bedrängen würdest."

Betont langsam erhob ich mich. „Ach ja?", sagte ich und meine gute Laune war wieder hervorgekommen. „Keine Frau bedrängen? Doch wie ist es mit unschuldigen Zigeunerjungen?"

Jake grinste mich frech an. „Dazu musst du ihn erst einmal kriegen!"

Wir stolperten und rannten lachend durch den dichten Wald und es brauchte lange, bis ich ihn endlich eingeholt hatte – denn der Zigeunerjunge war verflixt schnell.

Derwent Water

Hellen hegte anscheinend nicht den geringsten Verdacht, dass ich sie hinterging. Schuldbewusstsein mischte sich in meine Vorfreude, doch ich schluckte das Gefühl hinunter.

„Ich werde dich vermissen, John", flüsterte sie mir zu.

„Es sind ja nur drei Tage."

Liebevoll steckte sie mir eine verirrte Strähne zurück in das Zopfband und ich küsste sie auf die Wange.

„Ich weiß, dass du manchmal die Einsamkeit brauchst. Dir geht es nach solchen Unternehmungen immer besser. Aber ... kannst du mir Jake vorstellen?"

Meiner Familie hatte ich nicht verheimlicht, mit wem ich zur Jagdhütte ritt. Hellens Aussage überraschte mich trotz allem. Mein Herz begann zu rasen, aber es wäre unhöflich gewesen, ihre Bitte abzuschlagen.

„Ja natürlich, komm ... Jake ist bei den Pferden."

Wir liefen zu den Stallungen und ich hielt nach Jake Ausschau, der auf mich warten wollte. Wir fanden ihn bei Lilly. Meine Stute vergrub ihren Kopf förmlich in seiner einfachen Jacke, während er ihr das Halfter über die Ohren streifte. Jake murmelte leise Worte, die ich nicht verstand. Er redete mit Tieren oft gälisch, eine geheime Sprache, die mir verborgen blieb. Lächelnd sah er auf, als würde er meine Gegenwart spüren. Plötzlich fürchtete ich, dass Jakes ungeschützter Ausdruck Hellen alles offenbaren würde. Doch sie löste sich von mir, ignorierte den Dreck am Stallboden und steuerte auf Jake zu. Ich sah die Verwirrung auf seinem Gesicht. Hilfesuchend schaute er zu mir rüber, aber ich war wie gefangen, wusste selbst nicht, was hier angemessen wäre.

„Du bist Jake?", fragte Hellen sanft.

„Ja, Misses Hellen … ich meine … Lady McKay." Eine verlegene Röte umspielte seine Wangen und ich sah, wie meine Frau gutmütig lächelte.

„Ich freue mich, dass ich dich endlich kennenlerne. Im letzten Sommer sah ich deine Familie immer nur von weitem, aber ich weiß, dass John euch sehr achtet."

Überrascht blinzelte Jake, warf mir wieder einen kurzen Blick zu und nickte dann. Lilly stupste ihn unerwartet von hinten an, sodass er gegen einen Balken stolperte. Ich fing Jake rasch auf, damit er nicht in den Stallmist purzelte. Hellen schnaufte amüsiert und sehr undamenhaft auf, was mich wiederum sehr belustigte. Der böse Blick, den Jake meinem Pferd zuwarf, hätte normalerweise jedem Wesen Respekt gelehrt – nicht aber Lilly. Sie warf schnaubend ihren Kopf hin und her und drängte nach draußen. Ich gab Lilly einen leichten Klaps auf die Nase und hielt sie am Zügel fest, damit sie nicht ausbüxen konnte.

„Du verwöhnst sie zu sehr, John", sagte Jake zu mir. Ein Lächeln umspielte seine Lippen.

Besorgt beobachtete ich meine Frau. Bemerkte sie, dass Jake jegliche Förmlichkeit vergaß?

„Vielleicht kannst du dem Biest mal ein bisschen Respekt beibringen", wandte sich Hellen an Jake und plötzlich schien das Eis zu brechen.

„Oh, das werde ich mal versuchen, Mylady. Sonst wirft sie Euren Gatten noch ab."

„Hat sie schon diverse Male“, murmelte ich und hatte Mühe dieses eigensinnige Pferd an Ort und Stelle zu halten. Weil sie begann, mich durch den Stall zu schleifen, band ich sie frustriert fest.

Hellens und Jakes Lachen hallte durch das hohe Gebäude.

„Wo ist denn dein Pferd, Jake?“, fragte Hellen.

„Es wartet draußen an der Eiche hinter dem Stall.“

„Darf ich es sehen?“

„Natürlich.“

Ich mischte mich ungern in ihr Gespräch, aber Lilly gebärdete sich wie unwillig. „Ich muss ... verzeiht mir, aber sie reißt sonst den Stall nieder“, entschuldigte ich mich und schaffte es so gerade, ihre Zügel vom Balken zu entwirren. Tänzelnd drängte sie hinaus und ich ließ ihr mit einem Seufzen ihren Willen. Überrascht nahm ich zur Kenntnis, dass Lilly zu Liath hinstrebte. Jakes Hengst hob sofort den Kopf und wieherte leise.

Oh je, da bahnt sich was an, durchfuhr es mich. Allerdings war Lilly nicht rossig, von daher sollte es hoffentlich keine Schwierigkeiten geben.

In Liaths Gegenwart beruhigte sich meine Stute und ich ließ sie bei dem Hengst zurück, um Hellen wieder aus dem Stall zu geleiten. Doch Jake hatte sich ihrer angenommen. Zusammen, mit gebührendem Abstand, schlenderten sie aus dem Gebäude und unterhielten sich leise. Hellens Hand lag auf ihrem gewölbten Bauch. Ein seltsames Gefühl überwältigte mich, das ich nicht einordnen konnte. Hier gingen mein Geliebter und meine Frau Seite an Seite ...

Meine Gedanken wurden grob unterbrochen, als Deidre diesen Frieden störte. Mit leicht angehobenem Kleid lief sie über die Wiese zu mir.

„Was soll das wieder für ein Streich werden? Du wirst mit *ihm* das Wochenende verbringen?", fragte sie scharf.

„Du kannst es deinen Freunden ja verheimlichen."

„Hellen steht kurz vor der Niederkunft!"

„Sie hat aber nichts dagegen! Außerdem ist Lesters Jagdhütte kaum eine Stunde von hier entfernt. Also was regst du dich auf?"

Heute wollte ich mir meine Laune keinesfalls verderben lassen.

„Hellen, dein Rocksaum!", rief Deidre erschrocken.

Wir alle ließen unseren Blick zu Hellens Kleid schweifen, an den unten ein wenig Schlamm gekommen war.

„Reg dich nicht auf, meine Liebe", besänftigte Hellen sie. „Das trocknet und dann kann Betty es ausbürsten."

Missmutig sah Deidre Jake an, der ihrem Blick gelassen standhielt. „Wo ist Lilly-Ann?"

„Sie ist oben auf der Weide. Soll ich Euer Pferd satteln?", bot Jake an.

Meine Schwester schien hin- und hergerissen. Schließlich schüttelte sie den Kopf, hakte sich bei Hellen ein, um sie zum Haus zurückzuführen. Rasch verabschiedete ich mich von ihr und sah den beiden Frauen nach.

Jake zurrte ein paar Dinge an seinem Pferd fest, die wir mitnehmen wollten. Als die beiden Frauen außer Sichtweite waren, traf mich sein Blick. „Deine Frau ist etwas Besonderes", sagte er leise. „Und ich glaube, sie spürt, wie du fühlst."

Erschrocken sah ich zum Haus, wo Deidre und Hellen gerade im Eingang verschwanden. „Was meinst du damit?"

Tief sog er den Atem ein, knabberte auf seiner Unterlippe, wie er es stets machte, wenn er nachdachte. „Es ist ein Gefühl. Beschreiben kann ich's nicht. Aber ... sie nimmt es hin. Als ob sie genau wüsste, dass du ..." Jake stockte, schaute zu mir herüber.

„Als ob sie genau wüsste, dass ich ohne dich nicht mehr leben kann?", beendete ich seinen Satz mit einem Flüstern.

„Ja ..."

Ein zaghaftes Lächeln umspielte seine Lippen. Er zog sich mühelos auf Liath, setzte sich im Sattel zurecht und sah auf mich hinab. „Meine Familie weiß, dass es mir ebenso ergeht. Deshalb nehmen *sie* es hin."

Mein Herz klopfte viel zu rasch, als er dies offenbarte. „Also hätte dein Vater lieber Enkelkinder?"

„Eins hab ich ihm ja schon gegeben, aber das war auch nicht gut." Er schnaubte. „Und nun sitz endlich auf, ich will zu dieser Hütte und ... was machen wir dort, sagtest du? Angeln?"

Wir kicherten wie kleine Jungen. Lilly bockte bei meinem Übermut und ich brauchte drei Anläufe, um in den Sattel zu kommen.

„Ihr müsst Eure Stute wirklich in den Griff bekommen, Sir John", veralberte er mich, schnalzte nur einmal mit der Zunge und Liath trabte brav an.

„Ich geb dir gleich Sir John", murrte ich und jagte ihm hinterher.

***

151

Die Hütte lag malerisch am See Derwent Water. Ein Holzsteg führte ein Stück weit ins Gewässer und lud wirklich zum Angeln ein. Die Sonne strahlte auf die Lichtung und beleuchtete Wildblumen, die bis nah ans Ufer wuchsen. Nadelbäume bildeten eine Barriere zur Außenwelt. Ich fühlte mich für den Moment völlig abgeschottet. Ein wunderbares Gefühl!

Wir ließen unsere Pferde auf einer offenen Weide zurück, auch wenn ich eher skeptisch war, was das anging. Doch Jake beteuerte, dass Liath immer in seiner Nähe bleiben und Lilly gewiss nicht alleine nach Hause galoppieren würde. Dessen war ich nicht sicher, aber ich vertraute seinem Pferdeverstand. Tatsächlich suchte meine Stute immer wieder die Nähe des Hengstes, als wolle sie sich an ihm orientieren.

Jake schlenderte derweil auf den Angelsteg und setzte sich mit baumelnden Beinen an dessen Rand. Tief sog ich die würzige Waldluft ein und fühlte mich regelrecht befreit, folgte ihm dann über die morschen Bretter. Als ich hinter ihm stand und auf den See schaute, blinzelte er wegen der Sonne zu mir auf.

„Lester hat hier ein wunderschönes Fleckchen Land", sagte er versonnen.

Langsam ließ ich mich neben ihn sinken und betrachtete die seichten Wellen des Sees. Unsere Hände fanden sich, verschränkten sich ineinander. Jake lehnte seinen Kopf an meine Schulter.

Die Zeit schien stehen zu bleiben.

Wildgänse umkreisten den See. Der Wind rauschte in den Fichten und zartes Vogelgezwitscher schwebte wie ein Hauch über uns.

„Ich liebe dich", flüsterte Jake plötzlich.

Mir versagte die Stimme. Ich legte meine Hand an seine Wange und hob sachte sein Gesicht an. Wie von selbst beugte ich mich zu ihm und berührte sanft seine Lippen.

Mit tränenverschleiertem Blick betrachtete er mich. „Ich habe Angst, dich zu verlieren."

„Aber das wirst du nicht, Jake!"

Langsam richtete er sich auf, öffnete das Band seines Haares, sodass lange Strähnen vom Wind in sein Gesicht geweht wurden, als wolle er sich verbergen. „Meinst du ... es wäre leichter, wenn ich ... eine Frau wäre?"

„Nein", antwortete ich, ohne zu zögern. „Es wäre nicht leichter, Jake. Aber wärst du eine Frau, würde ich dich dennoch lieben. Denn ich glaube, dass ich nur wegen dir diese Gefühle in mir trage. Ich habe immer nur auf *dich* gewartet."

Unsicher strich er die Ponysträhne hinter das Ohr. „Dann ist dies hier Schicksal? Wir fühlen uns zu Männern hingezogen, damit wir ... zusammen sein können?"

Diese Erkenntnis entlockte mir ein Lächeln. Bedächtig erhob ich mich, reichte ihm die Hand. „Komm mit mir, Jake."

Ohne zu zögern kam er meiner Aufforderung nach und ließ sich von mir in die Hütte führen. Die Einrichtung nahm ich vorerst nur vage wahr, meine Wahrnehmung konzentrierte sich auf Jake. Zärtlich strich ich ihm das lange Haar zurück.

„Ich will dich nah bei mir haben", wisperte ich ihm zu.

Jake schmiegte sich an mich. Seine Lippen berührten die meinen, und ich verlor mich in der Empfindung, nur ihm zu gehören.

***

Sehr viel später lagen wir aneinandergeschmiegt unter den weichen Daunen. Jake bettete seinen Kopf auf meine Brust, lauschte meinem Herzschlag.

„Ich wünschte, wir könnten ewig hier bleiben." Er seufzte leise. „Gott! Dieses Bett ist wundervoll!"

„Findest du?" Eigentlich war die Schlafstätte sehr einfach gehalten.

Er hob den Kopf, um mich anzusehen und ich versuchte, ihm das zerzauste Haar zu glätten.

„Du erinnerst dich an meine Pritsche im Wagen?"

„Du hast noch nie in einem normalen Bett geschlafen?"

„In wessen Bett sollte ich denn gelegen haben?", fragte er spitzbübisch.

Seine Aussage traf mich tief, hielt sie mir doch wieder vor Augen, wie sein bisheriges Leben gewesen war. Natürlich verlangte er auf diese Frage keine Antwort. Mit einem unterdrückten Gähnen legte er sich auf das Kopfkissen und zog mich nah an sich.

„Dafür wünschte ich mir, ich könnte immer neben dir einschlafen", murmelte ich.

„Ja, das wäre ... wie im Traum."

Seinem Atem lauschend sah ich durch das Fenster und beobachtete, wie die untergehende Sonne den Himmel in Flammen tauchte. Jede Minute wollte ich seine Nähe auskosten. Schlafen konnte ich auch später noch. Ich prägte mir jedes Detail ein. Die Wärme seiner nackten Haut, der Geruch seines Haares, sein entspanntes Gesicht, als er einschlummerte ...

In diesem Augenblick verblasste mein bisheriges Leben und nur dieser Moment zählte für mich. In meinen Armen lag Jake und es genügte. Alles andere war unwichtig. Die Wolken zogen wie Heerscharen von verschwommenen Kriegern über den Himmel, verdeckten die Sonne und bauten sich bedrohlich über den Hügeln auf. Erste Tropfen fielen zu Boden und die Dämmerung setzte viel rascher ein, als ich erwartet hatte. Dunkelheit überschattete die Hütte, ferner Donner grollte.

Jake wurde plötzlich unruhig, murmelte unzusammenhängende Worte. Ich berührte ihn an der Schulter. „Jake?"

Dann riss er auf einmal die Augen auf, wich etwas von mir und starrte mich an.

„John ...", flüsterte er dann mit einem Seufzen, als sei ihm endlich klar geworden, dass er bei mir und nicht anderswo war. Beinahe Hilfe suchend schmiegte er sich an mich.

„Hast du schlecht geträumt?", fragte ich, obwohl dies offensichtlich war.

„Ja, oh Himmel, ja ...", nuschelte er an meiner Brust.

„Willst du es mir erzählen, Jake?"

Er schaute mich verdutzt an. „Du interessierst dich für meine Träume?"

„Warum denn nicht?"

Plötzlich lachte er befreit auf und presste seinen Mund auf meinen. „Du bist unglaublich, weißt du das?"

Verwirrt begegnete ich seinem Blick. „Ich ... was meinst du?"

Jake löste sich von mir, warf sich auf das weiche Federbett und verschränkte die Arme hinter den Kopf. „Du bist der Erste, der sich wirklich für meine Person interessiert."

Fragend furchte ich meine Stirn. Zuerst sagte Jake nichts, er schien zu überlegen, ob er die nächsten Worte wirklich aussprechen sollte. Aber dann sprach er doch.

„Einige wollten mich für eine Nacht. Was würde man sonst wohl von einem Fahrenden anderes wollen?", erzählte er bitter. „Andere haben ... haben dafür bezahlt ... wenn wir wieder am Hungern waren." Er sah mich vorsichtig und abwartend an, als ob er erwarte, dass ich ihn deshalb des Hauses verweisen würde. Noirin hatte so etwas natürlich angedeutet, ich hatte das Gespräch der Fahrenden mitbekommen – es aus seinem Mund zu hören, erschütterte mich trotzdem.

Jake wandte den Blick ab. „Die Alternative war verhungern. Nicht viele geben uns Arbeit, wie ihr es tut."

Mein Herz zog sich unangenehm zusammen. Mit einem Gefühl der Furcht richtete ich mich auf, blickte zu seiner schmalen Gestalt hinunter. „Hast du ... hast du dich deshalb ... mit mir ..." Ich brachte den Satz nicht zu Ende.

Jake fuhr auf. „Mit dir eingelassen?"

Ich nickte lethargisch, doch Jake schüttelte energisch den Kopf. „Ich gebe zu, dass es mir bei unserer ersten Begegnung sofort durch den Kopf geschossen ist. Du warst an dem Tag so arrogant, schienst mich aber trotzdem anziehend zu finden. Da dachte ich, wenn es mir einen Vorteil verschafft, werde ich es mit ihm tun." Er machte eine kurze Pause, in der ich mir abwartend auf die Unterlippe biss. „Doch John ... ich merkte schnell, dass du anders bist! Du hast mich anders angesehen. Du schienst anfangs gar nicht erpicht auf ein Abenteuer. Ich hatte das Gefühl", Jakes Stimme wurde leiser, als traue er sich kaum, es auszusprechen, „dass du beginnst, dich in mich zu verlieben."

Ich lächelte zaghaft. „Nun, so war es ja auch."

Geräuschvoll holte Jake Luft und lachte unsicher auf.

„Du hast es mir also angesehen. Und wie war es bei dir?", fragte ich neugierig.

Jake beugte sich zu mir, sah mir in die Augen, als ob er darin ertrinken wolle. „Nach dem Abend am Lagerfeuer", begann er, „da dachte ich, du würdest die Initiative ergreifen, und ich wappnete mich. Ich denke, es war wirklich das erste Mal, dass ich es mir regelrecht gewünscht habe. Aber du machtest keinerlei Anstalten! Du gingst nach Hause, wie ich dir geraten hatte, obwohl ich genau wusste, dass du mich begehrst! Es fühlte sich fast an, als wollest du mich ... umwerben." Jake gluckste belustigt auf. „Und schließlich warb ich um dich, da du so zaghaft warst. Du hast mich behandelt wie ein kostbares Objekt."

Nun ebenfalls amüsiert zog ich die Augenbrauen hoch. „Ich glaube, so kamst du mir vor. Ich war noch nie zuvor jemandem wie dir begegnet."

Verständnisvoll nickte er, schien darüber nachzudenken.

„Wann hast du es bemerkt, Jake?", wisperte ich. „Wann hast *du* dich verliebt?"

Sein Gesichtsausdruck wurde sanft. „An dem Abend, als ich dir das Licht in den Bäumen gezeigt habe. Erinnerst du dich?" Wie könnte ich das vergessen!

„Du hattest so einen ganz bestimmten Ausdruck", fuhr er fort. „Da ist es passiert. Ich musste dich einfach küssen, musste wissen, wie es sich anfühlt, wenn der andere keine Erwartungen hat." Leise seufzte er.

„Jake, was hast du vorhin geträumt?"

Energisch winkte Jake ab. „Das ist egal."

„Du willst nicht darüber reden", erkannte ich.

„John, du musst so was nicht wissen. Ich ... manchmal träume ich von den *anderen*."

Im ersten Moment begriff ich nicht. Dann sah ich im Dämmerlicht seinen Blick und wusste, dass er die Männer meinte, die ihn benutzt hatten. Fröstelnd schlang er die Arme um sich.

„Ich werde mal den Kamin anfachen. Nachts wird es noch ziemlich kalt", sagte ich hauptsächlich, um ihn abzulenken. Als mir die Bettwärme abhandenkam, bemerkte ich erst die Wahrheit hinter meinen Worten. Es war dunkel, Regen prasselte an das Fenster und das Gewitter grollte noch immer. Wind pfiff durch einige Ritzen der Hütte und ein Schauder erfasste mich. Rasch stapelte ich die Hölzer aufeinander, die neben dem Kamin lagen. Mit Feuerstein und Zunder entzündete ich ein paar heimelige Flammen, die uns hoffentlich über Nacht erhalten bleiben würden. Den Raum erfüllte nun warmes Licht und ich bemerkte, dass Jake mich beobachtete. Da ich wirklich rein gar nichts am Leib trug, fühlte ich mich ein wenig verlegen unter seinem forschenden Blick, und schlüpfte rasch wieder zu ihm unter die Decke.

„Da war wirklich keiner, der gut zu dir gewesen war?" Wirklich entziehen konnte ich mich diesem heiklen Thema nicht.

„Doch, sicher. Ich gebe zu, dass ich mir die Männer schon ein bisschen ausgesucht habe. Auch wenn der Stolz im Hunger stirbt, so wollte ich mich nicht ekeln." Er stockte und sah mich strafend an. „John, das ist ein furchtbares Thema!", beschwerte er sich.

„Ich weiß, aber es ist dein Leben gewesen."

Jake murrte etwas, das ich nicht verstand. Ich nahm an, dass es Gälisch war.

„Dann musst du mir von Hellen erzählen", verlangte er.

„In Ordnung."

Und so erzählte er mir, wie er in Kendal bei einem Bäcker ausgeholfen hatte. Jake entgingen dessen begehrliche Blicke nicht. Bewusst fachte er ein Techtelmechtel an und bekam dafür oft mehr Geld oder Brot für seine Familie.

„George ist kein schlechter Mensch. Ich glaube sogar, er mag mich", endete er.

„Aber?"

„Er ist ... nicht so wirklich ..." Jake schnaufte. „... der Mann, der mir wirklich gefallen würde."

„Vom Aussehen her?"

„Du bist furchtbar, John! Ja, vom Aussehen her und auch wegen anderer Dinge."

„Und *ich* gefalle dir?"

Nun traf mich wahrlich ein Adlerblick seinerseits. Völlig unerwartet warf er mich herum, sodass ich unter ihm lag. „Soll ich es dir zeigen?"

Mein Herz pochte fast unangenehm in meiner Brust. „Ähm, wie darf ich das jetzt verstehen?"

„Du hast mir damals im Stall ein Angebot gemacht und ich war zu feige dafür. Aber nun würde ich es gerne einlösen."

In meinen Verstand sickerte endlich, worauf dies hier hinauslaufen würde. Ich schluckte schwer, würde aber keinen Rückzieher machen. „Ja ... zeig es mir."

***

Ein Lied drang an meine Ohren. Träumte ich noch?

... sleeping? Are you sleeping? Brother John, Brother John! Morning bells are ringing ...

Deidre nötigte mich als Kind stets, *Frère Jacques* wieder und wieder am Klavier zu üben. Dennoch mochte ich das Kinderlied und entwickelte einen gewissen Ehrgeiz, es perfekt spielen zu können.

... Morning bells are ringing. Ding, ding, dong ...

Ein leises Lachen mischte sich in das Lied, ich spürte weiche Lippen auf meinen.

„Wach auf, *Bruder* John. Die Sonne geht schon auf."

Mein Verstand erwachte nur langsam. Blinzelnd hob ich die Lider und sah in Jakes verschmitztes Gesicht. Er saß auf der Bettkante. „Hast du für mich gesungen?", murmelte ich lächelnd.

„Meine Mutter hat das immer für mich gesungen, aber auf Französisch – weil Jacques ja die französische Form von meinem Namen ist."

„Und im Englischen singt man John. Der Himmel weiß warum“, sagte ich grinsend.

Langsam und mit einem unterdrückten Gähnen richtete ich mich auf – die Nacht war recht kurz gewesen, zumindest der Teil, während dem wir geschlafen hatten. „Dann sprichst du französisch?“

„Kein Wort ... außer das Lied“, gab Jake zu.

„Gut, ich auch nicht ... außer das Lied.“

Wir lachten vergnügt auf und ich zupfte an seinem Hemd. „Du bist ja schon fertig angezogen.“

„Du hast noch nicht genug? Wir laufen beide Gefahr, nicht mehr sitzen zu können, wenn wir so weiterverfahren“, gab Jake mit gespieltem Ernst zu bedenken.

Mir entwischte ein amüsiertes Schnauben. „Da ich heute tatsächlich vorhabe, mit dir Angeln zu gehen, und wir dafür in einem kleinen Holzboot sitzen werden, wäre es tatsächlich ratsam, bis zum Abend zu warten.“

Jake prustete lauthals los. „Zieh dir was über, ich versuche mich mal an einem Frühstück.“

Ich strich mein Haar glatt und schlüpfte in meine Hose, während Jake in den Küchenbereich ging. Ein leiser Fluch von ihm ließ mich aufhorchen. „Was ist passiert, Jake?“ Mit dem Hemd in der Hand sah ich, wie er hilflos mit Lesters gusseisernem Ofen hantierte.

„Ich versuche ein paar Eier zu braten, aber ...“ Jake wich aufgrund einer züngelnden Flamme zurück, den zerbeulten Topf mit den rohen Eiern in der Hand.

Rasch streifte ich mir das Hemd über und nahm ihm den Topf aus der Hand, hängte ihn an einen Haken am gegenüberliegenden Kamin. Dann nahm ich seine Hände. „Hast du dich arg verbrannt?“

Jake seufzte. „Nicht mehr als bei uns am Lagerfeuer. Wie funktioniert das verflixte Ding? Ich kenne mich mit Öfen nicht aus. In unseren Wagen haben wir so etwas nicht."

Da ich keine schlimmen Verbrennungen an ihm entdecken konnte, widmete ich mich also dem Ofen. Mit dem Schürhaken schob ich erst einmal die Feuerluke zu, damit die Flammen da blieben, wo sie hingehörten. Ich achtete auf die Luftzufuhr und nahm den Topf mit den Eiern.

Lester hatte einen kleinen Rundofen, mit einem Außenabzug und einem kleinen Kochloch. Ich entfernte oben die Abdeckung und Jake sah neugierig zu, wie ich den Topf in das zugehörige Loch einhängte. Recht schnell waren die Eier gar und ich hob den Topf mit einem Haken vom Feuer. Fasziniert lugte Jake in das Kochloch. „Das ist aber praktisch."

Räuspernd stand ich mit dem Topf am Haken am Tisch. „Jake ... dieser Topf steht nicht allein. Er ist alt und verbeult."

„Hmm." Jake schaute sich noch immer aufmerksam den Ofen an.

„Jake ... der Topf ist schwer."

Endlich begriff er und widmete sich den gebratenen Eiern, schöpfte sie aus dem zerbeulten Topf und gab sie in eine Holzschale, die er bereits auf den Tisch gestellt hatte. Erleichtert hängte ich das schwere Ding wieder über den alten Kamin, der wohl als zusätzliche Winterfeuerstelle diente. Wir setzten uns an den Tisch, teilten das Brot und aßen ziemlich unkultiviert mit den Fingern.

Später spülte Jake gewissenhaft den alten Topf und ich schürte den Ofen erneut etwas an. „Könntest du in deinem Wagen so einen Ofen gebrauchen?"

Jake sah zu mir herüber. „Gibt es den auch kleiner?"

„Ja, sicher. Doch du brauchst einen Abzug, sonst räucherst du dich ein."

„Man könnte vielleicht wie hier mit einem Loch und einem kurzen Rohr den Rauch ableiten?", überlegte Jake.

„Wenn wir zurück sind, werde ich einmal sehen, was man da machen kann. Ich glaube, im Keller steht noch so ein Ding.".

„Und das würdest du mir überlassen?"

„Natürlich, wir brauchen ihn ja nicht mehr, seit Maggie den Herd hat."

„Das ... würde uns sicher allen guttun. Manche Nächte sind kalt."

„Du sagst mir doch, wenn ihr etwas braucht?"

Ein fast schüchternes Lächeln umspielte seine Lippen. „Ja ...“

Draußen wieherte eines der Pferde und Jake horchte auf. „Ich gehe mal nachsehen."

Als ich ihm folgte, sah ich erstaunt, dass Lilly fast bis zum Bauch im See stand. Jakes Hengst Liath schaute argwöhnisch ihrem Treiben zu. Die Stute selbst schien unsicher, wahrscheinlich, weil der Boden schlammig und trügerisch war.

„Komm lieber da raus", hörte ich Jake sagen. Er watete zu ihr in den See, wollte sie am Halfter fassen, doch sie schüttelte unwillig den Kopf. Erneut wieherte sie leise und ich hörte die Furcht in ihrem Ruf. Rasch krempelte ich meine Hosenbeine auf und ließ meine

Schuhe auf der Wiese zurück. Jake sah mir entgegen, wich von dem Pferd zurück, als er sah, dass es ihm ausweichen wollte. „Sie hat Angst", sagte er ruhig.

Ich nickte nur und stieg langsam in den See. „Lilly …", rief ich sie leise an. Bei meiner Stimme wandte sie den Kopf und schnaubte leise. Langsam tastete ich mich vor. Der Untergrund war von Algen bewachsen, sie schlangen sich um meine Fußgelenke und ich befürchtete, dass Lilly feststeckte.

„Jake, kannst du nachschauen, ob sie feststeckt, wenn ich sie halte?"

„Natürlich."

Von mir ließ sie sich widerstandslos am Halfter festhalten, ihr Kopf drückte sich sogar gegen meine Schulter. In diesem Moment begriff ich, wie sehr dieses Tier mir eigentlich vertraute, wie sehr sie mich liebte – und dass ich genauso empfand.

Jake kniete sich ins Wasser und ignorierte, dass er komplett angezogen war. Behutsam befreite er ihre Beine von den Algen. Ich versuchte, Lilly ruhig zu halten, fürchtete, dass sie Jake womöglich mit den Hufen treffen würde, aber sie rührte sich nicht. Liath trat unruhig auf der Stelle, ich sah ihn im Augenwinkel.

„Was machst du nur wieder für Sachen?", flüsterte ich ihr zu. Zaghaft rieb sie ihren Kopf an mir. Dann tänzelte sie plötzlich, Jake fiel abrupt zurück und sie strebte zum Ufer, riss mich um, sodass ich vollends im Wasser landete.

Lilly trabte mit Liath davon und bäumte sich ein wenig auf, schüttelte sich, als wolle sie diese Begebenheit loswerden. Jake und ich saßen halb im See und sahen ihnen nach. Als sich unsere Blicke trafen, konnten wir nicht anders als zu lachen.

***

An Kleidung zum Wechseln hatten wir beide nicht gedacht, deshalb waren wir für jeden Sonnenstrahl dankbar, der auf unsere Hosen fiel, die nun an einem der Bäume baumelten. Unsere Hemden mussten auf der Haut trocknen, denn wir wollten nicht wie kleine Jungen nackt herumlaufen.

„Sollen wir ein bisschen auf den See hinausfahren? Die Sonne strahlt dort sicher wärmer." Ich neigte den Kopf in Richtung Ruderboot, das an dem Steg vertäut war.

„Hoffentlich holen wir uns da keine Splitter in den Hintern", gluckste Jake.

Wir schlenderten auf den Steg und er hüpfte behände in das kleine Boot, prüfte die Sitzbretter. „Sieht aber gut aus, schön glatt." Jake zwinkerte mir zu und ich schnaufte amüsiert. Mein Hemd war wesentlich länger als seines, also würde ich eher weniger Probleme mit Splittern bekommen.

Ich glitt zu ihm ins Boot und griff nach den schmutzigen Rudern. Das Holz war von der Sonne erwärmt und schmiegte sich gut in meine Hände, als ich die Paddel ins Wasser tauchte. Jake hatte derweil das schmierige Tau vom Steg gelöst.

Wir fuhren auf den See hinaus und ich genoss die Stille. Jake lehnte sich zurück, schloss die Augen und ließ sich von den Sonnenstrahlen wärmen. Er wirkte entspannt und glücklich. Sein Anblick ließ ein Lächeln über mein Gesicht huschen.

„Du wolltest mir von Hellen erzählen." Jake blinzelte mir zu. Seine Hand glitt über den Rand des Bootes und er ließ die Finger durch das Seewasser gleiten.

Mit einem Seufzen strich ich mir meinen zerzausten Schopf zurück. „Vater hat sie mir vorgestellt. Ich selbst hatte gehofft, mit dieser Verbindung mein seltsames … Verlangen loszuwerden. Hellen war wunderbar. Witzig, freundlich, hübsch, fast immer gut gelaunt …"

„Aber?", hakte Jake nach, als ich stockte.

„Ich stimmte der Heirat zu, aber verliebt habe ich mich in ihren Cousin."

Er setzte sich auf. „Oh je …"

„Ja, so kann man es auch ausdrücken."

„Hat er es erwidert?"

„Das weiß ich nicht! – Nein, ich denke nicht. Als wir geheiratet haben, habe ich sie ja mit zum McKay Anwesen genommen. Ich sehe ihn höchstens einmal im Jahr, wenn Hellen ihren Geburtstag feiert."

„Und?"

Flammte da in Jakes Augen Eifersucht auf? Dies amüsierte mich und ich lachte leise. „Glaub mir, er ist keine Konkurrenz für dich. Es war Schwärmerei und er interessiert mich schon lange nicht mehr."

Kopfschüttelnd richtete sich Jake auf. „Seltsam. Es macht mir nichts aus, dass du verheiratet bist. Ich finde deine Frau sogar sehr nett. Aber wenn ich daran denke, du hättest außer mir noch einen anderen Mann …" Er schnaubte unwillig.

Ich legte die Ruder behelfsmäßig auf den Bootsrand und beugte mich vor, strich ihm sanft durch das wellige

Haar. Meine Lippen legten sich sanft auf seine. Irritiert hörte ich ein leises Platschen und dachte an einen Fisch, bis mir klar wurde, dass es die Ruder waren, die ins Wasser gefallen waren.

„Oh verflixt", zischte Jake.

Wir versuchten an die Ruder zu kommen, doch sie trieben mit der Strömung des Sees davon. Mit einem Knurren zog ich mir das Hemd über den Kopf und ließ mich in das kalte Wasser gleiten. Jake hielt sich ein wenig krampfhaft am Bootsrand fest und ich fragte mich plötzlich, ob er vielleicht nicht schwimmen konnte. Mit kräftigen Zügen schwamm ich zum Ruder und erreichte es problemlos. Ich zerrte es zurück zum Boot und reichte es Jake. Doch wie sollte ich selbst zurückkommen? Dieses Unterfangen gestaltete sich als ziemlich schwierig. Das Ergebnis war, dass ich das Boot zum Kippen brachte und Jake mit einem Schrei zu mir ins Wasser fiel.

Himmel, er kann wirklich nicht schwimmen!

Rasch packte ich ihn am Arm und zog ihn an die Oberfläche. Angst lag in seinem Blick, doch ich konnte mich am Bug festhalten und dirigierte ihn dorthin, sodass er sich festhalten konnte. Ich sah, wie mein Hemd davonschwamm und folgte meinem Oberteil rasch. Es durfte nicht untergehen! Bevor es im Derwent Water versank, bekam ich es zu fassen und kehrte zu einem völlig verängstigten Jake zurück.

„Ich ... ich kann nicht ..."

„Ich sehe es", unterbrach ich ihn.

„Wir sind ganz schön weit draußen."

„Jake, hab keine Angst, lass mich nur kurz überlegen."

Die Situation war verfahren. Jake brauchte definitiv etwas zum Festhalten, aber so konnte ich das Boot nicht herumdrehen, wenn es mir denn überhaupt gelingen würde. Mein Blick glitt von unserem Ufer weg und ich schaute mich um. Mein Augenmerk blieb an einer der kleinen Inseln des Sees haften.

„Jake, ich ziehe das Boot bis zur Insel und du hältst dich fest, in Ordnung?"

„Wo ist denn hier eine Insel?"

Ich zerrte das Boot herum, sodass er den See überblicken konnte.

„Halt dich am Bootsrand fest, ich ziehe uns dorthin."

Jake sah mich mit geweiteten Augen an, schwieg aber, als ich begann, das Boot durch den See zu ziehen. Mein Hemd lag auf dem umgekippten Rumpf und flatterte im Wind wie eine Fahne. Plötzlich brach ein Lachen aus mir hervor. Ich versank fast und konnte mich kaum halten.

„John?", rief Jake besorgt, doch ich winkte prustend ab.

„Ich ... lache ... nur!"

Irgendwie riss ich mich zusammen und zog das kleine Boot und meinen Gefährten zu der Insel. Sie hatte viel näher gewirkt, als ich angenommen hatte. Meine Arme erlahmten und ich kämpfte mich keuchend durch das Wasser. Jake bekam wohl nicht viel davon mit. Er hing wie eine gefangene Forelle am Heck und schwieg. Als ich endlich sandigen Boden unter den Füßen verspürte, versagten mir meine Beine fast den Dienst und ich torkelte zum Ufer.

Ohne etwas zu sagen, nahm Jake mein Gesicht in beide Hände und küsste mich. Wir zitterten beide und ich schlang meine Arme um ihn. Immer noch außer Atem ließ ich mich in den Sand fallen. Ich spürte Jakes Blick, doch er wandte sich ab und lief ein Stück in das Wäldchen hinein, das direkt hinter dem Uferbereich begann. Mühsam raffte ich mich auf und zog das feuchte Hemd von dem Bootsrumpf. Wenigstens war es durch die Sonne angetrocknet und ich zog es mir über. Meine Arme schmerzten von der Anstrengung und zu allem Übel begann mein Magen zu knurren. Ich fühlte mich wirklich furchtbar.

Jake hingegen sammelte trockene Stöcke und schichtete sie auf.

„Wir haben keinen Feuerstein", sagte ich tonlos.

„Den brauch ich nicht", gab er nur zurück. Erstaunt beobachtete ich, wie er zwei Hölzer so lange schnell aneinanderrieb, bis ein dünner Faden Qualm emporstieg. Rasch flammte das Laub, das er unter der Holzschicht deponiert hatte, auf. Dankbar über die Wärme kroch ich näher.

„Hast du Hunger?", fragend hob er den Blick.

„Und wie!"

„Vielleicht kann ich uns ja einen Fisch angeln."

„Ohne Angel?"

„Die hab ich sonst auch nicht, John", sagte er grinsend.

Tatsächlich bastelte er aus einem langen Stock, dem feinen Schnürband von meinem Hemd und einem Regenwurm eine Angel und saß wenig später vergnügt auf einem Felsen und wartete, dass ein Fisch anbiss.

Die Zeit verging quälend langsam für mich. Ich war regelmäßige Mahlzeiten gewohnt und mittlerweile tanzten mir bunte Lichter vor den Augen, wenn ich mich erhob. Der Sonnenstand sagte mir, dass es bereits Nachmittag war und ich schürte immer wieder das Feuer, in der Hoffnung bald einen Fisch darauf braten zu können. Als Jake endlich etwas angelte, entfuhr mir ein erleichterter Seufzer. Doch mein Appetit verging mir, als er unser Essen ausnahm und säuberte. Ihn amüsierte mein angewiderter Blick.

„Du bist ein guter Schwimmer, aber ich denke, das Beschaffen und Zubereiten von Essen überlassen wir weiterhin mir."

„Ja, das ist wohl besser so."

„Was hast du mit deinen bisherigen Fischen gemacht, die du geangelt hast?"

„Äh, Lester hat ihnen früher den Gnadenschlag verpasst und ich habe sie dann triumphierend an Maggie weitergereicht. Abends sah ich die armen Dinger nur noch als Filets."

Sein lautes Lachen hallte über die kleine Waldinsel. „Nun gut, du rettest mich von Zeit zu Zeit und ich sorge dafür, dass du nicht verhungerst." Er stach den fertigen Fisch auf ein Hölzchen, hielt ihn über das Feuer – und grinste frech.

„Ich denke, das ist ein guter Handel." Hungrig starrte ich auf den brutzelnden Fisch, rutschte ein bisschen näher zu Jake. „Trotzdem bringe ich dir morgen das Schwimmen bei."

Ein Sohn

In den Tagen am Derwent Water verschmolzen wir förmlich miteinander. Noch nie zuvor hatte ich mich jemandem so nah gefühlt wie Jake. Als wir zurückritten und sich unsere Wege trennten, fühlte ich mich, als würde mit ihm ein Teil meiner Seele gehen, obwohl er nur zu seinem Lager ritt und ich zum Herrenhaus. Zu Hause schien alles in Aufruhr zu sein. Verwirrt reichte ich Lilly an das Stallmädchen weiter und trat ins Haus.

„John!" Deidres Gesicht wirkte besorgt, strahlte aber auch auf eine seltsame Weise.

„Was ist denn?"

„Hellen liegt in den Wehen!"

„Was? Seit wann?"

„Seit heute Mittag. Es ist gut, dass du da bist."

Völlig überrumpelt starrte ich meine Schwester an. „Wie ... wie geht es ihr denn?"

„Sie erträgt es tapfer. Die Hebamme ist bereits da."

Mit schnellen Schritten wollte ich die Treppe hinaufeilen, aber Deidre packte mich grob am Arm. „Du darfst nicht zu ihr! Das schickt sich nicht! Geh zu Vater in den Salon."

„Aber ..."

„Geh!"

Wie ein gestrafter Hund schlich ich ins Wohnzimmer und gesellte mich zu meinem Vater. Er goss mir wortlos einen großen Whisky ein, den ich in einem Zug leerte.

Nervös lief ich zum Fenster, beobachtete Maggie, wie sie im Kräutergarten Unkraut zupfte.

Als ein Schrei durch das Haus hallte, zuckte ich zusammen und starrte voller Angst zur Tür. Was, wenn Hellen etwas geschähe? Mir rieselte ein eiskalter Schauer über den Rücken. Das erste Mal verdrängte sie Jake in mir und nur noch die Sorge um meine Frau beherrschte mich.

Stunden vergingen und ich wartete wie fest gewurzelt im Salon. Vater hatte sich hingelegt, mich allein gelassen. Also lief ich unruhig auf und ab, bis mein Blick das Klavier streifte.

Plötzlich dachte ich an *Frère Jacques.* Fast zaghaft näherte ich mich dem alten Flügel, ließ meine Fingerspitzen über das glatte Holz gleiten. Lange hatten meine Hände diese Tasten nicht mehr berührt.

Deidre hatte mich auch deshalb das Lied damals so verbissen üben lassen, weil meine Mutter es wohl ständig während ihrer Schwangerschaft mit mir gespielt hatte. Mein Blick glitt zu ihrem Gemälde. Unsere Familie hielt es in Ehren. Für mich war es das Einzige, was mir von ihr geblieben war. Mit einem sanften Lächeln sah sie auf mich herunter, als wolle sie meinem Vorhaben zustimmen.

Als Hellen erneut vor Schmerzen schrie, kämpfte ich mit den Tränen, versuchte die Tatsache zu verdrängen, dass ich bei der Geburt meine Mutter umgebracht hatte. Das mochten falsche Gedanken sein, doch genau so fühlte es sich an.

Ich setzte mich ans Klavier und hob langsam die Abdeckung hoch. Wie von selbst legten sich meine Finger in die richtige Position. Im Augenwinkel bemerkte ich

Jake und ich konnte nicht anders, als zu ihm hinzusehen. Er war im Begriff die Rosen am Fenster zu stutzen, hielt aber nun inne. An seinem Ausdruck erkannte ich, dass er sehr genau wusste, dass ich gerade Vater wurde. Ich konzentrierte mich wieder auf das Klavier. Auch wenn er dieses Lied für mich in Erinnerung gerufen hatte, so spielte ich dies jetzt für Hellen und mein Kind.

Das Elfenbein der Klaviatur fühlte sich kühl an. Sachte begann ich zu spielen, langsam und als müsse ich mich erst wieder daran gewöhnen. Jede Strophe brachte mir die Ruhe zurück, die ich so sehr brauchte. Die Nähe zu Jake, der still am Fenster stand, gab mir Kraft, was auch immer passieren würde. Wie lange ich spielte, konnte ich nicht sagen, aber ich fühlte mich Hellen unglaublich verbunden. Ob sie mein Lied hörte?

Als Deidre ins Zimmer kam, spürte ich sofort, dass etwas geschehen war. Ich hörte augenblicklich auf zu spielen und wagte sie anzusehen.

Deidre lächelte! Ich sprang auf.

„Komm ...", sagte sie nur zu mir.

Sie stieg unendlich beherrscht und langsam die Stufen hinauf. Ich hielt es einfach nicht mehr aus und eilte an ihr vorbei in unser Schlafgemach. Hellens Hebamme stieß mir fast die Tür vor die Nase, als ich diese gerade öffnen wollte. Sie wich erschrocken zurück und lachte dann, ließ mich hinein.

Hellen sah auf, als ich eintrat. Ihr Gesicht wirkte erschöpft, doch ihr Ausdruck spiegelte pures Glück. In ihren Armen hielt sie ein weißes Bündel und ich wusste im ersten Augenblick nicht, was ich tun sollte, stand wie erstarrt da.

„Na, komm schon her, John", sagte Hellen sanft.

Ein unsicheres Lächeln legte sich auf meine Lippen. Ich setzte mich auf die Bettkante, atmete tief durch. „War ... war es schlimm?", fragte ich dümmlich.

„Frag nicht", murrte sie leise und verzog das Gesicht. „Schau lieber hier." Behutsam zog sie die weiße Decke etwas beiseite und offenbarte ... meinen Sohn.

Ich sah in das kleine rosige Gesicht, das ganz zerknautscht wirkte und mein Herz tat einen Sprung. Tränen schossen mir in die Augen und ich war völlig sprachlos.

„Willst du ihn halten, John?"

„Ja", presste ich hervor und konnte mir nicht einmal über das Gesicht wischen, da Hellen mir den Kleinen in die Arme legte. Meine Frau strich mir zärtlich über die Wange und beobachtete mich. Das Gewicht des Babys wirkte vertraut und ich hielt den Jungen wie das Kostbarste der Welt – für mich war er das in diesem Moment.

„Nennen wir ihn James? Dein Vater trägt es als dritten Namen und er könnte Gregory als Zweitname bekommen, wie du."

Mein Sohn verzog ein wenig das Gesicht und seine winzige Hand griff instinktiv nach meinem Finger, als ich sachte über seine zarte Haut strich.

„John?"

Blinzelnd löste ich mich von dem Anblick des Kindes und realisierte, was Hellen mich gefragt hatte. „Entschuldige. Ja ... James wäre wundervoll."

Sie richtete sich etwas auf und ich sah ihr an, dass diese Bewegung ihr Schmerzen bereitete. „Hellen, ist alles in Ordnung?"

„Ich glaube ... das sind nur Nachwehen, nichts Schlimmes."

Unerwartet begann sich James in meinen Armen zu bewegen, als wäre ihm unwohl. Als er leise quäkte, blickte ich meine Frau verstört an. „Was hat er denn?"

„Ich denke, er hat Hunger. Vorhin war er zu erschöpft. Ich versuche es noch einmal."

„Soll ich lieber gehen? Möchtest du allein sein?"

„Nein! Bitte bleib."

Sie nahm ihn entgegen, öffnete ihre Bluse und hielt den Kleinen an ihre Brust. „Ich hoffe, er versteht, was er tun soll", murmelte sie und schrie dann leise auf.

„Was ... was ist denn?" Völlig fasziniert versuchte ich zu beobachten, was dort geschah.

Hellen lachte plötzlich auf. „Er *weiß*, was er tut", erklärte sie dann. „Du lieber Himmel, es ist ein seltsames Gefühl."

Stille legte sich um uns, nur das Schmatzen des Babys umgab uns. Es erfüllte mich mit einem Frieden, den ich so noch nie verspürt hatte. Wir waren Verbündete in einem Abenteuer, das zumindest ich noch nicht fassen konnte.

„Wie war es denn mit Jake am See?"

Verlegen wandte ich den Blick ab. „Es war schön. Wir haben geangelt, sind mit dem Boot gekentert und ich hab Jake beigebracht, wie man schwimmt."

„Das hört sich aber aufregend an! Ihr seid mit einem Boot gekentert?"

Ich erzählte ihr in knappen Worten, wie es dazu gekommen war, und konnte meine Belustigung nicht völlig unterdrücken.

„Ich mag es, wenn dein Gesicht zu Leuchten beginnt, sobald du von ihm sprichst“, sagte sie plötzlich und ich schaute sie geschockt an. Im Bruchteil einer Sekunde gewahrte ich ihre moosgrünen Augen, ihr zerzaustes Haar, das Kind in ihren Armen.

Wusste sie es?

Ich wollte fragen, was sie damit meinte, aber ich brachte kein Wort über die Lippen. Sie strich mir zärtlich durch das Haar und ich begriff, dass sie meine Liebe zu Jake sah – und dies hinnahm. Es schien, als könne sie in meine Seele blicken und ich hoffte inständig, dass sie dort auch die Liebe fand, die ich für sie verspürte. Ohne nachzudenken, beugte ich mich vor und küsste sie, was sie überrascht erwiderte.

„Ich wusste immer, dass du ... anders bist als andere Männer. Deshalb liebe ich dich so, John.“ Hellen sprach leise, mit Blick auf unseren Sohn. „Ich bin dankbar, dass du bei mir bist und mich trotz allem liebst.“ Ihr Lächeln erlosch kurz und sie schaute mich unsicher an. „Das ... das tust du doch, oder?“

Mir zerbrach es fast das Herz. Rasch zog ich sie und das Kind in meine Arme. „Ja, das tue ich, Hellen. Ich liebe dich!“

„Dann ist es gut!“ Sie schluchzte leise an meiner Schulter. „Alles ist gut.“

Ihre Wärme umgab mich wie ein weicher Mantel. James gab ein leises Geräusch der Zufriedenheit von sich und ich fragte mich, womit ich so eine Gefährtin verdient hatte.

„Hast du unten im Salon für mich und James gespielt, John?“

„Ja ...“

„Danke, es hat mir … Kraft gegeben und ich wusste, dass du bei mir warst.“

Ein wenig schob ich sie von mir, damit ich sie ansehen konnte. „Ich bin froh, dass du es gehört hast.“

„Wusstest du, dass ich eine Spieldose mit *Frère Jacques* habe? Ich mochte immer die Strophe in unserer Sprache, weil dort dein Name vorkommt. Mein Bruder hat sie mir damals geschenkt, als ich so aufgeregt war, weil mein Vater mit unserer Verbindung einverstanden war. Er hatte sie aus Frankreich mitgebracht.“

„Wirklich? Das wusste ich gar nicht.“

„Nun ja, ein paar Geheimnisse besitze ich auch“, sagte sie lächelnd.

Unbeschwert

Versonnen blickte ich auf meinen schlafenden Sohn, der in meinen Armen lag. Hellen hatte ihm eine weiße Spitzenmütze zum Schutz vor der Sonne aufgesetzt und er rekelte sich sachte. Vogelgezwitscher und der Duft der Wildblumen umgab uns. Mein Blick streifte den kleinen Blumengarten. Er wirkte verwildert, weil Hellen nicht die Zeit fand, um ihn zu pflegen, und Maggie hatte wahrlich noch andere Dinge zu tun, als die Liebhaberei meiner Frau zu bewirtschaften. Also spross das Unkraut hoch hinauf und erfreute allerlei Getier. Meine Frau sah es gelassen und mir gefiel die bunte Vielfalt. Völlig erschöpft war Hellen eingeschlafen. Ich trotzte jeglichem Standard und kümmerte mich selbst um James. Wen sollte es hier in der Einsamkeit auch stören? Die Sullivans hatten zwar pikiert gefragt, warum sich Hellen keine Amme nähme, doch meine tapfere Frau hatte nur geantwortet, dass sie ihr Kind auch allein ernähren könne.

„Nur das mit den Rüschen und Spitzenhäubchen ... ich glaube, da muss ich mit deiner Mama ein ernstes Wort reden", raunte ich James zu, der mich nun anblinzelte. Ich zupfte an seiner zarten Mütze und haderte mit diesem mädchenhaften Zeug.

Eine Brise wehte Blütenpollen durch die Luft und beugte die hohen Gräser. Behutsam streichelte ich James' Wange und dachte wieder an Hellen. Bisher hatte ich diese Gedankengänge von mir geschoben, aber ich musste darüber nachdenken.

Sie wusste also von Anfang an von meiner Neigung und hatte mich trotzdem geheiratet? Woran hatte sie es gemerkt? An meinen heimlichen Blicken, die ich damals ihrem Cousin zugedacht hatte oder an meiner Zaghaftigkeit anfangs? Bei unserer Hochzeitsnacht hatte ich mich wahrscheinlich mehr gefürchtet als sie. Meine Träume hatten sich in dieser Zeit stets um junge Männer gerankt. Sie hingegen hatte wohl nur von mir geträumt. Und nun hatte ich mit ihr im Bett gelegen und war mir nicht einmal sicher gewesen, ob ich sie begehren konnte. Doch ich war damals ausgehungert und verzweifelt gewesen. Schließlich waren meine Träumereien in den Hintergrund getreten und die Realität hatte mich übermannt. Wir hatten unsere Ängste beiseite gefegt und den Schritt gewagt, der unsere Ehe vollzog. Mit jemandem aufzuwachen hatte sich wundervoll angefühlt und so hatte ich gelernt, meine wahren Gefühle vor mir selbst zu vertuschen – bis Jake aufgetaucht war.

Ich hatte Hellen am Tag der Geburt aufrichtig gesagt, dass ich sie liebte und das entsprach der Wahrheit. Aber Jake ... er berührte mich auf andere Weise. Ob sie ahnte, wie weit meine Beziehung zu ihm ging? Der Gedanke ängstigte mich, denn ich wollte sie nicht verletzen.

James begann zu wimmern und ich hob ihn ein wenig an, sodass er über meine Schulter blicken konnte, sofern er denn schon etwas erkennen konnte, was ich bezweifelte. Trotz allem schien ihm die Position zu gefallen, denn sein Köpfchen sackte auf meine Schulter und ich fühlte, wie sich sein kleiner Körper entspannte.

„Da bist du ja!" Deidre näherte sich und blickte mich prüfend an. „Du siehst furchtbar aus, John!"

Wahrscheinlich spielte sie auf meine zerknitterte Kleidung und das offene Haar an, aber sie konnte mir meine friedliche Stimmung nicht zerstören und ich würde mich nicht rechtfertigen.

„Hör auf herumzumäkeln und setz dich zu mir."

Entschieden schüttelte sie den Kopf. „Die Bank würde mein Kleid ruinieren, du hast sie nicht einmal säubern lassen. Außerdem bin ich nicht hier, um mit dir in der Sonne zu sitzen. Hellen sucht ihren Sohn."

„Dann sag ihr, wo sie mich findet."

„Soll sie James etwa hier draußen stillen?", fragte sie empört.

„Siehst du hier wen, den das stören könnte?" Ich wies auf den verlassenen Gartenabschnitt. „Außerdem ist er noch nicht hungrig."

„John ... du musst ..." Sie kniff die Lippen zusammen und schien mit den Worten, die in ihrem Kopf herumspukten selbst zu hadern, denn sie sprach nicht weiter.

„Die Etikette mehr beachten?", hakte ich freundlich nach.

„Das auch. Aber ich meinte ..." Unmerklich schüttelte sie den Kopf. „Lass den Kleinen nicht zu lange in der Sonne." Sie wandte sich ab.

„Wirst du Hellen sagen, wo ich mit James bin?"

„Ja."

Es dauerte kaum zehn Minuten, da kam Hellen zu mir und setzte sich, ohne auf den Schmutz zu achten, zu mir auf die Bank. „Was für ein wundervolles Wetter.“ Sie seufzte.

Die Geburt war fast zwei Wochen her und Hellen hatte sich gut erholt. Sie wirkte zwar ein wenig verwildert wie ihr Garten, aber mir gefiel ihr geflochtener, zerzauster Zopf und die einfache Kleidung. Ihre Augen strahlten in der Sonne wie frisches Gras.

„Du siehst wunderschön aus“, flüsterte ich.

Ihr Lächeln wärmte mir das Herz. Sie streckte die Arme nach James aus und ich reichte ihr unseren Jungen. Ihr Blick wurde weich und sie drückte den Kleinen an ihr Herz.

„Mein armer Garten“, sagte sie nicht wirklich ernst. Ich folgte ihrem Blick. Ein Zitronenfalter umschwirrte eines der Kräuter und das warme Licht des Nachmittags umhüllte die Gewächse mit einem Goldton.

„Also für mich sieht dein Garten richtig glücklich aus.“

Hellen lachte belustigt auf und sah mich versonnen an. „Was bin ich glücklich, dass du nicht so vornehm bist.“

Ich küsste sanft ihre Wange. „Und was bin ich froh, dass ich eine Frau wie dich habe.“

***

Der Frühling ging viel zu schnell vorbei. James wuchs heran und strotzte vor Gesundheit. Selbst Deidre wirkte glücklich, wenn sie ihn halten durfte. Ich scheute mich, mit Hellen über Jake zu reden, auch wenn sie sich von Zeit zu Zeit nach ihm erkundigte. Noch immer konnte ich nicht wirklich einschätzen, was sie wirklich wusste oder dachte und ich wollte ihre Gedanken keinesfalls trüben, denn sie schienen ... rein zu sein. Ich war nicht sicher, ob man das von mir behaupten konnte.

Ich schlenderte den Waldweg zum See entlang, suchte Jake, denn er war nicht im Lager, aber auch nicht am Herrenhaus. Als ich die Sträucher teilte, schnappte ich überrascht nach Luft, denn Jakes Schwester Noirin stand plötzlich halb nackt vor mir, weil sie sich wohl am Wasser wusch. Erschrocken schlug sie die Arme vor die Brust, doch ihr angespannter Ausdruck wich Erleichterung, als sie gewahrte, dass ich es war. Ungeniert ließ sie die Arme sinken und beugte sich wieder zum See.

Rasch haspelte ich eine Entschuldigung und wollte flüchten, doch sie sprach mich an. „Du suchst Jake, oder?"

Ich blieb stehen, kehrte ihr aber den Rücken zu. Ihr Lachen hallte über das Wäldchen.

„Nun dreh dich schon um, ich interessiere dich doch sowieso nicht."

Zaghaft wandte ich mich um und versuchte krampfhaft zu den Bäumen zu blicken. „Das mag wohl sein. Deshalb muss ich trotzdem nicht all deine Vorteile kennenlernen."

Noirin prustete und im Augenwinkel erkannte ich, dass sie wieder angezogen war. „Jake ist drüben bei den Schafen. Ich glaube, er sieht nach den Lämmern."

„Danke."

Als ich dort ankam, musste er schon weitergezogen sein. Missmutig lief ich also wieder zurück und überlegte, was ich mit dem Nachmittag anfangen sollte. Den

Tag über hatte ich mich mit der Haushaltskoordination und Verkäufen beschäftigt, bis meine rechte Hand begonnen hatte, zu schmerzen. Ich musste mir einen neuen Federhalter zur besseren Handhabung zulegen. Meine Gänsefeder lähmte mir irgendwann die Hand, denn ich benutzte sie zurzeit ohne Schreibhilfe, da diese vor einigen Wochen zerbrochen war. Es tat gut, die Hand mit kleinen Fingerbewegungen zu lockern und so schlenderte ich den Weg entlang – und stockte.

Aus dem Hain heraus konnte ich auf unser Anwesen schauen. Hellen saß mit dem Kleinen auf meiner Lieblingsbank und unterhielt sich mit Jake! Der hatte sich Hellens kleinem Blumengarten angenommen und befreite das Fleckchen Erde von mannshohem Unkraut. Der Wind wehte ihre Stimmen zu mir. Ich lauschte angestrengt, verbarg mich so hinter einer Buche, dass ich sie noch heimlich beobachten konnte.

„Hat John es dir mal vorgespielt?", fragte Hellen.

Er richtete sich auf, um sie anzusehen. „Ich habe es vom Fenster aus gehört, als Ihr ... in den Wehen gelegen habt."

„Meine Mutter hat es mir auch immer vorgesungen. Spielst du auch ein Instrument?"

Jake rupfte ein hochgewachsenes Kraut heraus, um einer Sonnenblume mehr Platz zu geben und nickte. „Ich habe eine alte Gitarre, hab es mir selbst beigebracht."

„Oh, das würde ich wirklich gerne mal hören. Dann singst du bestimmt auch dazu, oder?"

„Manchmal ja. Meine Familie mag es, wenn ich singe."

„John auch?"

Verwirrt hielt er inne. Ich hatte ihm von unserem Gespräch nach der Geburt nichts erzählt.

„Ich glaube schon", antwortete er vage.

Hellen ließ das Thema fallen. „Es ist wirklich sehr nett, dass du mir bei dem Garten hilfst. Einige unpassende Pflänzchen herauszupfen kann ich gut. Aber das?" Sie lachte leise und Jake stimmte gelöst mit ein.

Bevor man mich entdeckte, wie ich meine Frau und meinen Geliebten belauschte, trat ich vor und kam nun offen auf sie zu.

„John!", rief Hellen erfreut und Jake hob sofort den Blick. Für einen kurzen Augenblick erkannte ich pure Sehnsucht in seinem Ausdruck, wir hatten uns fast zwei Tage nicht gesehen. Ich küsste Hellen auf die Wange, wuschelte meinem Sohn über die Locken und begrüßte Jake, der meine Worte mit einem Lächeln quittierte.

James begann zu quäken und grabschte zielsicher in Hellens Ausschnitt, was sie zu einem undamenhaften Quieken veranlasste. Und mich zu einem amüsierten Schnaufen. Sie entschuldigte sich mit einem Zwinkern und ging zum Haus, wobei sie mit dem Kleinen ordentlich zu kämpfen hatte.

Mein Herz schlug schneller, als ich Jakes Blick gewahrte. Auf seltsame Weise fühlte ich mich beobachtet und meine Worte kamen nur im Flüsterton. „Ich habe dich gesucht."

Ausgiebig sah ich mich um und erspähte Deidre am Fenster. Mein Gefühl hatte mich also nicht getäuscht. Mit gebührendem Abstand lehnte ich mich an den Zaun des Gartens.

„Ich war heute hier und dort", sagte er grinsend und grub mit einer Schaufel ordentlich die Erde um. Sein Haar verbarg sich in einem unordentlichen Zopf und ich erkannte, dass er den Tag über viel gearbeitet haben musste. Er wirkte erschöpft und verschwitzt.

„Das habe ich bemerkt und musste deshalb mit deiner halb nackten Schwester vorlieb nehmen", hänselte ich ihn.

Verblüfft hielt er inne und starrte mich an, was mich zu einem Auflachen reizte.

„Was?", fragte er verdattert.

„Keine Sorge", säuselte ich. „Ich habe sie nur aus Versehen am See überrascht, als sie sich waschen wollte. Eigentlich suchte ich dich."

„Und warst du sehr enttäuscht?", neckte er und widmete sich wieder der Muttererde, die er nun mit der Hacke wieder in ordentliche Bahnen brachte.

„Durchaus."

Plötzlich seufzte er und fixierte mich mit seinen Rehaugen. „Es macht mich wahnsinnig, wenn ich dich tagelang nicht sehe", raunte er und warf einen verstohlenen Blick in die Richtung meiner Schwester, die sich daraufhin zurückzog.

Seine Offenbarung reizte etwas in mir. „Wann sehen wir uns richtig, Jake", wollte ich ein wenig atemlos wissen.

„Triff mich heute Abend hinten an der Scheune. Dann stinke ich auch nicht mehr wie ein Ochse."

„Selbst das wäre mir im Moment herzlich egal."

Vater kam ums Haus herum und schien mich zu suchen. Schweren Herzens wandte ich mich von Jake ab.

„Junge, komm, sieh mal mit mir nach den Pferden.“ Mein Vater nickte Jake kurz zu. „Deidres Wallach lahmte gestern.“

Für ihn würde ich immer *sein Junge* sein und es machte mir überhaupt nichts aus. Ich liebte meinen gütigen Vater und es brach mir zuweilen das Herz, dass er nach seinem Anfall manchmal so unbeholfen wirkte. Rasch schenkte ich Jake ein letztes Lächeln und folgte Vater in die Stallungen.

Das Pferd schien zum Glück nur ein wenig überlastet, weil Deidre es wieder zu sehr getrieben hatte. Vertrauensselig presste Faron seinen Kopf an mich, als ich sein Bein prüfte. „Sie vergisst immer, dass du nicht mehr der Jüngste bist, mh?“, gurrte ich ihm zu.

Lilly wieherte leise, als sie meine Stimme vernahm. Ich hörte sie in der Box trampeln. War sie eifersüchtig?

„Ich komm ja gleich zu dir“, rief ich ihr zu.

Vater begutachtete derweil die beiden neuen Fohlen.

In den Pferdeställen fühlte ich mich wohl, es schien viel mehr meine Welt zu sein als all der adlige Schnickschnack, den meine Schwester so oft bevorzugte. Sie selbst würde ihr Pferd nicht einmal selbst satteln.

Lilly-Ann schob einen Heuballen vor die Ställe. Ich bewunderte ihre Stärke, die sie trotz ihrer zierlichen Figur definitiv aufwies. Sie führte meine Stute aus ihrem Verschlag, um das Pferd außen anbinden zu können, damit sie ausmisten konnte. Doch Lilly riss sich los und warf das verdutzte Mädchen beinahe um. Resigniert schüttelte ich den Kopf, als Lillys vorwitziger Kopf in Farons Box lugte.

„Du bist wirklich das aufsässigste Pferd der Welt“, rügte ich sie eher zum Spaß.

Lilly-Ann stockte, als sie gewahrte, dass ich im Stall war. Meinen Vater hatte sie sofort erspäht und ihn angemessen begrüßt. Nun sah ich ein Flackern in ihren Augen, das mir fast unangenehm war. Sie begrüßte mich stockend und brachte dann meine Stute zurück zu ihrer Box, wo sie Lilly an einen Pfahl band, damit sie endlich mit ihrer Arbeit fortfahren konnte. Ich tätschelte Faron sachte und ging zu meinem unruhigen Pferd. Es rieb sich übermutig an mir, da nutzte auch kein Schimpfen. Ich ließ es ihr durchgehen und kraulte sie ausgiebig. Erst als Lilly-Anns Blicke mir zu viel wurden, verließ ich mit meinem Vater den Stall.

„Wo hast du eigentlich deinen Schatten gelassen?", fragte mich Vater spitzbübisch.

Mein kleiner Hund Less, den Lester mir vor einigen Wochen endlich überlassen hatte, klebte mir normalerweise wie eine Klette am Hintern und so nannte Vater ihn immer nur meinen *Schatten*. Heute hatte ich ihn bei Betty gelassen, da ich eigentlich gehofft hatte, mit Jake ein wenig Zweisamkeit genießen zu können. „Er ist noch im Haus, aber ich denke, ich werde ein wenig mit ihm spazieren gehen."

„Tu das, John, ich werde fragen, ob Betty noch eine Tasse von dem Sullivan-Kaffee für mich übrig hat."

Doch es kam anders. Mein Magen knurrte, mich gelüstete es aber nicht nach einer späten Teegesellschaft mit Deidre, also suchte ich heimlich die Küche auf. Der Nachmittag neigte sich bereits dem Ende zu und die Sonne schien so auf unser Haus, dass sich geisterhafte Kontraste bildeten. Trotz seiner Schlichtheit wirkte unser Anwesen sehr verwunschen.

Ich betrat mein Zuhause durch den Hintereingang und sah mich verstohlen in der Küche um. Wo war Maggie? Es rumpelte in der Speisekammer und ich rief nach ihr. Zu meiner Verblüffung trat Jake aus der Kammer und mein Herz machte einen regelrechten Satz. „Was tust du denn in der Speisekammer?", fragte ich dümmlich.

„Die Frage ist doch ...", Jake stellte die Milchkanne hin, die er wohl hervorgeholt hatte, und näherte sich mir, „... was macht Ihr in der Küche ... Sir?" Ein freches Grinsen umspielte seine Lippen.

Mir entfuhr ein völlig unadeliges Schnauben, das meine Belustigung über diese Situation sehr deutlich ausdrückte. „Nun, ich befürchte, dass ich viel zu oft und viel zu gerne hier bin."

„Maggie erwähnte so was", bemerkte Jake, immer noch lächelnd.

Da meine Mutter im Kindbett gestorben war, suchte ich mir irgendwann woanders Geborgenheit und fand sie in unserer dicken, freundlichen Köchin. Auch heute noch kam ich heimlich hierher, um mit ihr zu plaudern. Die Dienerschaft wusste das, meine Familie auch. Sie alle tolerierten es stillschweigend, ausgenommen Deidre, die nicht müßig wurde, mir zu sagen, dass der Sohn eines Adligen nichts in der Küche zu suchen hatte.

„Ich dachte, du bist beim Unkrautjäten."

„Damit bin ich fertig."

„Wo ist denn Maggie?"

Jake neigte den Kopf und sah mich spitzbübisch an. „Du plauderst also lieber mit ihr als mit mir?"

„Das habe ich nicht gesagt."

Er wirkte ... frech. Was führte Jake im Schilde?

„Eigentlich wollte ich einen Vorwand suchen, um dich später aus dem Haus zu locken, aber ich könnte dir auch hier ...", Jake senkte die Stimme, „... ein paar Küsse entlocken. Es sei denn, du willst nicht." Demonstrativ zuckte er die Achseln.

Rasch sah ich mich um. Wir waren allein. Oder? „Wo ist Maggie?", fragte ich flüsternd.

„Im Dorf."

„Und Jeremy?" Der Junge war Maggies Sohn.

„Also heute hab ich ihn noch nicht gesehen, wahrscheinlich treibt er sich im ...."

Ich unterbrach ihn mit einem Kuss. Wir stießen aus Versehen die Milchkanne um und das Klappern hallte durch das halbe Haus. Erschrocken fuhren wir auseinander. Jake fing sich rasch und lachte leise, hob die Kanne auf und stellte sie auf die Anrichte. Wir warteten atemlos, ob jemand aufgrund des Geräusches hereinkommen würde. Als das Haus still blieb, zog Jake mich in die Speisekammer. Die Einmachgläser auf den Regalen klirrten leise, als er sich bei einem weiteren recht stürmischen Kuss dagegenlehnte.

„Warte ..." Ich zog die Tür zu, verriegelte sie mit einem Besen, und Jake gluckste amüsiert auf.

„Was machen wir, wenn jemand reinkommen will?", fragte er leise.

„Dann haben wir ein Problem. Aber ich habe auch nicht vor hier ..."

Diesmal unterbrach er mich und ich presste ihn an mich. „Und was hast du vor?", wisperte er an meinen Lippen.

„Ich weiß nicht recht."

Seine Hand glitt kurz in meinen Hosenbund und ich keuchte leise auf. „Also ich wüsste da was." Er fiel vor mir auf die Knie und machte sich an meinem Gürtel zu schaffen.

„Was hast du denn jetzt vor?"

Jake sah belustigt zu mir auf. „Nach was sieht es denn aus?"

Trotz meiner sichtlichen Erregung musste ich lachen. Gott, diese Situation war so gefährlich und gleichzeitig so verführerisch, dass ich dem nicht entrinnen konnte – nicht entrinnen wollte. Dann verflüchtigten sich jegliche Gedanken bei Jakes Berührung.

Meine Lider senkten sich und ich vergrub meine Hände in Jakes Haar. Um keinen Laut von mir zu geben, biss ich mir auf die Lippe, ein ersticktes Keuchen entfuhr mir schließlich dennoch.

Das Herz hämmerte mir in den Ohren, ich nahm nur vage wahr, wie sich Jake aufrichtete, mir eine verirrte Strähne aus der Stirn strich. Dann fuhr er abrupt um. Jemand lief die Treppe herunter. Lachen hallte durch den Korridor.

Maggie kam zurück!

Jake schnellte aus der Kammer, schnappte sich die Milchkanne, bevor ich auch nur meine Kleidung richten konnte. Als unsere Köchin schließlich die Küche betrat, erwischte sie mich tadellos gekleidet, aber mit geröteten Wangen in der Kammer.

„Sir John? Was macht Ihr denn in der Speisekammer?"

Ich räusperte mich verlegen und versuchte wieder Herr meiner Sinne zu werden. „Ich suchte einen Plausch und etwas zu essen", antwortete ich mit einem

Lächeln, das wohl unwiderstehlich wirkte, denn Maggie erwiderte es voller Inbrunst.

„Ein Plausch also. Und den sucht Ihr in der Kammer?"

„Nun ja, dort eher heimliche Nascherei."

Ihre Hand glitt flüchtig zu meiner Wange. „Habt Ihr Fieber?"

„Äh, nein, mir ist nur etwas warm."

Ihre Stirn umwölkte sich besorgt, doch sie nickte, versuchte wohl ihre mütterlichen Instinkte etwas auszublenden, was ihr bei mir oft nicht gelang.

Maggie wusste genau, was ich mochte, und briet mir einige süße Besonderheiten, die sie nur für mich zubereitete. „Vielleicht richtet Ihr Euer Haar, bevor Eure Schwester es sieht", sagte sie sanft, ohne mich anzusehen.

Verlegen befühlte ich meinen Zopf. Er war halb herausgerutscht und ich ordnete rasch meine Frisur.

Fast eine Stunde verbrachte ich in der gemütlichen Küche, hörte mir Maggies überaus interessanten Tratsch an. Dann machte ich mich auf die Suche nach Jake. Ich hatte noch eine offene Rechnung bei ihm zu begleichen. So fiel zwar das eigentliche Abendessen für mich aus, aber hungrig war ich jetzt nicht mehr – zumindest nicht im herkömmlichen Sinne.

Ich fand ihn beim Holzhacken, nahe des Schuppens. Er wirkte erfreut, mich zu sehen. Ich versicherte mich, dass wir allein waren und nahm ihn an die Hand. „Komm mit mir …"

Im Wald herrschte angenehmes Zwielicht. Letzte Sonnenstrahlen fielen schräg durch die Wipfel und malten Schattenbilder auf die Laubschicht am Boden. Bei einer Lichtung, wo dichte Moosteppiche wuchsen, hielt ich inne. Unscheinbare Blütenköpfe reckten sich aus dem Grün. Leises Vogelzirpen wiegte uns in Sicherheit. Jake wollte mich küssen, doch ich hielt ihn ab, drängte ihn an einen Eichenstamm.

„Erst muss ich mich revanchieren."

Misstrauisch schaute Jake mich an und ich lachte. Was glaubte er, was ich vorhatte? Nun, er würde es ja sehen. Mir hatte er sein Vorhaben in der Kammer ja auch nicht groß erklärt. Ich sank nun meinerseits auf die Knie und löste die Schnüre seiner Hose. Überrascht hielt er meine Hand fest.

„John, du musst das nicht tun."

Ich sah zu ihm auf. „Ich weiß, aber ich *möchte* es endlich mal tun."

„Aber du ... du bist ..."

„Was bin ich? Der Sohn eines Baronets? Was, bitteschön, hat das denn damit zu tun?"

Jake atmete, als ob er den Weg hierher gerannt wäre. „Du wirst dir die Hose an den Knien schmutzig machen", protestierte er schwach.

„Und du brauchst Erlösung, wenn ich mir das so anschaue. Und nun halte still, ich habe schließlich auch nicht gezappelt."

Jake versuchte ein Lachen zu unterdrücken, was ihm nicht gelang.

Insgeheim wollte ich dies immer schon tun, nur nicht bei einer Frau. Ich fegte alle Überlegungen beiseite und hörte, wie Jake ein leises Geräusch entfuhr, als ich mir meine Revanche holte.

Es war eine seltsame und doch schöne Erfahrung, vor allem, weil Jake völlig den Halt verlor und am Schluss förmlich in meine Arme sackte.

„Das ... hat noch keiner gemacht", keuchte er leise.

„Tatsächlich? Wieso denn nicht? Ich meine, du scheinst mir da recht ... geübt."

„Äh, ja, eher aus der Not heraus", murmelte er beklommen. „Aber nicht bei dir!"

Unbeirrt streifte ich ihm das Hemd über den Kopf und küsste ihn sachte am Hals. Ich roch das frische Seewasser auf seiner Haut. Er hatte also wirklich gebadet oder sich zumindest gewaschen. Seine Hände lösten meinen Zopf und er fuhr mir durch das Haar. Seine Nähe entfachte tausend Feuer in mir und ich verspürte einen Hunger, den nur Jake stillen konnte. Niemand, wirklich niemand würde etwas Vergleichbares in mir auslösen können. Dieses Gefühl war besonders und einzigartig. Auch wenn *ich* es empfand, so gehörte es allein Jake.

Er riss an meinem Oberteil und ich entledigte mich dem rasch, ließ mich zurückfallen und spürte das kühle Moos in meinem Rücken.

„Weißt du, dass ich dich liebe?", flüsterte er mir zu. Über mich gebeugt betrachtete er mein Gesicht, als wolle er sich jedes Detail genau einprägen.

„Ja, das weiß ich ..." Ich wollte ihm versichern, dass ich ebenso empfand, aber das brauchte ich nicht. Seine warmen Lippen trafen auf meine und ich presste ihn dicht an mich.

Das Rauschen des Windes umgab uns. Die Dämmerung legte sich wie Rabenflügel auf den Wald und verbarg uns vor jedem Blick.

Herbstfeuer

Ehe ich mich versah, neigte sich auch der Sommer dem Ende zu und das Laub verfärbte sich in Gold und Rot. Ich fürchtete den Herbst mehr als alles andere, denn Jake würde wieder fortgehen. Das Gefühl saß in mir wie ein Erdklumpen, der sich einfach nicht auflösen wollte. Ins Lagerfeuer starrend sinnierte ich über das Problem und kam doch zu keinem befriedigenden Ergebnis.

Mein Hund Less hatte mich zu den Fahrenden begleitet und lag mir zu Füßen. Jake hockte nah bei mir und begleitete Noirins Gesang auf der Gitarre. Ich lauschte seinem Spiel, versank in dem Lied. Es erzählte von einem See, der von Legenden umrankt war, von einer unsterblichen Liebe, die unweigerlich in den Tod führte. Mir schossen die Tränen in die Augen und ich musste mich zusammenreißen, um sie zurückzudrängen. Less schien meine melancholische Stimmung zu fühlen. Er robbte mit einem Winseln auf meinen Schoß, wo er sich in meinen Arm schmiegte. Ich kraulte ihm das seidige Fell. Als Noirins Ballade endete, legte Jake demonstrativ die Gitarre zur Seite und lehnte den Kopf an meine Schulter. Auch seine Hand strich über Less' Fell, als würde er wie ich Trost in der Berührung suchen. Der Kleine genoss die Zuwendung und drehte sich auf den Rücken, sodass er fast von meinem Schoß purzelte. Wir lachten gedämpft, doch ich sah, dass Jake sehr mit sich kämpfte. Er wollte nicht fort! Das hatte er mir deutlich gesagt, eine Wahl schien er nicht zu haben.

Ehrlich gesagt hätte ich mir auch zweimal überlegt, gegen Joseph zu rebellieren. Der Mann strahlte eine Autorität aus, die mir einfach Respekt abverlangte.

Schließlich vergrub Jake sein Gesicht in meiner Jacke. Es war nicht nur die Tatsache, dass man uns monatelang trennte. Er fürchtete die Reise nach Cornwall, denn dort wurde er mit seinem alten Leben konfrontiert. Hier brauchten sie sich nicht zu sorgen, im Winter jedoch würde schlussendlich irgendwann das Geld wieder nicht reichen und der Hunger folgen. Ich hatte im Frühling gesehen, wie schmal er geworden war. Sicher würde ich Jake heimlich so viel mitgeben, wie mir möglich war, aber es würde keine sechs Monate reichen.

„Warum kann Vater uns hier nicht einfach in Frieden leben lassen", flüsterte Jake. Seine Stimme wurde von meiner Jacke gedämpft. Ich strich ihm zärtlich über das Haar, wusste aber keine Worte, die ihn hätten trösten können.

Erneut hatten wir versucht, Joseph klarzumachen, dass seine Familie hier willkommen war. Ich hatte angeboten, dass sie die Wagen in einer der alten Stallungen unterstellen könnten und im Haus wohnen dürften. Früher war unsere Dienerschaft weitaus größer gewesen und ein Flügel im McKay-Haus stand fast leer. Nur Betty, Maggie und ihr Sohn lebten dort.

Lilly-Ann ging jeden Abend nach Hause zu ihrer Familie, die noch immer nicht recht begreifen konnte, welche Sehnsucht das Mädchen zu den Pferden trieb. Irgendwann würden wir sie verlieren, denn ihr Vater sprach von einer arrangierten Heirat. Ihr zukünftiger

Gatte würde die Hofarbeit sicher nicht tolerieren. Weinigstens schien Lilly-Ann recht angetan von dem jungen Mann zu sein, was ich sehr beruhigend fand, denn ich mochte die Kleine.

Jakes Vater jedoch wollte nichts von diesem Angebot wissen. Es trieb ihn hinaus in die Welt und alle anderen mussten folgen.

Mit einem Seufzen rutschte Jake ein wenig an mir herunter und legte seinen Kopf in meinen Schoß. Less wich bereitwillig, ließ aber seinen Kopf auf meinem Bein liegen. Amüsiert beobachtete ich die beiden, die um meine Gunst kämpften und nun fast Nase an Nase lagen. Meinem Geliebten schien die Nähe des Hundes nichts auszumachen, er rollte sich wie ein Kleinkind zusammen und schloss die Augen. Die letzten Erntearbeiten hatten ihn erschöpft. Wie von selbst legte sich meine Hand beschützend auf seine Schulter.

Ich spürte, dass die Fahrenden uns beobachteten, und sah kurz auf. Ich hoffte, dass sie unsere Beziehung mittlerweile richtig einordneten und begriffen, dass ich Jake aufrichtig liebte. Mein Blick sank wieder zu seinem schönen Gesicht, das sich nun entspannte.

Donner grollte und ich betrachtete mit Sorge den Himmel. Die ersten Sterne verschwanden wieder, denn der Wind drängte eine Wolkenwand in unsere Richtung. Plötzlich wurde es still, die Vögel hatten ihren Abendgesang unterbrochen. Die Gespräche verstummten, als ein Blitz die Dunkelheit aufriss. Ein schwerer Geruch lag in der Luft. Bei einem Grollen schreckte Jake auf. Seine Familie packte ihre Utensilien zusammen. Alle verschwanden in den Wagen.

Joseph legte mir eine Hand auf die Schulter. „Bleibt nicht draußen."

Less winselte leise und ich strich ihm beruhigend über den Kopf. „Komm, Jake, gehen wir in deinen Wagen."

Ein Blitz zuckte grell über die Landschaft. Jake setzte sich nun rasch auf. Der Donner ließ ihn zusammenzucken. Ohne Umschweife schnappte er sich meinen Hund und hielt ihn fest an sich gepresst, bevor dieser panisch flüchten konnte.

„Bring Lilly lieber zu den anderen", sagte Jake und brachte Less in seinen Wagen.

Meine Stute riss nervös an ihren Zügeln, die ich locker an einen Baum gebunden hatte. „Ruhig", flüsterte ich und strich ihr sanft über die Nüstern. Sie ließ sich von mir zu der provisorischen Pferdeweide der O'Malleys führen. Meist ließ ich sie nicht zu den anderen, denn man konnte nie einschätzen, wie eine Herde auf ein fremdes Pferd reagierte. Da sie aber zumindest in Liath einen Freund gefunden hatte, schien mir die Weide weitaus sicherer als ein Baum.

Der Hengst witterte sie sofort und trottete zu ihr. Josephs Stute, die in der Herde das Sagen hatte, schaute sie nur argwöhnisch an. Das Gewitter stimmte sie wohl gnädig.

Vereinzelte Tropfen trafen mich, die mir viel zu hart erschienen. Verdutzt schaute ich auf die weißen Körner am Boden.

Hagel!

„John!"

Ich folgte Jakes Ruf und wir verbargen uns in seinem Pferdewagen. Als ein wahres Inferno ausbrach, lachte ich verhalten. Der Sturm peitschte die Hagelkörner gegen die Seitenwand und der Donner hallte so laut wie Kanonenschläge. „Wir sind in der Hölle gelandet", witzelte ich.

Jake saß auf seinem schmalen Bett, presste Less an sich – der Hund versuchte förmlich in ihn reinzukriechen – und starrte mich mit ernster Miene an. „Ja, ein passender Ausdruck", sagte er tonlos.

Besorgt setzte ich mich zu ihm, legte einen Arm um seine Schultern. „Was hast du, Jake?"

Mit unsicherer Miene wandte er das Gesicht von mir ab. „Ich will diese Herumfahrerei nicht mehr."

Sachte legte ich meine Hand an seine Wange und drehte seinen Kopf zu mir. Tränen standen in seinen Augen, er konnte sie nicht aufhalten. „Dann bleib bei mir", wisperte ich.

„Das kann ich nicht, John. Vater würde das nicht tolerieren. Ich soll die Gruppe irgendwann führen, wenn er zu alt dafür geworden ist."

„Warum kann Brian das nicht übernehmen?"

Mit einer müden Geste zuckte er die Schultern.

„Was würde dein Vater tun? Dich verstoßen?"

„Ich weiß nicht. Mir fällt die Vorstellung schwer, ihn zu enttäuschen." Fahrig wischte er sich über das Gesicht und seufzte.

Ein Blitz erhellte den Wagen und das Gewitter donnerte so laut über die Lichtung, dass es mir in den Ohren schmerzte. Der Pferdewagen erzitterte. Orangefarbenes Licht flackerte durch das kleine Fenster und ein seltsames Krachen ertönte.

„Scheiße!", zischte Jake, legte den Hund auf das Bett.

Der Blitz war in unserer Nähe eingeschlagen.

„Bleib!", befahl ich Less, der sich angstvoll duckte. Rasch streichelte ich über seinen Kopf und stürmte mit Jake hinaus.

Geschockt starrte ich auf den Baum, an dem ich Lilly kurz zuvor angebunden hatte. Von den Wurzeln bis zu einer Höhe von etwa zwei Metern stand die Eiche in Flammen. Die Pferde auf der Weide hatten sich in die hinterste Ecke zurückgezogen. Nur der Hagel war abgeflaut.

Lilly wäre tot, wenn ich sie nicht auf die Weide gebracht hätte.

Das Feuer züngelte zu den oberen Ästen und setzte die vertrockneten Herbstblätter in Brand. Hitze stach mir entgegen und ich spürte, wie mich jemand packte und fortzog.

„Der Ast!", hörte ich Jake rufen.

Die aufgeregten Stimmen vermischten sich und ich sah mich um. Panisch versuchten die O'Malleys einen der Wagen zur Seite zu ziehen. Ohne zu überlegen, rannte ich zu ihnen, half ihnen das Gefährt wegzuziehen, doch es war zu spät. Fassungslos schauten wir zu, wie ein brennender Ast am Stamm auseinanderbrach und auf Josephs Wagen stürzte. Das Feuer brandete am Dach auf.

„Wir brauchen Eimer!", schrie ich und weckte die O'Malleys aus ihrer Starre. Jakes Cousin Brian reagierte als Erster. Ich folgte ihm, griff nach dem dargebotenen Eimer und rannte zum Fluss. Die anderen folgten unserem Beispiel. Verzweifelt versuchten wir, den Wagen zu retten. Im Hintergrund hörte ich die kleine Elissa weinen. Ich sah mich nach ihr um. Sie stand alleine auf dem Platz, viel zu nah am Feuer. Wo war ihre Mutter?

Der Eimer glitt aus meinen Händen und ich war mit drei raschen Schritten bei Jakes Tochter, nahm sie hoch. Sie legte ihre Arme um meinen Hals und verbarg ihr Gesicht an meiner Schulter. Suchend sah ich mich um. Mary half bei den Löscharbeiten.

Gott schien uns allen gnädig zu sein, denn der Himmel öffnete seine Schleusen und ein wahrer Sturzbach begleitete das Gewitter, das sich allmählich verzog. Der Regen beendete den Brand und durchnässte uns bis auf die Haut. Elissa krallte noch immer ihre Hände in mein Hemd, als Jake erschrocken zu mir gelaufen kam.

„Was ist mit Lissy?" Er strich seiner Tochter über das Haar. Als sie gewahrte, dass er es war, ließ sie von mir ab und fiel förmlich in Jakes Umarmung.

„Papa", schluchzte sie leise. Ich sah, wie Jake erstarrte. Er hob mit einer Hand ihr Gesicht ein wenig an, schaute dem Mädchen in die Augen. Tränen liefen ihr über die Wangen.

„Du weißt es", hauchte er. Lissy nickte nur und klammerte sich an ihn. Unsere Blicke begegneten sich und er schenkte mir ein scheues Lächeln.

„Es ist alles in Ordnung, meine Kleine."

Unsicher starrte er zu dem Pferdewagen seines Vaters. Die O'Malleys versuchten bereits, den noch glimmenden Ast herunterzuzerren.

„Bleib bei ihr, ich helfe ihnen", sagte ich zu ihm. Jake nickte dankbar, hockte sich mit Elissa hin und ich hörte, wie sie leise miteinander sprachen.

Das Geäst von dem Wagen zu ziehen, war im Nachhinein leichter als wir befürchtet hatten. Doch den Schaden zu beseitigen, gestaltete sich als viel schwieriger. Die hintere Achse war unter dem Gewicht des Astes gebrochen, das Dach angesengt und wahrscheinlich brüchig. Joseph stand schweigend im Regen und sah auf die Bescherung. Jake näherte sich, Lissy immer noch auf dem Arm. Der Regenguss verebbte zu feinem Niesel und der Wind brachte kalte Luft mit, die mich frösteln ließ. Nur mein linker Arm brannte unangenehm. Verwirrt begutachtete ich ihn und sah, dass mein Hemd wohl kurzfristig Feuer gefangen haben musste. Ich fühlte mich leicht schwindelig.

„Geh zu deiner Mutter, Lissy", sagte Jake sanft und setzte seine Tochter ab. Er begann mein Hemd aufzuknöpfen und sah mich besorgt an. „Du bist verletzt."

Er zog mir das Oberteil an der Schulter herunter und ich zuckte zusammen, als ein brennender Schmerz mich erfasste. In der Aufregung schien ich es nicht bemerkt zu haben. Jetzt hingegen spürte ich es mit Macht und mir wurde übel.

„Noirin!", rief Joseph alarmiert.

„Ich habe es vorhin gar nicht bemerkt", entfuhr es mir verwundert. Als Jake mir aus dem Hemd half, keuchte ich leise auf.

„Komm in meinen Wagen!" Jake zog mich mit sich, und als die Tür aufging, stob mein Hund völlig aufgelöst auf mich zu. Ich begrüßte ihn kurz und ließ mich von Jake an seine Schlafstätte führen.

Noirin kam herein, warf einen Blick auf meinen Oberarm und verzog das Gesicht. „Du musst es kühlen, Jake!", befahl sie. Mit diesen Worten eilte sie hinaus.

Ich lehnte mich mit geschlossenen Augen gegen die Holzwand des Wagens und versuchte das Pochen in meinem Arm zu ignorieren, was mir nur sehr schlecht gelang. Less schmiegte sich winselnd an mich.

„Erschreck dich nicht", flüsterte Jake. Er umwickelte meine Verletzung mit einem Tuch, das wohl mit kaltem Flusswasser getränkt worden war. Die Berührung tat anfangs weh, dann drang die Kühle zu mir durch und ich seufzte.

„Was werdet ihr nun tun, Jake?", fragte ich ihn leise.

„Das weiß ich nicht." Er verschwand kurzzeitig, kam zurück und wechselte das Tuch, bis Noirin zurück- kehrte. Ich sah, wie sie einige Pflanzen zu einem Brei zerdrückte. Welches Heilkraut es war, interessierte mich nicht, ich vertraute ihrer Kenntnis. Sie machte mir damit einen Umschlag. Müdigkeit umfing mich und ich lehnte mich an Jake.

„Ist bei dir alles in Ordnung?", fragte ich.

„Ja, ich glaube, bei mir sind nur ein paar Haare ange- sengt."

„Damit kann ich leben", murmelte ich. Der Kräuter- umschlag milderte den Schmerz und ich legte meinen Kopf an Jakes Schulter. Sachte küsste er mich aufs Haar. „Ist wohl besser, wenn ich dich nach Hause bringe."

Dort waren alle sehr erschrocken, als Jake mit mir auftauchte. Wir mussten furchtbar aussehen, sodass Hellen sofort Dr. Campbell holen wollte, was ich aber verhinderte. Jake erzählte kurz von dem Blitzeinschlag, übergab mich meiner Familie und ging dann besorgt zu seiner zurück. Hellen führte mich ins Bad, sie trug schon ihr Nachtgewand. Less lief uns ständig zwischen die Beine.

„Du siehst aus wie ein nasser Kaminkehrer", sagte Hellen sanft und half mir aus der Kleidung.

„Noirin sagt, der Umschlag solle bis morgen bleiben."

„Dann befolgen wir ihren Rat lieber. Ist es schlimm?“

Ich zwang mich zu einem Lächeln. „Es geht schon.“

„Und ein Blitz ist im Lager eingeschlagen?“ Sie wirkte sehr besorgt.

„Er hat die große Eiche in Brand gesetzt. Ein Ast ist direkt auf Josephs Wagen gefallen und hat einiges zerstört.“

Erschrocken legte sie die Hand vor den Mund. „Aber wie wollen sie jetzt in ihr Winterquartier fahren?“

„Ich weiß es nicht.“ Hoffentlich überhaupt nicht, dachte ich insgeheim.

Less sprang an meinen Beinen hoch und ich musste ihn bändigen.

„Eigentlich hat er im Baderaum nichts zu suchen“, bemerkte Hellen beiläufig und wusch mir den Ruß vom Gesicht.

„Er war recht tapfer, der kleine Bursche.“

Ein Weinen hallte durch das Haus und wir zuckten beide zusammen. James!

„Betty wird sich um ihn kümmern“, erklärte Hellen ruhig. „Deidre hat ihr Bescheid gegeben.“

Nur kurze Zeit später hörten wir das Geräusch einer sich öffnenden Tür und Bettys sanfte Stimme, die unseren Sohn beruhigte.

Hellens Worte spukten mir noch im Kopf herum. Wie wollten sie nun nach Cornwall? Würden sie den Wagen zurücklassen?

Winterzeit

Schlussendlich nahm die Natur die Sache in die Hand. Die O'Malleys hatten zwei Wochen versucht, den Wagen zu reparieren, doch die Schäden waren immens. Das halbe Dach war spröde und undicht geworden, die Achse musste komplett neu hergestellt werden. Dann brach der Winter viel früher als erwartet herein und brachte eisigen Frost. Joseph haderte mit dem Gedanken die kalte Jahreszeit an der Grenze Schottlands zu verbringen, doch er willigte schließlich ein. So fand ich mich in der wunderbaren Lage, mit Jake unter einem Dach wohnen zu dürfen. Die Wagen waren in der alten unbenutzten Scheune untergebracht, die Pferde bei uns in den Ställen und die O'Malleys im Hausflügel der Dienerschaft. Joseph murrte zwar täglich, dass sich die anderen in Cornwall Sorgen machen würden, konnte aber an der Situation nichts ändern, außer mit Feuereifer an seinem Zuhause zu werkeln.

Ich stand mit James auf dem Arm am Fenster meines privaten Zimmers und schaute dem Graupel zu, wie er vom Wind an die Scheibe geschlagen wurde. Mein Sohn patschte verzückt auf das Glas, als könne er die winzigen Eiskörnchen erhaschen. Juchzend beobachtete er das abendliche Schauspiel und zappelte so sehr, dass ich ihn kaum halten konnte, da ich den verletzten Arm noch nicht richtig belasten wollte. Es klopfte leise und eher abwesend sagte ich: „Herein." Ein kalter Luftzug erfasste mich, als sich die Tür öffnete.

„Das Wetter hätte uns auf dem Weg nach Cornwall eiskalt erwischt", hörte ich Jakes Stimme. Abrupt drehte ich mich herum. Er wandte sich dem Kamin zu, für den er neues Brennholz gebracht hatte.

„Ich weiß, ich sollte es nicht sagen, nicht einmal denken … aber ich bin froh, dass der Blitz bei euch eingeschlagen ist."

Jake stapelte die Hölzer im Kamin. Sein Gesicht konnte ich nicht sehen.

„Sonst wärst du nicht mehr hier", endete ich leise.

James beugte sich vor und streckte die Arme nach unten. Ich ließ ihm seinen Willen und setzte ihn auf den Boden. Ungelenk krabbelte er zu Less, der schnarchend auf seinem Kissen lag. James juchzte, als er in Less' Fell tatschte. Der Hund leckte kurz über das Gesicht meines Sohnes und drehte sich dann auf die andere Seite. James streichelte ihn unbeholfen, doch Less störte sich nicht daran.

Ich erinnerte mich meiner Worte und richtete meine Aufmerksamkeit wieder auf Jake, der das Feuer nun gehörig anfachte. Mit einem für mich fast unwiderstehlichen Ausdruck im Gesicht wandte er sich mir zu und richtete sich auf. „Glaub mir, ich sehe es genauso – auch wenn mein Vater mich vierteilen würde, wüsste er meine Gedanken." James krabbelte in die Richtung des Kaminfeuers, doch bevor ich einschreiten konnte, hatte Jake den Kleinen hochgehoben. Mir wurde bewusst, dass er James das erste Mal aus der Nähe sah. Mein Sohn zupfte an einigen Haarsträhnen, die Jake aus dem Zopf gerutscht waren. Mit einem milden Lächeln hielt er James' forschende Hand fest und sah mich an. „Er hat deine Augen." Jake strich ihm über die blonden Locken. „Und dein helles Haar."

„Gut, dass meine nicht so wüst abstehen", sagte ich schmunzelnd.

Erneut klopfte es und Bettys Stimme erklang vor der Tür: „Sir John? Ist Euer Sohn bei Euch?"

„Zeig dich nicht!", flüsterte ich Jake zu, der zunächst nicht verstand, mir aber James zurückreichte und sich hinter der Trennwand zum Nachttopf verbarg.

Ich öffnete Betty und lächelte ihr freundlich zu, reichte ihr meinen Sohn. „Vielen Dank, Betty. Sagst du bitte meiner Frau, dass ich heute hier nächtige? Ich muss noch Unterlagen ordnen und will sie später nicht stören."

„Ja, Sir." Das Mädchen knickste galant, obwohl James ihr die Haube vom Kopf riss. Ich presste die Lippen aufeinander, um nicht aufzulachen. Betty angelte nach ihrer Kopfbedeckung, schimpfte den Kleinen leise aus und drückte ihm einen herzhaften Kuss auf die Wange.

Sachte schloss ich die Tür. Ich schlief öfters hier. Hellen verstand, dass ich zwischendurch allein sein wollte. Dieser Raum war mein altes Kinderzimmer, mein Zufluchtsort. Ein Himmelbett beherrschte fast den halben Bereich. Vorne am Fenster befand sich ein Sekretär, auf dem ein gemaltes Aquarell meiner Mutter, eine Schreibfeder und mein Tintenfass standen. An der linken Seite war ein Kamin ohne jeglichen Zierrat in die Wand eingelassen.

„Du musst also noch arbeiten, mh?", fragte Jake schnippisch.

Ich schüttelte den Kopf. „Bleib heute Nacht bei mir." Es war riskant, das wusste ich.

Er trat zu mir, löste meinen Zopf und strich mir zärtlich durch das Haar. „Wirst du dann auch dein Nachthemd tragen?"

Verdutzt schaute ich ihn an, lachte dann aufgrund seines frechen Blickes. „Das gefällt dir?"

Jake schnaubte belustigt und ich merkte, dass er scherzte. Ich weiß nicht warum, aber meine Stimmung war an diesem Tag melancholisch, daher konnte ich nicht darauf eingehen. Sanft berührte ich ihn an der Schulter, strich ihm über die Wange. „Sei einfach nur nah bei mir", bat ich.

Sein Lächeln verblasste plötzlich, Tränen schossen ihm in die Augen. „Wie kann man mit so wenigen Worten so sehr ins Herz treffen", wisperte er. Langsam nahm er meine Hand, die noch immer an seinem Hals ruhte, und küsste sie. „Weißt du, was ich mir wünsche?"

Ich schüttelte den Kopf, mir schien die Stimme abhandengekommen zu sein.

Seine dunklen Augen fixierten mich. „Ich wünschte, dass du immer, wirklich immer bei mir sein könntest." Er blinzelte und eine Träne lief an seiner Wange hinunter, er wischte sie rasch fort. Sein Gesicht verzog sich leicht, als würde er mit etwas kämpfen. „Wenn ich wenigstens eine Frau wäre", hauchte er.

Verwirrt trat ich näher, zog ihn in meine Arme. „Wünschst du dir das wirklich?", fragte ich mit heiserer Stimme.

Er barg das Gesicht an meiner Schulter. „Ich weiß es nicht, John. Vielleicht wäre alles einfacher."

Ein Gefühl erfasste mein Herz, als würde jemand daran reißen. „Nein“, flüsterte ich, „das wäre es nicht.“

Verstehend nickte er. „Es war nur ein Gedanke.“

Schnee rieselte gegen die Scheibe und blieb auf dem Fenstersims liegen. Ich starrte auf die Flocken, die so unschuldig und winzig wirkten, und die sich in jede Ritze setzten. Lange standen wir wie gelähmt da und hielten uns im Arm. Sein vertrauter Duft umgab mich, seine Wärme beruhigte mich. Als ich sanft sein Gesicht anhob, wirkte sein Ausdruck verletzlich und wunderschön. Seine Lippen berührte ich, als wäre er ein zerbrechliches Juwel. In diesem Augenblick war Leidenschaft völlig fehl am Platz. Ich löste mich kurz von ihm, verriegelte die Tür und entkleidete mich. Auf ein Nachtgewand verzichtete ich. Er folgte meinem Beispiel, ich löschte die Kerze und wir krochen unter die weichen Decken. Wortlos schmiegte sich Jake an meine Brust. Ich hielt ihn einfach nur fest und starrte in das Kaminfeuer, sah den Schatten zu, wie sie über die Wände tanzten. An seinem ruhigen Atem erkannte ich, dass Jake rasch eingeschlafen war. Fühlte er sich in meinen Armen so geborgen? Diese Überlegung fühlte sich wunderbar an.

Less tappte im Zimmer herum, um sich mit einem Schnaufen auf dem alten Teppich vor dem Bett niederzulassen, als wolle er über uns wachen.

Ich schloss meine Augen und versuchte mir Jake als Frau vorzustellen. Würde es etwas zwischen uns ändern? Nein. Unsere Bindung reichte viel tiefer, bis auf den Grund unserer Seelen. Die Zukunft erschien mir unergründlich und mich erfasste plötzlich eine seltsame Empfindung, die mir Angst einjagte. Vehement vertrieb ich sie und zog Jake noch näher zu mir. Irgendwann umfing auch mich der Schlaf.

Am Morgen neben Jake aufzuwachen erfüllte mich mit einer inneren Zufriedenheit, die ich nicht in Worte fassen konnte. Sein entspanntes Gesicht war mir zugewandt, das zerzauste Haar breitete sich auf meinem Kopfkissen aus. Seinem Atem zu lauschen genügte mir.

Wieder drängte sich dieses angstvolle Gefühl vom Vorabend auf. *Du wirst ihn verlieren,* flüsterte es mir zu.

Mit leiser Verzweiflung küsste ich Jake wach, wollte ihn spüren, so lange alle im Haus noch schliefen. Im Halbschlaf erwiderte er meine Berührung. Ich wies die Angst zurück. Was auch immer kommen mochte, jetzt war Jake hier bei mir und ich würde diese Augenblicke nicht zerstören. Er ließ sich völlig in meine Umarmung fallen und in diesem Moment schwor ich mir, dass ich ihn beschützen würde, dass ich auf irgendeine Weise immer bei ihm wäre. Und würde ich ihn wirklich eines Tages verlieren, dann fände ich ihn wieder – und wenn ich dafür Himmel und Hölle durchforsten müsste.

***

Der Winter brachte Schnee und Kälte mit sich. Mittlerweile hatte sich sogar Deidre an die O'Malleys gewöhnt und hörte auf, zu murren. Im Endeffekt hatte sie nun die Dienerschaft, die sie sich stets gewünscht hatte, und nutzte dies auch ein wenig aus, was Jakes Familie stets mit einem Lächeln hinnahm. Weihnachten rückte immer näher und diese Zeit versetzte uns alle in eine euphorische Stimmung.

Joseph und Brian standen auf zwei wackligen Leitern und hingen geschmückte Misteln und allerlei bunten Tand im Salon auf, der ein wenig weihnachtliches Flair schenken würde. James wühlte in dem alten Schmuck und konnte von Hellen und Betty kaum gebändigt werden. Bevor Less noch auf den Gedanken kam, meinem Sohn bei dem Chaos zu helfen, rief ich ihn ab und zeigte den anderen an, dass ich hinausgehen würde.

Mein Hund tobte wie ein Verrückter durch den weißen Teppich, der die Landschaft bedeckte. Ich lief mit ihm bis zum Derwent Water und schaute auf das Eis, das den See wie milchiges Glas bedeckte. Trotz meines Mantels fror ich und schlang die Arme um mich. Unerwartet traf mich etwas Kaltes am Kopf. Unwirsch drehte ich mich herum und sah, wie Jake lachend einen zweiten Schneeball formte. Dieses Mal wich ich seinem Wurf aus. Doch mein niedriges Geschoss wurde von Less im Flug gefangen, bevor es Jake erreichte. Wieder traf mich ein Haufen Schnee. Also lieferte ich mir mit ihm eine wilde Verfolgungsjagd, in der Less meine *Beute* ordnungsgemäß stellte, als er Jake zwischen die Beine rannte. Er stürzte kopfüber in eine Schneeverwehung und kämpfte sich prustend wieder heraus. Ich lachte so sehr, dass ich zu ihm in den Schnee purzelte. Less konnte sich nicht entscheiden, wem er seine Aufmerksamkeit widmen sollte und entschied sich dafür, Jake das Gesicht abzuschlecken, da dieses voller Schnee war. Mittlerweile war der *kleine* Bursche ganz schön groß geworden und warf Jake bei seinen Liebesbezeugungen regelrecht um. Wir kicherten wie kleine Jungen, ich stahl mir einen Kuss – von Jake, nicht von Less

– und wir spazierten schließlich zusammen durch den Schnee an den vereisten Ufern entlang.

„Schau, was ich hier habe", sagte Jake und holte einen zerrupften Mistelzweig aus seiner Jacke. Nur eine Beere befand sich noch an der Pflanze. „Einen Kuss habe ich noch übrig."

Ich verengte die Augen zu Schlitzen. „Und wie viele hast du heute schon geküsst?"

Jake lachte, schaute sich rasch um und schlang dann seinen Arm um meinen Hals, den Mistelzweig hielt er über unsere Köpfe. „Nur dich." Ungestüm berührten sich unsere Lippen. Less holte uns aus der romantischen Stimmung, indem er verspielt an uns hochsprang.

„Ich habe ein Geschenk für dich", sagte ich. Jake begegnete neugierig meinem Blick. „Erinnerst du dich an unsere Gespräche in Lesters Hütte am See?"

Er schnappte nach Luft. „Dieser kleine Kamin?"

„Wenn du ihn möchtest? Ich habe ihn raufgeholt und Maggies Sohn hat ihn für mich gereinigt. Du müsstest nur einen Abzug in deinem Wagen einbauen, dann ..." Ich konnte nicht weitersprechen, weil Jakes Kuss jedes weitere Wort erstickte.

Er löste sich von mir. „Ich habe gar nichts für dich."

„Du bist dieses Jahr hier, Jake. Das ist Geschenk genug."

Auch wenn eigentlich noch keine Bescherung war, so überließ ich ihm den Kamin noch am selben Tag und die O'Malleys halfen Jake beim Einbau des kleinen Schlotes. Sie würden an kalten Tagen alle davon profitieren können, wenn sie wieder in ihre Wagen ziehen würden. Ich machte mir keine Illusionen, im Frühling würde Joseph wieder darauf bestehen, wie ein Fahrender zu leben, er war schon jetzt unruhig und fühlte sich im Haus eingeengt. Ich sah es ihm an.

Abends ließ ich mich dazu überreden, Weihnachtslieder am Klavier vorzutragen. Die O'Malleys sangen spontan dazu. Unsere Familien bildeten an diesem Abend eine außergewöhnliche Einheit. Die Erinnerung an diese Stunden wollte ich für immer im Herzen behalten.

Am Weihnachtsmorgen überraschte mich Hellen mit einer besonderen Geste. Mit einem Päckchen in der Hand ging sie durch das Haus und schaute sich suchend um. Ich folgte ihr neugierig. Sie lächelte, als sie unseren kleinen Sohn vergnügt in Lissys Gesellschaft fand. Betty sah alarmiert auf.

„Wenn Ihr nicht möchtet, dass er mit Lissy spielt, dann ..."

Hellen legte sanft ihren Zeigefinger auf Bettys Lippen und sie verstummte. Sie kniete sich zu den Kindern und wuschelte James durch das Haar, der nun Less hinterherkrabbelte. Als der Kleine in Reichweite kam, schnappte ich ihn und entlockte ihm ein fröhliches Juchzen.

„Lissy, ich habe hier etwas für dich", sagte Hellen.

Das Mädchen strich seine dunklen Locken zurück und begegnete überrascht Hellens Blick. „Für mich?"

„Ich habe gehört, dass du nur einen Kreisel zum Spielen hast. Aber ich habe früher viel lieber mit so etwas gespielt." Sie reichte Lissy das Päckchen.

Alle im Raum verstummten. Deidre ließ ihr Strickzeug sinken, Lissys Mutter Mary, die den Staub von den Möbeln wischte, wandte sich abrupt um, starrte Hellen an. Mein Vater beobachtete Lissy gespannt und mit einem amüsierten Funkeln im Blick. Betty entfuhr ein kieksender Laut, als Lissy unsicher das Geschenk öffnete und mit großen Augen eine wunderschöne Porzellanpuppe hervorholte. Lissy betrachtete sie erstaunt und presste sie dann mit tränenverschleierten Augen an sich. Worte brachte sie nicht hervor, aber sie brauchte auch nichts zu sagen. Hellen strich ihr liebevoll über das Haar, erhob sich und setzte sich dann mit einem zufriedenen Lächeln neben ihre Schwägerin, die verwundert den Kopf schüttelte, sich aber hütete, etwas zu sagen.

Jake stand wie angewurzelt da, ich sah ihn erst jetzt, denn er hatte das Feuer im Kamin aufgeschichtet. Fast ein wenig hilflos sah er zu mir herüber, schien nicht zu wissen, wie er reagieren sollte, dann sagte er nur leise: „Lissy.“

Sofort begriff die Kleine, richtete sich auf, ignorierte jegliche Konventionen, um auf Hellen zuzulaufen und ihr in die Arme zu fallen. Jakes bestürztem Gesichtsausdruck nach zu urteilen, hatte er zwar durchaus im Sinn gehabt, dass sich Lissy bedankte, ihre Überschwänglichkeit hatte er dabei nicht bedacht. Ich lachte leise. Hellen erwiderte Lissys Dank völlig ungezwungen. „Pass gut auf sie auf, ja?“

„Hat sie schon einen Namen, Misses Hellen?“

„Gib du ihr einen.“

Lissy überlegte. „Dann wird sie Helena heißen“, verkündete sie freudestrahlend.

Selbst Deidre konnte sich der kindlichen Freude nicht entziehen und ein Lächeln huschte über ihre sonst so strengen Züge. Unauffällig näherte ich mich Jake.

„Du hättest wissen müssen, dass sie keinen höflichen Knicks macht, also schau nicht so erschrocken", raunte ich ihm zu.

Er entspannte sich wieder und beobachtete schmunzelnd seine Tochter, die nun begann, mit ihrer neuen *Freundin* zu reden, als wäre sie lebendig.

Mein Vater saß mit seiner Pfeife im Sessel und rief Lissy zu sich. „Komm her, Kleine, zeig mir mal das hübsche Ding." Als er sie wie ein Enkelkind auf seinen Schoß zog und die Puppe bewunderte, erkannte ich, dass unsere Familie längst vergessen hatte, welchen Stand die O'Malleys eigentlich innehatten. Sie gehörten zu uns, zu den McKays.

Josephs Entscheidung

Die Zeit glitt uns wie Sand durch die Hände. Das Frühjahr kam und ging, machte einem warmen Sommer Platz, der Jake und mich so sehr miteinander verband, wie ich es niemals für möglich gehalten hätte. Wir wussten, was der andere dachte, konnten fühlen, was der andere empfand. Jake brachte mich zum Lachen und mit niemandem konnte ich so vertiefte Gespräche führen wie mit ihm. Wir verstanden einander auf besondere Weise, wagten uns an die heikelsten Themen heran und zum ersten Mal in meinem Leben war ich mir absolut sicher, verstanden zu werden.

Als der Herbst nahte, reifte in mir eine Idee, die ich meinem Vater langsam schmackhaft machen wollte. Seine Andeutungen sagten mir, dass er mit der Arbeit der O'Malleys sehr zufrieden war und es schade fände, wenn sie wieder abreisen würden. Er ahnte kaum, wie sehr ich allein unter der Vorstellung litt, Jake ein halbes Jahr nicht sehen zu können. Am liebsten hätte ich mich davongestohlen und wäre mit ihnen nach Cornwall gereist. Aber vielleicht gab es noch eine andere Möglichkeit, Joseph zum Bleiben zu überreden, denn *ihn* galt es, umzustimmen.

Ich traf meinen Vater in der Bibliothek. Der Duft der alten Bücher umfing mich und meine Fingerspitzen strichen über die Buchrücken, die in den Regalen aufgereiht waren. Mein Vater saß nachdenklich in seinem

Sessel, ein ledergebundenes Buch lag in seinem Schoß, doch er hielt es nur in den Händen, las es nicht. Ich goss ihm einen Brandy ein, den er nur zu gerne entgegennahm, und setzte mich ihm gegenüber in den anderen Sessel, den ich so oder so bevorzugte, da ich von hier aus dem Fenster schauen konnte. Nervös biss ich auf meinen Lippen herum, was meinen Vater aufmerksam werden ließ. Ich lächelte ihn schief an.

„Sohn, was hast du auf dem Herzen?"

Er mochte ja manchmal verwirrt sein, gewisse Dinge gingen ihm nicht mehr leicht von der Hand, aber seine Instinkte hatten ihn nicht verlassen.

Ich lachte leise auf. „Vater, du bist auch zufrieden mit der Arbeit der O'Malleys, oder?"

„Ja, sie sind eine angenehme Familie, egal, was die anderen zu schwatzen haben."

Für diese Ansichten liebte ich ihn, es hatte ihn noch nie gekümmert, was die Gesellschaft von ihm hielt. Woher Deidre diesen Drang nach Ansehen hatte, konnte ich mir nicht erklären.

„Sie fehlen uns im Winter sehr, ich meine, ihre Arbeitskraft. Letztes Jahr war manches einfacher, als sie bei uns geblieben sind." Ich nippte an meinem Brandy, den ich mir ebenso eingeschenkt hatte, und wartete auf eine Reaktion.

Vater nickte und seufzte leise. „Ich habe versucht, sie zum Bleiben zu bewegen, aber Joseph O'Malley ist nicht umzustimmen."

„Du hast bereits mit ihm gesprochen?", fragte ich überrascht.

„Erinnerst du dich drüben an das Land neben der Schafweide?"

Mich durchzuckte es förmlich. Hatte mein Vater womöglich die gleiche Idee wie ich gehabt?

„Natürlich. Wir haben es immer verpachtet, aber seit die Jeffreys tot sind, liegt es brach.“

„Ich wollte eigentlich, dass du es dir einmal ansiehst, weil ich den O’Malleys vorschlug, es zu pachten.“

Ich wollte Einwände erheben, doch Vater gebot mir mit einer Geste zu warten. „Sie haben kein Geld, ich weiß. Deshalb machte ich das Angebot, dass sie anstatt Pacht für uns arbeiten dafür aber das Land bestellen dürfen.“

„Du ... hattest genau die gleiche Idee ... wie ich“, stotterte ich verwundert.

Vater lächelte milde. „Du bist ja auch mein Sohn“, sagte er stolz und mich überwältigte ein so warmes Gefühl der Liebe, dass ich sprachlos war.

„Ich weiß, ich bin manchmal verwirrt, aber ...“, er sah mich mit einem seltsamen Ausdruck an, „... das ist nur bei bestimmten Dingen so. Oder?“

Meine Hand legte sich auf seine. Die Haut war warm und ich fühlte, dass er noch immer den Ehering meiner Mutter trug. Eine andere Frau war für ihn nie infrage gekommen. „Vater, egal, womit du Schwierigkeiten haben solltest. Ich werde immer zu dir aufschauen. Und wenn du Hilfe brauchst, dann sag es mir.“

Seufzend nickte er und drehte die Hand, sodass er meine umfassen konnte.

„Du sagtest, er wäre nicht umzustimmen ...“, hakte ich resigniert nach.

„Joseph O’Malley hat mein Angebot abgelehnt. Vielleicht solltest du mal nach deinem Freund sehen. Zwischen Joseph und seinem Sohn ist deswegen ein recht heftiger Streit entbrannt. Ich glaube, Jake wäre gerne geblieben."

Meine Sinne wurden von Sorge überflutet, aber ich konnte nicht plötzlich aufspringen und zu Jake eilen. Da Vater das leise Gespräch fortführte, gedachte er wohl auch nicht, dass ich *sofort* nach ihm sehen sollte. Ich schüttete den Brandy in einem Zug herunter, was mir ein Stirnrunzeln meines Vaters einbrachte. Verlegen stellte ich das Glas auf den Tisch und versuchte, seinem Thema zu folgen, doch mir fiel es schwer. Nervös knibbelte ich an dem alten Leder des Sessels herum. Irgendwann schien er zu spüren, dass ich abgelenkt war, und gab mich frei, indem er andeutete, nun lesen zu wollen. Aus einem Impuls heraus küsste ich ihn wie ein kleiner Junge auf die Wange, was ihm ein verschmitztes Lächeln entlockte.

Bedächtig erhob ich mich, verließ den Raum und schloss leise die Tür, ging hinaus an die frische Luft. Fieberhaft überlegte ich, wo Jake sein könnte. Wenn er einen Streit mit seinem Vater gehabt hatte, würde er sicher nicht im Pferdewagen sein, er bräuchte Abstand. Mein Blick fiel auf die zugige Scheune mit dem Heuschober. Schon als Kind hatte ich mich dort nach einer Rüge meines Vaters verborgen, manchmal flüchtete ich heute noch dorthin – und Jake ebenfalls.

Als ich die Tür aufschob, schien die Sonne schräg durch eine Öffnung und ließ winzige Staubflocken in dem hohen Gebäude auftanzen. Es roch nach Heu. Ich rief nicht nach ihm, sondern kletterte die Leiter herauf, da ich mir sicher war. Mein Instinkt trog mich nicht. Jake hockte mit angezogenen Knien, das Gesicht in den Armen verborgen, im Heuschober. Schweigend setzte ich mich zu ihm, legte meinen Arm um seine schmalen Schultern und zog ihn zu mir heran. Er sagte nichts, lehnte sich aber an mich.

Nach einer Weile richtete er sich auf, wischte sich verstohlen über die Augen. Das Haar fiel ihm ins Gesicht, er mied meinen Blick. Sachte fasste ich ihn am Kinn und drehte seinen Kopf zu mir, damit er mich ansah. Seine linke Wange wirkte bläulich und schwoll am Jochbein bereits leicht an.

„Er hat dich geschlagen", flüsterte ich betroffen.

„Das hab ich wohl verdient. Ich hab Vater übel beschimpft."

„Mein Vater hat angedeutet, dass euer Streit etwas ausgeartet ist."

„John! Er hat es einfach abgelehnt, ohne auch nur darüber nachzudenken oder mit uns zu sprechen! Ich weiß, dass Brian und auch Mary nicht abgeneigt gewesen wären. Sogar Großvater runzelte die Stirn, als Vater das Angebot ohne mit der Wimper zu zucken ausschlug. Ein Stück Land, das uns gehören könnte!" Wütend schlug er mit der Faust gegen die Bretterwand, schluchzte leise. „Ich ertrage das Leben als Fahrender einfach nicht mehr und Vater will es nicht begreifen. Sie hassen uns doch alle. Nirgendwo können wir unbehelligt bleiben – außer hier."

„Dann bleib bei mir."

Jake schüttelte den Kopf. „Ich kann nicht. Das würde bedeuten, meine Familie zu verraten."

Dies konnte ich gut verstehen.

***

Er würde also wieder fortgehen und ich konnte es nicht verhindern. Josephs Wagendach war bereits wieder instand gesetzt und nichts hielt ihn mehr hier. Als die kalten Winde begannen und die Blätter fielen, packten die O'Malleys ihre Habseligkeiten zusammen und machten sich aufbruchbereit.

Jake und ich trafen uns ein letztes Mal an unserer Lichtung. Die Kälte setzte mir an diesem Morgen besonders zu und ich zitterte. Worte fanden wir beide nicht. In einer verzweifelten Geste küsste er mich und ich presste ihn dicht an mich. Er löste die Lippen von meinen und sein Mund ruhte für einen Moment an meiner Wange. Ich spürte seine Hand in meinem Haar und seufzte leise. So schnell wollte ich Jake nicht freigeben und stahl mir erneut einen Kuss. In einer langsamen Bewegung verbarg er den Kopf an meiner Schulter und ich sah zu, wie der Nebel über die Wiese strich.

„Wenn die Kirschblüte naht ...", wisperte er und ich versuchte, die Fassung zu wahren.

„Ich werde auf dich warten, Jake."

Er zwang sich zu einem traurigen Lächeln. Mit einem zitternden Atemzug wandte sich Jake ab, lief langsam den Pfad zurück.

„Jake?"

Ohne auch nur eine Sekunde zu zögern, drehte er sich wieder zu mir um.

Ich schluckte schwer. „Ich liebe dich."

Der Wind zerrte an seiner Kleidung und bog die Kronen der Bäume zur Seite. Jake verharrte, dann kehrte er zu mir zurück, nahm mein Gesicht in seine Hände und fixierte mich mit dunklem Blick. „Und du bist mein

Leben, John! Vergiss niemals, dass du mein Herz in deinen Händen hältst – egal, wo ich bin." Er berührte meine Lippen hauchzart und ich kämpfte die brennenden Tränen zurück. „Noch nie zuvor habe ich jemanden so geliebt wie dich."

Seine Worte brannten sich wie ein Zeichen in meine Seele. Sachte steckte ich ihm eine lange Haarsträhne hinter das Ohr, wischte mit dem Daumen eine Träne fort.

Ich blieb allein zurück, als er den Pfad zum Lager hinunterging.

***

Die Zeit der Kirschblüte wurde erneut zu meinem Hoffnungsfunken, denn der folgende Winter entwickelte sich zu einer trübsinnigen Zeit. James jammerte Lissy hinterher, mit der er oft gespielt hatte. Mein Hund Less lief ruhelos von Zimmer zu Zimmer. Deidres Verbitterung wuchs und Hellen versuchte zwischen uns zu schlichten, aber zwischen meiner Schwester und mir baute sich eine Barriere auf, die ich nicht mehr überwinden konnte. Selbst Vater blieb schweigsam und verzog sich immer öfter in die Bibliothek. Ich selbst fühlte mich wie ein verwundeter Wolf, der einsam durch den Schnee tappte und auf das Frühjahr hoffte, damit das Leben endlich wieder beginnen konnte.

Wenn Augen sehen, was man schon längst fühlte,
Ruht die Erkenntnis im Augenblick.

Vergessene Ruinen

Gegenwart

Langsam schlug Katelyn das Buch zu. Eine beständige Wärme hatte ihr Herz erfasst. Sie schloss die Augen, ließ die Eindrücke auf sich wirken.

So vertraut, dachte sie.

Die Geschichte des Buches sah sie klar und deutlich vor sich – längst vergangene Erinnerungen, die aus ihrer Seele hervortraten.

„Wie kann das sein?", wisperte sie, dann schien sie jegliche Kraft zu verlassen. Johns zweites Buch fiel auf ihre Brust und sie ließ es dort liegen, als sie spürte, wie der Schlaf sie umfing.

Langsam ging sie zum Fenster, sah auf den Regen, der vom Wind seitlich weggeweht wurde.

„Hier habe ich mich sicher gefühlt", flüsterte sie mit dunklerer Stimme. Ihr Blick wandte sich zur Seite und John tauchte vor ihr auf, seine Gestalt wie von Nebel umhüllt.

Sanft strich er ihr über das Haar, drehte sie vollends zu sich herum. Sein Kuss war sachte und voller Zärtlichkeit. Als sich ihre Lider hoben, nahm sie verwundert wahr, dass Chris vor ihr stand ...

Erst als sich die Morgensonne durch ihr Fenster stahl, erwachte sie. Ihre Hand griff zu ihrer Brust, doch das Buch war fort. Sie richtete sich auf und fand es unter der Decke. Erleichtert, dass es unversehrt war, presste sie es an sich. Der Traum ließ sie nicht los. Diese Szene stand in keinem der beiden Bücher und normalerweise verwandelte sich ein Mann nicht während eines Kusses. Sie versuchte das Gefühl der Berührung zurückzuholen.

Sollte ihr diese Wandlung etwas sagen? Oder warf sie mittlerweile alles durcheinander?

Du weißt es doch!, rügte sie ihre innere Stimme.

Seufzend robbte sie aus dem Bett, legte das Buch beiseite und streckte sich mit einem Gähnen. Vom Fenster aus konnte sie in den Garten blicken und sah ihre Großmutter bereits bei den Kräutern werkeln. Ein Lächeln huschte über ihr Gesicht. Sie warf einen Blick auf die Uhr und seufzte leise. Es war viel zu spät.

Nach einer heißen Dusche und frischer Kleidung spähte sie in Fionas Küche. Der Tisch war noch für sie gedeckt und sie schlang ein karges Frühstück herunter. Ruhelos streifte sie umher, wie ein gefangenes Tier und hielt inne, als sie in der Vitrine ihrer Großmutter ein Kästchen erspähte.

Das konnte doch nicht sein!

Sie erinnerte sich, was Fiona zu ihr gesagt hatte: *Lester Jefferson O'Brian war unser Urahn und Johns Freund. Diese Dinge wurden von den O'Brians aufbewahrt.*

„Du lieber Himmel, war das wirklich erst gestern?" Ihr kam es wie Wochen vor. Katelyn konnte die Wirklichkeit und den Inhalt des Buches kaum auseinanderhalten.

Sie öffnete die Vitrine und holte das verzierte Kästchen hervor. Behutsam öffnete sie es.

Ich kenne diese Spieldose!, durchfuhr es Katelyn. *Hellen ... hat sie mir gezeigt.*

Verwirrt klammerte sie sich an das Kleinod, dann zog sie die Spieldose vorsichtig auf. *Frère Jacques* erklang und ein Schluchzen entrang sich ihr. Wie aus einem fernen Traum legte sich die kleine Melodie um ihr Herz. Erst als die Töne verstummten, wagte sie den Deckel zu schließen und die Spieldose zurückzustellen.

Sie musste Chris finden! Dieser Wunsch vereinnahmte plötzlich all ihre Sinne. Und noch etwas wurde ihr klar. Sie musste sichergehen! Rasch lief Katelyn nach oben in ihren Bereich, streifte sich eine Regenjacke und feste Schuhe über. Als sie nach draußen kam, lächelte Fiona ihr zu, widmete sich aber wieder ihren Kräutern.

Schon als Kind, wenn sie bei Fiona zu Besuch gewesen war, war sie immer durch die Gegend gestreift. Sie wusste, was sich in dem Wäldchen hinter dem Fluss befand. Früher hatte sie diesen Ort gefürchtet, als könne er in ihr etwas wachrütteln, zu dem sie noch nicht bereit war. Nun führte ihr Herz sie genau dorthin.

Die Wasser des kleinen Flusses plätscherten über algenbewachsene Felsen. Schmale Bäume umsäumten das Ufer und der Pfad wirkte friedlich, wie aus einem Märchenbuch. Die dunklen Wolken sah Katelyn erst, als dicke Tropfen durch das Blätterdach fielen. Kühler

Wind kam auf und sie schloss rasch ihre Jacke. Dann schien sich das Wetter regelrecht gegen sie zu richten, denn der Himmel öffnete seine Schleusen. Leiser Donner grollte und Katelyn rannte die letzten hundert Meter.

Es gab keinen Garten mehr, der Wald hatte sich das Grundstück zurückgeholt und schützte Katelyn ein wenig vor dem starken Regen. Die Scheunen hatten die Jahrhunderte nicht überlebt. Nur die Ruinen des alten Hauses erhoben sich mitten zwischen den mächtigen Stämmen der Buchen. Der obere Teil des Anwesens war völlig verschwunden, er wirkte wie abgebrochen. Die Fensteröffnungen starrten wie schwarze Augen auf sie herunter. Wehmütig betrachtete sie die Überreste. Für einen Moment verschwamm ihre Sicht und sie sah das Gebäude schön und erhaben im Sonnenlicht stehen. Tränen verschleierten ihren Blick, vermischten sich mit dem Regen. Ein Blitz durchzuckte den düsteren Himmel, den sie nur teilweise durch die Baumkronen erspähte.

Sie musste hinein.

Das erste Mal stand sie vor den Ruinen und fürchtete sich nicht. Tropfnass und frierend huschte sie durch die offene Tür. Zwischen den zerstörten Stockwerken sah sie dunkelgraue Wolken und einen weiteren Blitz. Der Donner schien weit entfernt. Katelyn flüchtete in den rechten Flügel, wo sich zumindest noch ein Teil des Bodens vom ersten Stock befand. Auch im Inneren hatte sich die Natur ihr Recht zurückerobert. Gras und Wildblumen sprossen durch den zersplitterten Holzboden, eine junge Eiche wuchs mitten in einem der Räume. Der Regen drang auch hier herein und Katelyn floh noch tiefer in das Gebäude. Das Grollen des Gewitters näherte sich jetzt unaufhaltsam. Vage Furcht schlich sich wie auf leisen Sohlen in ihr Bewusstsein. Durch eine geborstene Tür kam sie in einen teilweise erhaltenen Raum, der vielleicht die Bibliothek gewesen war.

Dann stockte sie erschrocken.

Chris stand in dem Raum, sah sie aber noch nicht. In seiner Hand befand sich Johns erstes Buch. Er hatte es in eine durchsichtige Plastikhülle gewickelt, um es vor dem Wetter zu schützen.

John!, dachte sie mit leiser Verzweiflung und war sich doch nicht sicher. Davonlaufen würde sie dieses Mal nicht.

***

Chris fror und fühlte sich, als sei er in den Fluss gefallen. An Regen hatte er heute Morgen nicht gedacht. Er hatte gewagt, in das Buch zu schauen, auch wenn es ihm wie Verrat an Katelyn vorgekommen war. Doch diesem Drängen hatte er einfach nicht widerstehen können. Einmal begonnen, war es ihm nicht mehr möglich gewesen, es aus den Händen zu legen.

Wie passte dies alles nur zusammen? Er verstand es noch nicht. Diese Szenen, die dort beschrieben waren, er träumte sie seit Jahren. Schon als Kind hatte er diesen jungen Mann aus dem Buch in seinen Gedanken *gesehen*. Von jeher hatte es ihn zu diesen Ruinen gezogen, die solch eine Wehmut in ihm weckten, dass er sie eine lange Zeit gefürchtet hatte. Nun umklammerte er das wertvolle Buch, stand in den Überresten und suchte nach der Wahrheit. Wie gefangen harrte er in den Trümmern des Hauses aus. Sein Herz blutete und er begriff nicht, warum. Die Gedanken fokussierten sich auf Katelyn. Ihr Aussehen verschwamm vor seinem inneren Auge und wandelte sich zu den sanften Gesichtszügen, die er in seinen Träumen sah ... Jake, wie er nun wusste. Der Name hallte unaufhörlich in seinem Inneren wider.

Chris war froh, dass er das Buch wenigstens durch eine Plastikfolie geschützt hatte. Es wirkte so alt, so zerbrechlich und unendlich wertvoll. Sachte wischte er die Regentropfen von der durchsichtigen Hülle. Da hörte er ein Geräusch. Ein Gefühl durchzuckte ihn und er wusste bereits, wer zu ihm in die Ruinen gekommen war, bevor er sie sah.

Langsam drehte er sich herum. Katelyn stand im Eingang, tropfnass wie er.

„Lauf nicht fort", bat er leise.

Ein Lächeln huschte über ihr Gesicht. Als sie nähertrat und er in ihren Augen versank, irgendeine Gewissheit suchte, war ihm erneut, als fülle sie etwas in ihm aus. Verwundert schüttelte er den Kopf. Zaghaft hob sich seine Hand, er wagte eine nasse Strähne ihres dunklen Haares aus der Stirn zu streichen. Mit leicht geöffnetem Mund begegnete sie seinem eindringlichen Blick und rührte sich nicht. Er spürte nur, wie ein leichtes Zittern sie erfasste.

Worte drängten hinaus und er konnte sie einfach nicht aufhalten. „Ich habe Frauen wie Männer geliebt, weil ich mich verzweifelt nach etwas gesehnt habe", flüsterte er. „Gefunden habe ich es nie. Und du stehst einfach nur vor mir, sagst nichts, berührst mich nicht einmal und ich habe das Gefühl ... du wärst es, nach der ich so lange gesucht habe."

„Vielleicht bin ich es", wisperte sie.

Er reichte ihr Johns Buch. „Es tut mir leid ... ich habe es gelesen."

„Ist es denn nicht sowieso deins?"

Sein Herz schlug hart gegen seinen Brustkorb. „Mich verwirrt das alles. Ich weiß plötzlich nicht mehr, wer ich bin."

Ihr Gesichtsausdruck sagte ihm, dass es ihr ähnlich ging.

„Sag mir, dass ich nicht verrückt werde, Katelyn."

Sie seufzte leise. „Wenn, dann werden wir es wohl beide." Ein kurzes Lachen entrang sich ihr. „Aber vielleicht bist du auch nur eine Illusion."

„Das bin ich nicht!" Chris fasste sie an beide Arme.

Sie befreite sich sanft, ohne zurückzuweichen und strich sachte über seine Wange. „Du bist eiskalt."

Er konnte nicht anders, als zu lächeln. „Ich friere auch erbärmlich."

„Warte ..." Katelyn löste sich und klaubte trockne Zweige zusammen, die am Boden herumlagen. Geschickt schichtete sie die Stöcke auf. Als sie in ihre Jackentasche griff, dachte er für einen unsinnigen Moment, dass sie Feuerstein und Zunder hervorholen würde. Es war nur eine Streichholzschachtel und sie entzündete das kleine Lagerfeuer mit einiger Mühe. Chris tat es ihr nach und sammelte ebenfalls Äste und Zweige, die in den Ruinen einigermaßen trocken geblieben waren, reichte sie ihr.

„Es gibt noch zwei Bücher", sagte sie in die Stille hinein.

„Und?“

„Das Letzte muss ich noch lesen. Aber ... ich fürchte mich davor.“

„Ich glaube, diese Bücher wurden in einem Gefängnis geschrieben.“

Sie sah überrascht auf. „Wie kommst du darauf?“

Chris’ Kehle war wie zugeschnürt und er schluckte hart. Seine Hände zitterten und er hielt sie näher an die Flammen. Doch die Wärme drang kaum zu ihm durch, zu sehr erinnerte er sich des Gefühls, das er manchmal in sich trug, wenn er sich selbst in dieser Zelle sitzen sah. Er brachte es nicht über sich, darüber zu reden und zuckte mit den Schultern. Katelyn nahm es hin.

„Wo ist denn heute dein Pferd?“

Froh, dass sie das Thema wechselte, zeigte er auf sein Fahrrad, das an den moosbewachsenen Mauerresten lehnte. „Heute bin ich mit dem Drahtesel unterwegs. Bailey ist auch leider das Pferd meines Freundes, es ist nicht meins.“

„Ihr wirktet trotzdem sehr vertraut.“

„Wir mögen uns, obwohl sie wahrscheinlich das eigensinnigste Pferd auf der Welt ist.“

Sie lachten gemeinsam.

Das Feuer prasselte leise und der Rauch zog in feinen Fahnen durch die zerbrochenen Fenster. Chris beobachtete Katelyn und konnte kaum den Blick von ihr abwenden. Eigentlich wussten sie doch beide, worum es hier ging. Keiner von ihnen wagte jedoch, dies wirklich auszusprechen. Er fühlte sich wie in einem Zauber gefangen, dem er nie wieder entrinnen wollte.

Ein Niesen überraschte ihn und er hielt sich rasch die Hand vor den Mund.

„Du erkältest dich noch“, sagte Katelyn besorgt.

„Das ist es mir wert“, erwiderte er lächelnd.

Plötzlich richtete sie sich auf und schnappte nach Luft. „Verflixt!

„Was ist denn?“

„Ich habe versprochen, um zwölf Uhr bei meinen Eltern zu sein! Weißt du, wie spät es ist?“

Chris kramte in seiner Jackeninnentasche und holte ein Smartphone hervor. „Es ist fast elf. Wo musst du denn hin?“

„Nach Penrith! Oh Mann, Dad reißt mir den Kopf ab, wenn ich wieder zu spät bin.“

„Komm, das kriegen wir hin.“ Er stand entschlossen auf, trat sorgsam das Lagerfeuer aus und ging zu seinem Fahrrad. „Ich bringe dich wenigstens nach Hause, damit du dich umziehen kannst.“

Katelyns hübsches Gesicht verwandelte sich regelrecht, als sich ein schelmisches Grinsen auf ihre Züge legte. Chris schob das Rad in den Regen, Katelyn folgte ihm.

„Bailey würde hier zwar bessere Dienste leisten, aber vielleicht geht auch ein drahtiger Esel?“, hakte er nach. „Ich meine, ich bin kein Prinz auf einem weißen Pferd, aber …“

„Ein Prinz warst du noch nie“, sagte sie keck und setzte sich auf den Gepäckträger.

„Also zum O’Brian-Cottage?“

„Ja.“

Er spürte, wie sie ihre Arme um seine Taille legte, und fuhr torkelnd an. Das Fahrrad holperte über den unebenen Weg. Mehr schwankend als elegant fuhr er sie nach Hause und fühlte sich glücklicher als jemals zuvor. Ihr Lachen wärmte ihm das Herz, ihre sanfte Berührung schien sein Innerstes zu beleben.

Vor dem Gartentor hielt er an und ließ sie absteigen. Furcht befiel ihn unerwartet. „Wir sehen uns doch wieder, oder? Ich meine ..."

Katelyn näherte sich, kam so nah, dass er ihr zartes Parfüm roch. „Glaubst du wirklich, dass ich dich noch einmal gehen lasse?"

„Ich hoffe nicht", flüsterte er.

***

Der Tag mit ihren Eltern hatte gut getan. Sie wurde ein wenig von ihren Gedanken abgelenkt, die sich nur noch um John ... um Chris drehten. Nun lag Katelyn auf dem Bett und starrte an die dunkle Zimmerdecke. Nur der Mondschein beleuchtete schwach die Möbel im Raum, die sie im Augenwinkel wahrnahm. Sie senkte die Lider, denn ihr besonderes Gefühl kehrte zurück. Diese vertraute Empfindung, die sie nie völlig verdrängte und die ein Teil ihrer Seele war, von jeher untrennbar mit ihr verbunden. Wenn dieses komplexe Gefühl in ihr aufstieg, fühlte sie sich nicht mehr als Frau. Früher hatte es sie verwirrt, jetzt nahm sie es endlich an. Ein Lächeln legte sich auf ihre Lippen. Mit dieser anderen Empfindung schien John ihr viel näher zu sein – so viel näher. Katelyn ließ sich fallen. Wie ein Phönix aus der Asche trat *er* hervor und vereinnahmte ihr Sein. Sie wurde eins mit ihm.

Eine Erinnerung stieg empor – finster und angstvoll. Dieses Mal würde sie die Bilder jedoch zulassen, sie *mussten* gesehen werden, damit dieser Teil ihrer Seele endlich Frieden fand.

Die Handkarre holperte über den unebenen Weg und er sah sich besorgt nach den Lebensmitteln um, die ordentlich durchgeschüttelt wurden. Hinter ihm ertönte Gelächter und sein Herz pochte schneller, als er eine der Stimmen erkannte. Es war Robert, der Sohn des Metzgers, und sein Freund Eliot. Schon einmal hatten sie ihn bedrängt, ihn beleidigt, aber er hatte es verschwiegen. Seine Schritte beschleunigten sich, doch sie holten ihn ein, stellten sich ihm in den Weg.

„Lasst mich durch“, sagte er leise. „Ich muss zurück zu den McKays.“

Die Blicke der Männer jagten ihm Angst ein, denn er sah mehr als nur bloße Häme aufgrund seiner Herkunft.

„Sag, was bietet ihr den McKays, dass ihr für sie arbeiten dürft?“, fragte Robert. „Oder ist Jonathan plötzlich ein Wohltäter geworden?“

Er durfte sie nicht provozieren! Unmerklich wich er zurück, die Kanten des Karrengriffes schnitten ihm in die Hand, so fest klammerte er sich daran. „Wir arbeiten schon einige Jahre für sie“, wagte er zu sagen.

„Versteh einer den verdammten Landadel. Die Burschen hier in Keswick lungern ohne Arbeit herum und sie beschäftigen eine Bande von Kesselflickern.“

Schweigend senkte er den Blick, wollte nur fort, doch Robert nahm unsanft sein Kinn und zwang ihn aufzusehen. Sein Bieratem wehte ihm entgegen.

„Eines muss man dir lassen. Du bist ein verdammt hübscher Bursche. Mit deinen langen Locken könnte man dich glatt für ein Weibsbild halten."

Unwirsch machte er sich von ihm los. Er sollte fortrennen! Aber er wollte die Waren nicht im Stich lassen. „Bin ich aber nicht!", fauchte er, wandte sich abrupt ab und zog entschieden den Karren an ihnen vorbei – zumindest versuchte er es.

Eliot mischte sich ein, packte ihn grob am Arm und zog ihn nah zu sich. „Eigentlich ist uns das herzlich egal."

Er wehrte sich, um von ihm loszukommen, doch Robert packte ihn am Kragen und schleifte ihn durch einen kleinen Tannenwald zu einer Lichtung.

„Was wollt ihr von mir?!", schrie er sie an.

Ihre Antwort war Gelächter.

Als Robert ihn von sich stieß, stolperte er rückwärts zu Boden und prallte gegen etwas Hartes. Schmerz durchzuckte seinen Hinterkopf und kurzzeitig wurde es dunkel um ihn. Vage spürte er, wie sie an seiner Kleidung rissen. Er kämpfte gegen den Schwindel an, um sich zu wehren. Ihrer Kraft hatte er nicht viel entgegenzusetzen. Jeden Widerstand erstickten sie mit Schlägen und Tritten. Sie schleuderten ihn in bodenlose Dunkelheit, als ihm klar wurde, dass er dem nicht entrinnen konnte. Er wollte schreien, sie anflehen, dass sie aufhören sollten, wusste aber im gleichen Augenblick, wie sinnlos es war, also blieb er stumm. Nur ein Schluchzen entrang sich ihm, als sie ihm jede Würde raubten ...

Katelyn riss die Augen auf. Ihr Herz raste. Abrupt fuhr sie auf, schaltete die kleine Nachttischlampe an.

Instinktiv fuhr ihre Hand an eine Stelle des Hinterkopfes, an der sie manchmal Kopfschmerzen hatte. Ihr leises Schluchzen vermischte sich mit dem in ihrer Erinnerung. Tränen schossen ihr in die Augen. Aus einem Impuls heraus nahm sie das Medaillon, öffnete es, und presste Johns Porträt an ihre Brust. Ihr *besonderes Gefühl*, wie sie es für sich immer nannte, wich diesmal nicht, verband sich mit ihr, als sei es endgültig erwacht.

Und das erste Mal gab sie einem Gedanken wirklich Raum und flüsterte: „Wir sind zurück …"

Das dritte Buch wirkte plötzlich wie ein Todesurteil und ihre Hand zitterte, als sie danach griff. Sie versuchte, an Chris zu denken, aber in diesem Augenblick konnte nichts ihre wunde Seele heilen. Katelyn wollte dies beenden, sie musste wissen, was mit ihnen geschehen war. Denn wenn sie versuchte, weiter zu *sehen*, verlor sich das meiste im Dunkeln. Sie starrte auf Johns so mühevoll mit einer Schreibfeder aufgemalten Worte. Jeder Buchstabe spiegelte seine Liebe wider, sie spürte es, wenn sie mit der Hand über das alte Papier strich. Behutsam klappte sie das Buch auf …

Wie ein Splittern der Seelen

3. Buch

Rückkehr

März 1767

Die Sonne brannte auf den Marktplatz in Kendal und mir war viel zu warm in meinem Jackett. Der Frühling begann ungewöhnlich warm, das Wetter hielt sich schon seit zwei Wochen. Ich warf einen Blick auf Hellen, die verzückt zwischen den Ständen der Marktschreier schlenderte und Stoffe, Bänder, Obst und Gebäck begutachtete. Sie hatte sich bei Betty eingehakt und kümmerte sich nicht darum, dass die junge Frau eigentlich zur Dienerschaft gehörte, obwohl Betty mittlerweile eher zu Hellens Zofe und James' Kindermädchen gereift war. Der Kleine war heute in Deidres Obhut.

Die beiden Frauen wisperten verschwörerisch wie Freundinnen und mir huschte ein amüsiertes Lächeln über das Gesicht. Meine Fingerspitzen glitten über einen teuren Seidenstoff. Sein Farbton sah aus wie aus einem Smaragd gewirkt. Gerne hätte ich Hellen davon etwas gekauft, aber solche Stoffe waren für uns zurzeit unerschwinglich. Ich seufzte leise.

Der Mann am Stand wurde auf mich aufmerksam, bot mir einen der Wollstoffe an, doch ich winkte freundlich ab. Einige vom niederen Stand saßen in Hemdsärmeln am Brunnen und schwatzten. Ich zog an meinem Kragen und wollte meine Jacke am liebsten in unserer offenen Kutsche verstauen. Da aber die Sullivans hier herumschwänzelten – Angelina sogar mit einem reich verzierten Sonnenschirm – ließ ich von der Idee ab und widmete mich dem Gewürzstand. Der Duft, der mir entgegenwehte, raubte mir fast den Atem. Ein Mann neben mir nieste ausgiebig, da er an mehreren Pfeffersorten geschnuppert hatte, und ich hielt ein wenig Abstand.

Der Markt in Kendal mochte ja hauptsächlich für die Bauern sein, doch er war für alle Menschen, egal welchen Stand sie innehatten, eine kleine Attraktion in dieser einsamen Gegend.

Ich folgte Hellen zur Stadtgrenze, denn das Treiben vereinnahmte heute halb Kendal. Bunte Tücher flatterten vor mir her und ich schob sie beiseite, als sie mir die Sicht nahmen. Eine Frau drängelte sich an mir vorbei und ich geriet in einen Pulk, der einem kleinen Marionettentheater zusah. Auch Hellen und Betty erspähte ich unter den Zuschauern. Ich knöpfte nun doch mein Jackett auf, denn mir brach der Schweiß aus.

Ein aufgeregtes Kribbeln erfasste mich und ich konnte das Gefühl nicht wirklich einordnen. Mein Blick fiel auf einen kleinen knorrigen Kirschbaum, zu dem ich gedrängt wurde. Lächelnd registrierte ich die feinen Knospen. *Bald ...*, dachte ich.

Jemand fasste mich am Arm und ich drehte mich herum. Hellen stand vor mir und wirkte ein wenig aufgeregt.

„John! Ist das nicht Jake dort oben?“

Ich fuhr herum und folgte ihrer Geste. Für einen Augenblick setzte mein Herz aus und es holperte regel-

recht weiter, als ich den Reiter oben auf dem Hügel erspähte. Er saß auf einem Grauschimmel und sein dunkles Haar wehte im Wind. Oh mein Gott! Es war wirklich
Jake! Mein Körper wurde von einem Zittern erfasst, das
ich vor Hellen nicht verbergen konnte.

„Vielleicht sind sie wegen des Wetters schon etwas
eher zurückgekommen“, überlegte Hellen lächelnd.

Ich schluckte. Alles zog mich dort auf die Anhöhe!
Jake wendete Liath und er verschwand aus meinem
Sichtfeld. Leise Panik überflutete mich.

„Geh ruhig zu ihm. Betty und mich wirst du in den
nächsten beiden Stunden hier in diesem wunderbaren
Zauberland finden.“ Sie grinste frech. „Und du magst
dieses Getümmel doch nicht besonders, oder?“

„Es macht dir nichts aus?“

Sie schüttelte den Kopf. „Komm nur am Nachmittag
wieder ... und lass mir das Geld da.“

Ich zog die Augenbrauen hoch, was sie zu einem Lachen reizte. Trotz allem war das ein guter Handel, also
reichte ich ihr die Geldbörse mit einem Zwinkern,
küsste sie auf die Wange und wühlte mich aus der
Menge. Nur der Gedanke an Jake beherrschte mich.
Auch wenn ich den Hügel gesittet hochlaufen wollte, so
machte meine Ungeduld dies einfach zunichte. Stolpernd erkletterte ich den seichten Hang und kam atemlos oben an. Ich sah zum Markt, aber mich beachtete
niemand. Angelina Sullivans Sonnenschirm stach hervor, als sie durch die Masse tingelte, das bunte Treiben
nahm zu, als einige Schausteller Tanzmusik anstimmten. Hellen sah ich nicht mehr.

Suchend schaute ich auf die andere Seite und erhaschte einen letzten Blick auf Jake und seinen Hengst

Liath, als sie auf einen Tannenwald zusteuerten. Er war es doch, oder?

„Jake!“, schrie ich und rannte ihm nach.

Ich sah, wie er herumfuhr, das Pferd wendete und verharrte.

„Jake, warte!“

Dann erkannte er mich und trieb seinen Hengst an. Er glitt vom Pferd, verhakte sich fast in den Steigbügeln. Wir beide sahen uns rasch um, aber niemand weilte auf dieser Seite der Anhöhe. Mit einem Lachen fiel er mir in die Arme. Mir wurde schwindelig, ich sog seinen Duft ein, griff in sein Haar und zog ihn nah an mich.

„Ich habe Lilly bei den anderen Pferden gesehen und euren Ackergaul!“

Ihn loszulassen kam nicht infrage. „Der hat die kleine Kutsche gezogen“, murmelte ich an seiner Schulter und konnte nicht glauben, dass er wieder bei mir war. „Du bist zurück!“

„Ja, viel früher als sonst, weil es so warm ist.“ Er schob mich etwas von sich, um mich zu begutachten.

Dieses Mal hatte er sich kaum verändert. Das Haar wirkte ein wenig kürzer und lag zerzaust auf seinen Schultern, ansonsten schien es mir, als sei er nie fort gewesen.

„Du siehst gut aus!“, hauchte er.

Ich fühlte mich verschwitzt und völlig aufgelöst, widersprach aber nicht. Ohne an all die Menschen hinter dem Hügel zu denken, umfasste ich sein Gesicht und küsste ihn ungestüm. Jake löste sich, sah sich besorgt um und zerrte mich in das Wäldchen. Wir rannten in den weitläufigen Hain, dessen Boden von einem dicken

Polster aus Tannennadeln bedeckt war. Liath trabte brav hinter uns her.

Irgendwann verklangen die Geräusche Kendals und ich stoppte abrupt. Wir sahen uns an und er küsste mich hungrig, streifte mir das Jackett ab und warf es einfach fort. Um mich war es geschehen, ich wollte ihn spüren. Als ich ihm überstürzt das Hemd über den Kopf ziehen wollte, vergaß ich vorne die Bänder zu lösen und er blieb mit dem Kopf stecken. Prustend befreite er sich und ich begann lauthals zu lachen. Jake erstickte jedes Geräusch mit einem Kuss und zog mich an sich. Als seine warme Haut auf meine traf, keuchte ich leise auf. Wie ein Ertrinkender klammerte er sich an mich. „Gott, ich habe dich so vermisst, John!", wisperte er.

Er warf mich herum und ich spürte die weichen Tannennadeln unter mir. Rasch befreite er uns von dem Rest unserer Kleidung und ich konnte seiner Ungestümheit nur folgen. Meine Rolle in diesem Spiel wäre mir völlig egal gewesen, Jake jedoch schien genau zu wissen, was er wollte. Er hielt mich an beiden Handgelenken, was mich zu einem leisen Lachen anregte. Trotzdem tat er nicht, was ich vermutete. Er nahm mich in sich auf ...

***

Die Schattenflecke zeichneten seltsame Muster auf Jakes Rücken, die mir erschienen wie sich bewegende Zeichnungen. Er döste in meinen Armen und ich zupfte die Tannennadeln und Erdkrümel von seiner feuchten Haut. Sanft küsste ich ihn auf die Wange und ein Lächeln legte sich auf seine Lippen.

„Du schläfst gar nicht", raunte ich.

Er hob den Kopf an, um mich zu mustern. „Nein, ich genieße."

Mir entfuhr ein leises Glucksen und irgendwie hoffte ich, dass ich nicht so zerrupft wie er aussah. Ich musste heute noch respektabel auf den Markt zurückkehren, um Hellen und Betty abzuholen. In einer fürsorglichen Geste versuchte ich, sein Haar zu glätten.

„Wo stehen eigentlich eure Wagen?"

Er zupfte mir ebenfalls die Nadeln aus dem Haar und wischte über meine Wange, um wohl einen Schmutzstreifen zu entfernen. „Wir stehen in der Nähe von Lake Windermere. Mary und Brian sind auch auf dem Markt, aber ich hatte keine Lust. Am liebsten wäre ich vorgefahren, aber Vater verbot es mir. Die letzten Meilen wollen wir morgen hinter uns bringen. Also schlenderte ich am Rand des Marktes, da sah ich auf einmal Lilly und euer anderes Pferd. Wie heißt der Bursche überhaupt?"

„Ich glaube, er hat gar keinen Namen, der arme Kerl."

„Dann nenne ich ihn jetzt ... Ian."

Überrascht schaute ich ihn an. „Ian? Gut, das passt zu ihm. Ich werde es Lilly-Ann sagen."

„Ha! Ich habe eines eurer Pferde getauft!"

„Unseren Ackergaul", berichtigte ich frech.

Er boxte mich spielerisch gegen den Oberarm und ließ sich zurückfallen, schaute in die sich wiegenden Bäume. „Auf jeden Fall ritt ich dann mit Liath herum und hoffte, dich zu finden. Hast du mich auf dem Hügel gesehen?"

„Hellen hat dich gesehen!"

„Wirklich? Hat sie dich einfach gehen lassen?"

Ich nickte nur.

„Ich bin nicht sicher, ob ich dich – wäre ich deine Frau – teilen würde." Er runzelte die Stirn. „Nein, wenn ich die Wahl hätte, ich würde dich niemals teilen!"

Seufzend betrachtete ich ihn und strich über seine Brust. „Wärest du meine Frau ... würde mir das auch nie in den Sinn kommen."

Sein Lächeln war zu verführerisch und ich küsste ihn sachte.

„Irgendwie müssen wir dich wieder ausgehfertig bekommen", sagte er dann besorgt.

„So schlimm?"

Er knabberte auf seiner Unterlippe. „Schlimmer. Du bist zerzaust und schmutzig wie Less, wenn er sich im Schafmist gewälzt hat."

Empört schnaufte ich auf, doch er zuckte die Schultern und ich lachte.

„Vielleicht war ich ein wenig stürmisch", gab er zu.

„Das hat mich nicht sonderlich gestört."

Jake zog mich auf und schaute sich suchend um, nahm mich an die Hand, um nackt mit mir durch den Wald zu tappen. Sein Hemd hatte er mitgenommen. Als er einen kleinen Bach fand, tauchte er es hinein.

„Im Lager interessiert es niemanden, wenn ich wie Less nach Hause komme, oder mit nassem Hemd", frotzelte er und wischte mir die Schmutzstreifen vom Körper.

Irgendwie bewerkstelligte er es, dass ich nach einiger Zeit wieder akzeptabel vor ihm stand. Sogar das Haar hatte er mir geflochten. Ich lächelte, als er an Hemd und Jackett herumzupfte. „Du wärst wirklich ein guter Kammerdiener."

„Könntest du mich denn bezahlen?" Er strich meinen Kragen glatt und ich sah ihn versonnen an.

„Da bin ich mir nicht sicher. Wenn du erwägst, mich wie jetzt, so ganz ohne Kleidung zu bedienen ...?"

Seine Antwort war ein Lachen.

Die Sonne stand bereits schräg über den Bäumen und ich musste zurück, sonst würde sich Hellen doch noch sorgen.

Jake küsste mich. „Wir sehen uns morgen."

***

Ich strich unserem Arbeitspferd sanft über die Nüstern und kraulte es ein wenig hinter dem Ohr. Es schaute mich mit gutmütigem Blick an, als ich ihm zuflüsterte, dass es nun Ian hieße. Ruhig verharrte es, und ich spannte es an die kleine Kutsche .

Hellen und Betty plauderten immer noch angeregt, was mich freute. Meine Frau kam viel zu selten in die Stadt und ich glaubte, sie vermisste eine Freundin. Betty schenkte mir ein scheues Lächeln und ich hoffte, dass die beiden ihre Freundschaft aufrechterhalten konnten, es würde Hellen gut tun. Ich half den beiden Frauen auf den Einspänner. Sie schwatzten aufgeregt, als ich Betty die Zügel reichte. Mein Pferd schnaubte ungeduldig und ich schwang mich in den Sattel, um hinter ihnen herzutraben.

Es war spät geworden und der lange Weg ließ uns erst im Dunkeln heimkommen. Unser Knecht Jean hatte Laternen entzündet, damit wir uns zumindest auf dem Anwesen zurechtfinden würden. Deidre öffnete die

244

Tür. Ich reichte mein Pferd an Lilly-Ann weiter, um Hellen ins Haus zu geleiten.

„Ihr kommt spät."

Meine Frau löste sich von mir und verwickelte Deidre in ein Gespräch. Ich trug die Einkäufe ins Haus und schmunzelte, als man sofort danach fragte. Mit einem euphorischen Gefühl, das tief in meinem Inneren bebte, stahl ich mich in die Bibliothek, nahm von Betty später ein kleines Abendmahl entgegen und vertrieb mir die Zeit mit einem Abenteuerroman. Less lag schnarchend zu meinen Füßen, zufrieden, dass ich endlich wieder da war.

Mein Leben erschien mir wieder bunt und schön.

Aber die nächste Zeit flog uns förmlich davon. Der Frühling schenkte uns zu unserer Überraschung doch recht viele regnerische Tage, aber der Sommer brachte uns eine Trockenperiode, die unserem Getreide nicht besonders gut tat, sodass wir es mühsam wässern mussten. Ohne die O'Malleys hätten wir diese Arbeiten niemals bewältigen können. Jakes Familie war für uns unersetzlich.

Verletzt

Spätsommer

Nieselregen wehte durch die schwüle Luft und tauchte die Gegend um unser Herrenhaus in diesiges Zwielicht. Unruhig sah ich aus dem Fenster. Mich hatte ein Gefühl ergriffen, das mein Herz wie mit einer Klammer umschloss. Nun pochte es viel zu rasch, als ob es dem entkommen wollte.

Jake war am Morgen nach Keswick gegangen, um Lebensmittel zu kaufen. Er müsste längst zurück sein.

Es klopfte leise und ich wandte mich um. „Herein."

Betty öffnete und knickste kurz. „Sir, bitte entschuldigt die Störung, aber Noirin von den Fahrenden wünscht Euch zu sprechen."

Mein Herz tat einen regelrechten Stolperer. Ohne weiter auf Betty zu achten, stürmte ich aus der Tür und stolperte fast mit Noirin zusammen, die ihr gefolgt war.

„John", flüsterte Noirin. „Etwas stimmt nicht!" Bettys Augen weiteten sich, als sie gewahrte, wie Noirin mich ansprach, enthielt sich jedoch jeden Kommentars und entfernte sich rasch.

„Was meinst du?"

„Ich habe die Runen geworfen und sie sagen nichts Gutes! Wo ist Jake?"

Ein unangenehmer Schauer erfasste mich, als würde sich eine eiskalte Hand auf mich legen. „Er ist heute Morgen nach Keswick gegangen."

„Du sorgst dich ebenso", stellte sie betroffen fest. Wahrscheinlich sah sie es mir an.

„Er ist immer noch nicht zurück, Noirin."

Sie machte auf dem Absatz kehrt und lief die Treppe hinunter, ich folgte ihr rasch. „Ich werde den Weg absuchen", sagte ich zu ihr, „schau du in den umliegenden Wald."

Sie nickte nur und rannte davon. Less kam schwanzwedelnd auf mich zu und ich begrüßte ihn kurz, befahl ihm aber, im Haus zu bleiben. „Betty?" Das Mädchen, das noch in der Nähe stand, sah auf. „Kümmere dich um Less, ja?"

„Das mache ich, Sir." Sie rief den Hund mit säuselnder Stimme zu sich und Less ließ sich nur zu gerne ablenken.

Ich steuerte den Stall an und hatte nicht die Geduld, zu warten, bis Lilly-Ann zu mir kam. Der Sattel glitt mir fast aus den Händen, als ich ihn an mich nahm.

„Ist etwas passiert?", fragte das Mädchen besorgt.

Unwillig winkte ich ab, sattelte auf und führte meine Stute aus den Stallungen. Sie verhielt sich heute recht besonnen, als würde sie meine Unruhe erahnen. Ich stieg auf und trabte an, ritt den Weg nach Keswick entlang. Meine Rufe nach Jake verhallten, nur die Krähen antworteten.

Dann sah ich plötzlich unseren Handkarren mitten auf der sandigen Straße stehen. Er war umgekippt und die meisten Lebensmittel waren herausgefallen. Panik kam über mich.

„Jake?"

Nichts.

Alles blieb gespenstisch still.

„Jake!" Ich glitt vom Pferd. Spuren fanden sich auf dem sandigen Boden und sie führten in den Tannenhain. Als ich über den mit Nadeln übersäten Boden rannte, stolperte ich fast über eine Wurzel, dann lichteten sich die Bäume und mir wurde eiskalt. Jake lag zusammengekrümmt am Boden, nahe des kleinen Flusses.

Ich stolperte zu ihm. Eine Blutlache hatte sich um seinen Kopf gebildet, er war nur notdürftig angezogen und völlig durchnässt.

„Oh mein Gott, Jake!" Vorsichtig berührte ich seine Schulter und drehte ihn zu mir. „Jake ..."

Er schluchzte leise auf, als er mich erkannte. Sachte zog ich ihn von seinem Erbrochenen fort.

Seine linke Wange schwoll bereits an und die Lippe war verletzt. Das Blut am Boden kam von einer Wunde am Hinterkopf. Mit zitternden Händen durchforschte ich meine Jackentaschen nach einem Taschentuch, für gewöhnlich hatte ich immer eines dabei. Als ich es endlich fand, tat ich es vorsichtig auf die Verletzung.

„Jake, du musst das Tuch auf die Wunde pressen." Ich führte seine Hand zu seinem blutenden Hinterkopf.

Verwirrt folgte er meinen Worten, er wirkte, als hätte er die Wunde noch gar nicht bemerkt.

„Ich ... ich hab mich ... hab mich im Fluss gewaschen." Er schluchzte erneut und seine Worte ließen mich plötzlich begreifen, was man ihm angetan hatte.

„Wer war das, Jake?", fragte ich leise.

„Robert und ... und sein Freund."

„Eliot Graves?"

„Ja …"

Sanft fasste ich unter ihn und hob ihn in meine Arme. Ich taumelte mit seinem Gewicht zu meinem Pferd zurück, schaffte es aber nicht, ihn in den Sattel zu heben. „Jake, kannst du mit meiner Hilfe aufsteigen?" Er nickte und versuchte es, aber jegliche Kraft hatte ihn verlassen. „Warte, halt dich am Pferd fest. Ich steig auf und zieh dich zu mir herauf." Er klammerte sich an die Stute, die sich bewundernswert ruhig verhielt und sich kaum rührte. Ich zog mich in den Sattel und packte nach Jakes Hand, bevor er gänzlich zusammensacken konnte. Er wollte in den Steigbügel treten, zischte vor Schmerz jedoch auf, als er sein Bein anheben wollte.

„Ich … kann nicht, John."

Kalte Wut stieg in mir auf, doch ich riss mich zusammen. Dafür war später Zeit. „Versuch seitlich aufzusitzen." Ich beugte mich hinunter und griff nach seinen Armen. In einem Kraftakt zog ich ihn zu mir auf das Pferd. Jake zuckte zusammen und verzog das Gesicht. Mehr als ein erstickter Schmerzenslaut kam nicht über seine Lippen. Er lehnte sich an mich. Behutsam wandte ich das Pferd und führte das Tier im Schritt nach Hause.

„Die Einkäufe …", flüsterte Jake heiser.

„Die wird jemand holen", sagte ich nur und versuchte meine Fassung zu wahren. Robert würde dafür büßen. Das schwor ich mir!

Ich brachte Jake nach Hause. Noirin schien gewusst zu haben, dass ich ihn finden würde. Sie sah mit schreckgeweiteten Augen auf ihren Bruder und half mir, ihn vom Pferd zu heben. „Wo können wir ihn hinbringen?", hauchte sie.

„Ins Haus", antwortete ich nur.

Lilly-Ann kam aus dem Stall und schaute uns erschrocken an.

„Hol Doktor Campbell!", rief ich ihr zu.

Das Mädchen fragte nichts, nahm sich meine Stute und ritt davon.

„In das Zimmer vom Winterquartier?", fragte Noirin, doch ich schüttelte den Kopf. Ich würde ihn nicht den harten Betten des Dienstbotenflügels aussetzen.

„In mein privates Zimmer."

Noirin stockte, sah mich überrascht an, doch sie sagte nichts, half mir nur, Jake die Stufen heraufzubringen. In diesem Augenblick gab es keinen besseren Ort für ihn.

„Er muss aus der nassen Kleidung heraus", sagte Noirin leise und ich nickte zustimmend.

Es schien Jake unangenehm zu sein, als wir ihn vorsichtig entkleideten, aber er begriff, dass es nötig war. Er stand zitternd da, presste immer noch mein Taschentuch auf die Wunde am Hinterkopf. Seine rechte Seite und der untere Rücken waren grün und blau von Schlägen oder Tritten. Ich riss mich zusammen, holte eine meiner langen Unterhosen und half ihm, sie überzustreifen, geleitete ihn zum Bett, wo er sich mit einem leisen Stöhnen auf die Seite legte. Jake wirkte apathisch und gebrochen. Kein Wort kam über seine Lippen. Nur seine stillen Tränen versickerten ins Kissen.

Für den Bruchteil einer Sekunde wollten meine Gefühle wie eine Flutwelle über mich kommen, Noirin verhinderte dies.

„John ..." Sie hatte vorsichtig das blutdurchtränkte Tuch entfernt und starrte nun auf die Verletzung. „Das muss genäht werden."

Ich sog den Atem ein, sah mich bei ihren Worten panisch um. Rasch riss ich den Schrank auf und holte ein Handtuch hervor, das Noirin sachte auflegte.

„Doktor Campbell kommt", flüsterte ich.

„Aber wird er Jake behandeln?"

Ich biss mir auf die Lippe, weil ich darauf keine Antwort hatte. Würde er einen Fahrenden behandeln?

Noirins Frage erübrigte sich, als wir hörten, wie mehrere Leute die Treppe herauf hasteten. Dr. Campbell fragte nicht, wer oder was sein Patient war. Der grauhaarige Mann klappte sofort seine schwarze Arzttasche auf, schob sich die Brille zurecht, und widmete sich Jake.

„War er ohnmächtig?"

Ich brauchte einen Augenblick, um zu begreifen, dass er mich meinte. „Ich weiß nicht genau."

Noirin führte mich ein wenig fort, sie verfolgte jedoch mit Argusaugen jeden Handgriff, den der Arzt an Jake vornahm. Einige Strähnen seines dunklen Haares fielen zu Boden, als Dr. Campbell die Kopfwunde freilegte und säuberte.

„Du musst tapfer sein, junger Mann, ich muss das nähen."

Als er die spitze Nadel hervorholte, wurde mir übel. Ich ignorierte Noirins Geste, die mich fernhalten sollte, und ging zu Jake, nahm seine Hand.

„Es wird alles gut", wisperte ich.

Dr. Campbell warf mir einen verwunderten Blick zu, ließ sich aber nicht beirren. Jake stöhnte und seine

Hand krampfte sich um meine, als die Nadel durch seine Haut stach. Ich sah nicht hin, hielt die Lider geschlossen, doch ich blieb bei ihm.

„Wo ist er noch verletzt?"

Ich realisierte, dass Dr. Campbell fertig war. Als ich nicht reagierte, untersuchte er Jake ausgiebig. Dann sah er mich ernst an. „Wo ist er noch verletzt?"

Endlich begriff ich, was er versuchte herauszufinden. „Man hat ihn ..." Ich stockte. „Ja", sagte ich dann nur.

Dr. Campbell richtete sich auf. „Hinaus mit Ihnen beiden. Und schließt die Tür", befahl er.

Noirin und ich blickten den Arzt fassungslos an, rührten uns nicht vom Fleck.

„Für den jungen Mann ist es schlimm genug!", zischte er.

„Bitte ... geht ...", kam es dann leise und bittend von Jake.

Mit bleichen Gesichtern verließen wir den Raum. Noirin blieb kerzengerade vor der Tür stehen, während ich an der Wand hinabrutschte und mir das Haar raufte. Dann ließ sie sich mit unbewegtem Gesicht neben mir nieder. Die kleinen Glöckchen an ihrem Kleid gaben leise Geräusche von sich.

„Ich bin gut in der Heilkunst", sagte sie plötzlich. „Das war ich schon immer. Ich habe es von meiner Großmutter gelernt. Doch dieser Doktor ist ... erfahren. Kräuter hätten hier nicht viel genutzt. Er wäre vielleicht verblutet."

Entsetzt sah ich sie an.

„Ich danke dir, John."

Mir blieben jegliche Worte im Hals stecken, denn plötzlich gewahrte ich meine Frau abseits an einem

Türrahmen stehen. Ich raffte mich auf, sie kam zögernd auf mich zu.

„Was ist mit Jake?“, fragte sie leise.

„Man ... hat ihn überfallen.“ Ich brachte den Satz kaum hervor.

Sorge malte sich auf ihrem Gesicht ab. „Ist es schlimm?“

„Ja, sie haben ...“

Wir wurden aus unserem vertrauten Gespräch herausgerissen, als Vater und Deidre die Treppe hinaufkamen.

„Warum ist Doktor Campbell hier?“, fragte Vater. Er sah kurz zu Noirin, die immer noch vor der Tür hockte und ihr Gesicht in ihren Armen verborgen hatte.

Hellen erklärte die Situation und ich war ihr dankbar für ihr Eingreifen. Vater blickte bestürzt auf die verschlossene Zimmertür. Deidre runzelte die Stirn. Noirin erhob sich nun, um der Gegenwart meiner Familie gewachsen zu sein.

„Wer wagt es, meine Angestellten zu überfallen?“, fuhr Vater auf.

„Robert Ashton und Eliot Graves“, antwortete ich heiser.

Deidre schien getroffen zu sein. Sah sie an meinem Blick, auf welche Art man Jake überfallen hatte? Ich dachte an meine Vermutung, dass man ihr vielleicht damals etwas Ähnliches angetan hatte, und suchte ihren Blick. Sie wandte sich abrupt ab und lief über den Gang zu ihrem Zimmer.

Vater packte mich am Arm. „Regle das!“

Ich nickte nur. Vater ging leicht schwankend nach unten in die Halle. Ich wandte mich an Hellen. „Kannst du Jean beauftragen, dass er die Lebensmittel holt, die Jake gekauft hatte? Sie liegen am Tannenhain."

Hellen legte kurz ihre Hand tröstend auf meinen Unterarm und verließ uns ebenso. So war ich wieder allein mit Noirin, als sich die Tür öffnete. Ich zuckte regelrecht zusammen.

„Man hat ihm übel mitgespielt, aber es sieht schlimmer aus, als es ist", sagte Dr. Campbell. „Ich befürchte aber, dass er eine Erschütterung des Kopfes hat. Er sollte mindestens eine Woche liegen. Ist das möglich?"

„Er kann in diesem Zimmer bleiben", versicherte ich.

Dr. Campbell nahm mich etwas an die Seite. „Sir Jonathan, sprecht bitte nicht darüber, dass ich einen Fahrenden versorgt habe."

Ich wusste selbst, dass es seinem Ruf schaden würde und nickte. Dann sah der Arzt Noirin an. „Bist du mit Naturheilmitteln vertraut?"

„Ja, das bin ich."

„Blutegel können gegen die Schwellung im Gesicht helfen und Kräuterumschläge auf der Kopfverletzung sind sicher hilfreich."

Noirin gab zu verstehen, dass sie verstanden habe. Dr. Campbell setzte sich seinen Hut auf, tippte zum Abschied kurz gegen die Kante und eilte die Stufen herunter, um von Vater seine Bezahlung entgegenzunehmen. Am Absatz machte er noch einmal kehrt. „Wenn sich etwas verschlimmert, holt mich trotzdem." Er wandte sich ab und ich widmete mich Noirin.

„Blutegel?", hakte ich ungläubig nach.

„Jake kennt das", erwiderte Noirin. „Sie helfen wirklich, glaub mir. Bleibst du bei ihm? Dann hole ich welche aus dem Moor."

„Ich bleibe bei ihm“, versicherte ich ihr.

Sie lief mit wehenden Röcken die Treppe hinunter. Ich ging zurück ins Zimmer und schloss die Tür.

Dr. Campbell hatte Jake zugedeckt. Seine Augen waren geschlossen und ein Verband war um seinen Kopf gewickelt. Ich sah, wie er trotz der Decke zitterte und begab mich zum Kamin, fachte ein Feuer an. Leise holte ich eines meiner Nachthemden hervor, legte es neben ihn – ich wollte ihn keinesfalls stören, denn er schien eingeschlafen zu sein. Ob Dr. Campbell ihm etwas gegen die Schmerzen gegeben hatte? Still wachte ich bei Jake, versuchte meine aufwallende Wut zu besänftigen. Robert und Eliot würden sich nie wieder an jemandem vergreifen, das schwor ich mir.

Als Noirin zurückkehrte, konnte ich kaum hinsehen, wie sie vorsichtig die Egel auf seiner geschwollenen Wange positionierte. Jake wachte nicht einmal auf.

Unruhig erhob ich mich, ging zum Fenster. *Regle es*, hatte Vater gesagt.

Prügel

Als ich vor dem Haus stand, fühlte ich mich wie gelähmt, und wollte, dass dies alles nur ein Albtraum war. Wäre einer von der Familie betroffen, hätte ich den Konstabler informieren können. Doch die Fahrenden hatten bei diesem Mann keinen Wert, das wusste ich nur zu gut, ich kannte ihn flüchtig. Als ich im Lager ankam, wussten die O'Malleys noch nichts von dem Überfall. Sie starrten mich entsetzt an, als ich ihnen erzählte, was geschehen war.

„Wo ist er?", fragte Joseph mit einem verzweifelten Ausdruck im Gesicht.

„Er ist bei uns im Haus und er kann dort bleiben, bis es ihm besser geht."

„Aber ..."

„Glaub mir, Joseph, dort geht es ihm besser als in seinem zugigen Wagen." Hier duldete ich keinen Widerspruch. Das erste Mal fühlte ich mich ihm überlegen, und er fügte sich stumm. Ihn so zu sehen fühlte sich furchtbar an. Er riss sich rasch zusammen und schaute mich ernst an. „Weißt du, wer es getan hat?"

„Ja."

„Dies bleibt nicht ungesühnt", sagte er dann heiser. „Brian?"

Jakes Cousin kam mit grimmiger Miene zu uns und nickte zustimmend.

„Was habt ihr vor?", hakte ich vorsichtig nach. Sein Blick traf mich bis tief ins Herz und ich verstand.

Gemeinsam liefen wir Richtung Keswick. Jean, unser Knecht, kam uns mit den Lebensmitteln entgegen. Er kannte Jake gut und verharrte, doch ich wollte ihm keine Schwierigkeiten machen und schüttelte unmerklich den Kopf. Er sollte nach Hause gehen. Mit einem tiefen Atemzug fasste er die Handkarre fester und ging an uns vorbei.

Wir fanden Robert mit Eliot und dem jüngsten Sohn von Sir Clifford am Dorfrand. Sie lungerten herum, worüber sie sprachen, interessierte mich nicht.

„Lasst sie nur am Leben", sagte ich leise zu Joseph und Brian, dann ging ich geradewegs auf sie zu. In diesem Augenblick ging eine Wandlung in mir vor und Robert schien alarmiert, Eliot runzelte die Stirn. Ich packte den Clifford-Jungen am Kragen und stieß ihn weg. „Verschwinde!" Ohne Murren rappelte er sich auf und rannte davon.

Mir war nicht nach einem Gespräch. Robert begriff und grinste mich süffisant an. Meine Faust landete direkt in seinem Gesicht. Als sein Nasenbein brach, gab es ein unschönes Knacken und meine Hand wurde von einem zuckenden Schmerz erfasst.

„Bist du wahnsinnig!", schrie er und hielt sich die blutende Nase.

Im Augenwinkel sah ich, wie sich Joseph und Brian Eliot vornahmen.

Ich trat Robert in die Seite. „Du bist ein Narr, wenn du glaubst, dass du ungestraft meine Freunde angreifen kannst!"

„Das ist verdammtes Zigeunerpack!“, zischte er mit einem Stöhnen.

Ich packte in sein Haar, riss seinen Kopf nach hinten, sodass er mich ansehen musste. „Fasst du ihn noch einmal an ... wagst du auch nur das Wort gegen ihn zu erheben, dann ...“

„Und was willst du dann tun?“, fauchte Robert mich an. „Willst du mich erschießen wegen eines räudigen Zigeuners?“

Er stolperte in den Staub, als ich den Schmerz in meiner Hand ignorierte und erneut zuschlug.

Ich sah neben mich, Eliot sagte gar nichts mehr, denn Brian erwürgte ihn fast. Rasch griff ich ein. „Nicht! Er ist es nicht wert!“, beschwor ich die O’Malleys. Joseph nickte kurz, ich sah, dass er zitterte, ob vor Wut oder Anstrengung, wusste ich nicht.

Eliot richtete sich keuchend auf und spukte Blut aus.

Um uns hatte sich ein Pulk von Leuten gebildet. Sie wirkten überrascht. Doch ich war schließlich niemandem Rechenschaft schuldig.

„Dies ist eine Warnung“, sagte ich leise zu Robert und Eliot. „Niemand vergreift sich an denen, die unter meinem Schutz stehen!“

Unerwartet wurde ich nach hinten gerissen und stand Roberts Vater gegenüber. Der Mann überragte mich fast um eine Haupteslänge.

„Was ist hier los?“, donnerte seine Stimme und schaute ein wenig fassungslos auf seinen zusammengeschlagenen Sohn. „Sir Jonathan?“

„Robert und Eliot haben meinen ...“ Ich unterbrach mich. Fast hätte ich offenbart, in welcher Beziehung ich zu Jake stand! Ich schluckte schwer. „… einen meiner Angestellten überfallen."

Mr Ashton wirkte verwirrt. „Was?" Er schaute seinen Sohn an.

Der raffte sich wütend auf und wischte sich das Blut von der Lippe. „Nur einen der Zigeuner, Vater!"

„Wenn er unter dem Schutz der McKays steht, ist das doch völlig egal, du Idiot!" Hart schlug er Robert gegen die Stirn. Der war so überrascht, dass er zurücktaumelte. Die Meinungen der Anwesenden gingen hier sehr auseinander und auch Mr Ashton hatte wohl eher Angst vor dem Konstabler. Joseph nahm mich am Arm, zog mich aus der Menge fort, die nun begann, wild zu diskutieren. Mr Ashton prügelte seinen Sohn nach Hause, Eliot rannte in die entgegengesetzte Richtung davon.

Brian ergriff mich am Arm. „Alles in Ordnung, John?"

Ich war mir nicht sicher. Es war das erste Mal, dass ich jemanden in dieser Art geschlagen hatte. Mir wurde bewusst, dass ich meinen Ruf gerade mit Füßen getreten hatte. Mein Zorn verrauchte schlagartig und der Schmerz meiner Hand drang wieder zu mir durch. Leichter Schwindel ergriff mich. Plötzlich fühlte ich mich den Blicken der Menschen ausgesetzt, die wohl nicht verstanden, was ich mit den O'Malleys zu schaffen hatte.

„Komm, fort von hier", wisperte Joseph.

Sie brachten mich fast bis zum Haus. Doch als sie Deidre sahen, die wie ein Racheengel auf mich zukam, flüsterte Joseph mir zu: „Diesen Kampf musst du allein ausfechten."

Ich nickte schwermütig, wappnete mich.

„Dürfen wir Jake sehen?“, fragte Joseph mich, nun wieder der besorgte Vater.

„Ja, natürlich“, antwortete ich tonlos.

Sie gingen leise davon und verschwanden wie Geister zwischen den Bäumen, die den schmalen Pfad zum Lager umsäumten.

„Was hast du getan, John?“, hauchte Deidre entsetzt, als sie mich von oben bis unten betrachtete.

„Mich geprügelt.“

„Wie bitte?“

„Du hast mich schon verstanden, Deidre.“

„Vater hat gesagt ...!“

„Er hat gesagt, ich soll es regeln! Und das hab ich!“, fuhr ich dazwischen.

„Aber du hättest ...“

„Zum Konstabler gehen sollen? Was glaubst du, hätte der getan, wenn ich ihm erzählt hätte, wer das Opfer ist?“

Meine Schwester straffte sich. „Als ob er weiß, wer Jake ist!“

„Er weiß es, Deidre, glaub mir. Er hat die O'Malleys wegen ihrer Herkunft sowieso im Auge.“

„Ich erkenne dich nicht wieder, Bruder“, sagte sie plötzlich ruhig, fast traurig.

„Himmel, was erwartest du, Deidre?“

„Ein wenig mehr Anstand.“ Sie sah sich kurz um, als prüfte sie, ob wer in der Nähe weilte. „Es ist eine Sache, wenn du dich mit dem Zigeuner vergnügst. Eine andere, wenn du ihn verteidigst, als wäre er deine Ehefrau!“

Mir blieb förmlich der Mund offenstehen. Alles Blut schien mir zu entweichen und ich spürte, wie ich leicht schwankte. „Geh mir aus den Augen", sagte ich dumpf.

Ihre Lippen pressten sich aufeinander und sie waren nur noch als schmaler Strich zu sehen. Als sie wie erstarrt stehen blieb, drehte ich mich abrupt um und flüchtete in den Stall. Ich stolperte zum Heuboden hinauf, zog die Leiter zu mir herauf und verbarg mich in der hintersten Ecke.

Wie eine Flut brachen meine Gefühle auf mich ein, ich schluchzte und dämpfte mit der Faust gegen meinen Mund gepresst jeden Laut. Niemand sollte hören, dass ich weinte. Niemand.

***

Es dämmerte bereits, als ich hörte, wie jemand die Stallungen betrat. Draußen rauschte der Regen, wie Wind in den Bäumen. Frische Luft wehte durch die Ritzen im Holz und ich fror.

„John?", kam es leise von unten.

Mühsam raffte ich mich auf, ließ wortlos die Leiter herunter, und kroch wieder in meine Ecke. Das spärliche Licht ließ mich nur ihren Schattenumriss erkennen, ich war dankbar für die Dunkelheit. Noirin setzte sich nah zu mir und entzündete eine Handlaterne, die sie mitgebracht hatte. Ich blinzelte ob der Helligkeit und wandte den Blick ab.

„Lass mich deine Hand sehen."

Als ich sie gehorsam ausstreckte, zitterte mein ganzer Arm. Sorgsam prüfte sie jeden Knöchel. Ich verzog das Gesicht, sagte aber kein Wort.

„Es ist nichts gebrochen", erklärte sie leise. „Was hat deine Schwester zu dir gesagt?"

„Das willst du nicht wissen."

„Ich ahne es."

„Sie weiß es", wisperte ich.

„Das hab ich mir gedacht. Ich denke, mittlerweile weiß es wohl deine ganze Familie. Wobei Hellen eine wunderbare Frau ist. Sie wacht im Moment bei Jake."

Ihre Worte ließen mich erneut die Fassung verlieren. Ich verbarg mein Gesicht in den Armen.

„Geh zu ihm, John. Vergiss den Hass deiner Schwester." Sie berührte mich an der Schulter, löschte die kleine Flamme der Lampe und stieg fast lautlos nach unten. Nur die Glöckchen an ihrem Rock klangen im Stall wider und gaben der Atmosphäre etwas Geheimnisvolles.

Ich stieg langsam die Leiter herunter. Im Salon brannte noch Licht, also würde ich durch den Hintereingang gehen. Ungesehen kam ich zu meinem Zimmer und öffnete mit Herzklopfen die Tür. Hellen saß in der Nähe des Bettes und las ein Buch. Sie ließ es sinken und schaute mich offen an. Ohne Fragen zu stellen, erhob sie sich, küsste mich zärtlich auf die Wange.

„Ich habe dir Essen bringen lassen", flüsterte sie. „Jake wollte nichts zu sich nehmen, aber ich glaube, es geht ihm trotzdem etwas besser. Er schläft seit vielleicht einer Stunde."

Stumm nahm ich sie in den Arm. Ihre Gegenwart war mir mehr Trost, als ich jemals für möglich gehalten hätte. Ich wollte ihr sagen, wie sehr ich sie liebte und bewunderte, aber es kamen einfach keine Worte über meine Lippen. Sie blieben mir wie ein Stein im Hals stecken. Hellen wich ein wenig zurück, strich mir sachte eine Haarsträhne hinter das Ohr und lächelte. Manchmal glaubte ich, dass sie in meinen Gedanken lesen konnte. Ich musste nie viel sagen, sie verstand mich einfach.

Als sie den Raum verließ, fühlte ich plötzlich eine seltsame Leere. Ohne Appetit aß ich die Abendmahlzeit, die sie für mich hatte herrichten lassen. Leise, um Jake nicht zu stören, zog ich meinen Sessel nah an das Bett, nahm behutsam seine Hand.

Jake schlug trotz aller Vorsicht die Augen auf. „Haben die Blutegel gut gewirkt?“, fragte er mit rauer Stimme.

„Ja, du siehst viel besser aus.“

Er schenkte mir ein schiefes Lächeln. „Hat Noirin sie mitgenommen?“

„Ich glaube ja.“

„Gut. Sie sind ekelhaft.“

Er bewegte sich vorsichtig und zog meine Hand hervor, die leicht geschwollen und blau war. „Was ist mit deiner Hand passiert.“

„Sie hat unter anderem Roberts Nasenbein gebrochen.“

Jake schluchzte nur.

Sollten sie doch alle zur Hölle fahren. Ich erhob mich und verriegelte die Tür. Dann streifte ich die Schuhe ab, befreite mich aus meinem Sakko, ließ alles achtlos zu Boden fallen und schlüpfte zu ihm ins Bett. Sanft zog ich ihn an mich. Jake schmiegte sich an meine Brust. Als er begann, leise zu weinen, blieb ich einfach nah bei ihm.

Dämmerung

Früh am Morgen wurde ich davon geweckt, dass jemand an die Tür meines Privatzimmers klopfte. Erleichterung überwältigte mich, als ich mich erinnerte, die Tür verriegelt zu haben. Vorsichtig zog ich meinen Arm unter Jake hervor. Die Schwellungen in seinem Gesicht waren durch die Blutegel zurückgegangen, aber sein Gesicht schillerte in allen Farben.

Ich robbte aus dem Bett und ordnete meine Kleidung. Wieder klopfte es und ich hörte Hellens leise Stimme. „John?"

Nervös blickte ich in den Spiegel. Mein Haar war mir aus dem Zopf gerutscht und ich band es rasch wieder nach hinten. Gegen meine zerknitterte Kleidung konnte ich nichts unternehmen. Rasch ging ich zur Tür und öffnete sie. Hellen stand besorgt da, warf einen Blick auf den noch schlafenden Jake. „Wie geht es ihm?", erkundigte sie sich. Zaghaft trat sie einen Schritt in das Zimmer.

„Er war in der Nacht sehr unruhig, aber er hat geschlafen", antwortete ich leise.

Ihre Hand hob sich und strich mir wieder eine vergessene Strähne meines Haares hinter das Ohr.

„Soll ich Betty sagen, dass sie das Frühstück heraufbringen soll?" Sie sah mich mit ihren rehbraunen, milden Augen an.

Ihr ehrliches Mitgefühl berührte mich sehr. „Das wäre sehr nett.“

Hellen nickte, gab mir einen Kuss auf die Wange und wollte hinausgehen, doch ich hielt sie auf. „Haben du und James gut geschlafen?“

„Er hat nach dir gefragt.“

„Oh ... ich werde nachher zu ihm gehen. Ist er schon wach?“

Hellen lachte gedämpft. „Ich denke, er ist in der Küche bei Maggie und isst heimlich ihr Apfelgebäck.“

Ich konnte nicht anders, als zu lächeln. Denn genau dasselbe hatte ich als Kind so oft getan, weil ich mich in der heimeligen Küche viel wohler gefühlt hatte als bei dem eher strengen Familienfrühstück.

„Vielleicht sollte ich dann auch in die Küche gehen?“

„Du könntest Jake etwas mit heraufbringen.“

„Das könnte ich.“

„Aber sag Deidre nichts.“

Ein Stich fuhr mir ins Herz. Also hatte Hellen ebenso die Veränderung meiner Schwester registriert. „Was hat sie nur, Hellen?“

Meine Frau sah mich ernst an. „Vielleicht will sie ihren Bruder lieber für sich allein und verzweifelt daran, dass dies nicht möglich ist.“

Ein seltsames Gefühl durchzog mich und ich erinnerte mich an Jakes damalige Worte: *Sie liebt dich anders als eine Schwester. Ich glaube, sie ... begehrt dich wie eine Frau.*

Sah Hellen das ebenso? War Deidre wirklich eifersüchtig? Der Blick meiner Frau verriet mir, dass sie wohl ebenso dachte.

Wie konnte nur alles so kompliziert sein?

Ich führte Hellen aus dem Zimmer und schloss die Tür. Sanft nahm ich ihr Gesicht in meine Hände und küsste sie. Ihr Lächeln war zärtlich. „Geh zu James. Ich werde hier bei deinem Freund wachen."

Unsicher nickte ich und lief die Stufen zur Küche hinunter. James sah mich schuldbewusst an. Ich zerzauste ihm die blonden Locken und flüsterte verschwörerisch: „Hast du noch etwas für mich übrig gelassen?"

Er entspannte sich und nickte mit einem Kichern.

Maggie kam aus der Speisekammer zurück und schien über mein Auftauchen nicht im mindesten überrascht. Mit einem schelmischen Gesichtsausdruck stellte sie einen Teller mit ihrem leckeren Gebäck hin. James langte sofort danach und ich sah dem Jungen versonnen zu, wie er die Kekse verschlang. Ich griff nur verhalten zu, genoss einfach die Gegenwart des Kleinen.

***

Später blieb ich vor der Tür meines Privatgemachs stehen. Hin- und hergerissen starrte ich das dunkle Holz an und wusste nicht, wie ich Jake gegenübertreten sollte. Am Abend war mir alles so einfach erschienen. Zaghaft berührte ich die Klinke. Das Metall fühlte sich wie aus Eis an und ein Schauer überkam mich. Ich öffnete die Tür und blieb verwirrt stehen. Jake war fort. Mein Herz machte einen Sprung, doch dann sah ich ihn an dem hohen Fenster stehen. Er hatte den Kopfverband abgenommen, ordentlich zusammengelegt lag dieser auf der Nachtkommode. Vielleicht hatte Noirin ihm einen Kräuterumschlag verabreicht?

„Du sollst noch nicht aufstehen", sagte ich leise und schloss die Tür.

Jake erwiderte nichts, warf mir nur einen Blick zu und richtete seine Aufmerksamkeit wieder auf den Garten, den man von dort aus sehen konnte. Ich fasste mich und ging zu ihm, legte sachte eine Hand auf seine Schulter. Sein Körper verspannte sich und ich zog sie wieder zurück.

„Ich konnte nicht mehr liegen", antwortete er dann.

Draußen lag dichter Nebel über den Wiesen und hüllte jeden Baum in milchigen Dunst. Eine Krähe flog auf und ich folgte ihrem eleganten Flug, bis sie außer Sichtweite war.

„Ich will dieses Leben nicht mehr", flüsterte Jake.

„Was meinst du damit?", fragte ich erschrocken.

Mit einem seltsamen Ausdruck sah er auf. *„So ...* meinte ich das nicht."

Da war ich mir nicht sicher. Ich ignorierte seine Scheu, sein kurzes Zusammenzucken und fasste ihn leicht an den Schultern, drehte ihn zu mir herum. „Jake ... dann bleibe bei mir." Kurz überkam mich das Gefühl, er würde sich meiner Berührung entziehen, er rührte sich jedoch nicht. Sein Nicken war fast unmerklich. Plötzlich erkannte ich, dass der Überfall ihn ... gebrochen hatte. Langsam befreite sich Jake aus meinem sanften Griff und drehte sich wieder zum Fenster. Schwankend klammerte er sich mit beiden Händen ans Fensterbrett.

„Hast du etwas gegessen?"

Seine Stimme war kaum mehr als ein Hauch: „Nein."

„Komm ... iss etwas und leg dich wieder hin. Doktor Campbell hat gesagt, du musst ruhen."

Widerstandslos ließ er sich zum Bett führen. Er verzog vor Schmerz das Gesicht, als er sich vorsichtig setzte, nahm aber das Frühstück, das auf einem Tablett neben der Schlafstätte bereitlag.

„Es tut mir leid, dass ich dich nicht beschützen konnte", wisperte ich.

Jake hielt inne. „Das kann niemand, John."

„Ich wünschte, ich hätte es gekonnt."

Über Jakes Gesicht huschte ein trauriges Lächeln. „Ich weiß."

Seine warme Hand legte sich auf meine Wange, verweilte dort, bis ich wagte, ihm in die Augen zu sehen. Tränen schimmerten in ihnen, doch er blinzelte die Feuchtigkeit fort. „Du bist nicht schuld daran, John."

Vielleicht war mir das klar, es fühlte sich dennoch nicht so an. Wie gerne hätte ich ihm gesagt, dass nach einem dunklen Tag die Sonne irgendwann wieder scheinen würde. Ich wollte ihm Hoffnung auf ein besseres Leben geben, ihm erklären, dass er dies überwinden und wieder lächeln würde. Aber meine Lippen schienen versiegelt, ich brachte kein Wort heraus.

Als wolle die Natur meine Gedanken aufgreifen, durchbrachen einige Sonnenstrahlen die düstere Wolkenwand und beleuchteten den Morgennebel. Dieser schien zu weichen, als die Wärme auf ihn traf. Das Licht gewann die Oberhand über die Dämmerung und das Zimmer wurde in Gold getaucht.

„Ich komm drüber weg", sagte Jake und ich sah ein kämpferisches Blitzen in seinem Ausdruck, der rasch wieder erlosch.

Schweigend griff ich nach seiner Hand.

Hagalaz

Acht Tage konnte ich Jake halten, dann rebellierte er und zog wieder in seinen Wagen. Ich wusste, dass ihm von Zeit zu Zeit noch schwindelig war und ihm manchmal der Kopf schmerzte, aber Noirin entfernte nach entsprechender Heilzeit die Fäden aus der Wunde und diese verheilte weiterhin gut. Jake selbst hatte sich verändert. Er lachte nicht mehr, sprach kaum und schreckte vor jeder noch so unbedeutenden Berührung zurück. Ich verstand das und hielt immer ein wenig Abstand. Das war ihm aber auch nicht recht, ich bekam es nach einigen Wochen zu spüren.

Ich stand am Kücheneingang, der in den Kräutergarten führte. Ursprünglich hatte ich Maggie eine Einkaufsliste von Hellen geben wollen, weil unsere Köchin zum Markt wollte, doch vorgefunden hatte ich Jake. Er spülte wie ein Küchenjunge sorgsam das Geschirr.

„Maggie kommt gleich wieder, sie zieht sich gerade um.“

„Und warum glaubst du, ich wäre wegen Maggie hier?“, fragte ich schelmisch, um ihn aufzumuntern.

Er wandte sich mir halb zu und ich sah ein bitteres Lächeln. „Weil du eine Einkaufsliste in der Hand hältst.“

So schnell würde er nicht mehr allein nach Keswick gehen, das wusste ich nur zu gut. Als ich nichts erwiderte, drehte er sich vollends um und starrte mich an. „Du weichst mir aus.“

Verblüfft erwiderte ich seinen Blick. „Ich dachte …“

„Ich bin nicht zerbrechlich!“

„Du zuckst ja sogar zurück, wenn ich dich an der Schulter berühre“, sagte ich verwirrt.

„Dann mach, dass das aufhört.“

„Wie denn?“

„Wisch es weg.“

Ich begriff nicht. „Wie bitte?“

„Was sie getan haben. Nur *du* kannst das heilen.“

Endlich sickerte in meinen Verstand, worauf er hinauswollte. „Du willst …? Aber …“

„Der Überfall ist über zwei Monate her.“ Jake rang mit sich, ich sah es ihm an. „Ich … ich will davor keine Angst mehr haben.“

Maggie polterte in die Küche und unterbrach uns. Sie nahm lächelnd Hellens Liste an sich, wuschelte Jake kurz durch das Haar und griff nach ihrem Einkaufskorb.

„Nimmst du Jean mit?“, hakte ich nach.

Sie sah sich lächelnd um. „Ja, und Lilly-Ann, damit das Mädchen mal ein wenig raus kommt. Sorgt Euch nicht, Sir John.“

Wir waren wieder allein. Jake stellte das saubere Geschirr zum Abtropfen hin. Stille senkte sich über uns. Unsicher ging ich zu Jake und legte meine Hände auf seine Schultern. „Ich verstehe, dass du Nähe brauchst, aber wir haben den Vorteil, dass du ebenso ein Mann bist wie ich“, deutete ich mein Vorhaben an.

Er sog scharf den Atem ein.

„Komm … Vater schläft, Deidre ist Ausreiten und Hellen ist mit dem Kleinen draußen. Im Haus schleichen nur Betty und der Hund herum."

Es war trotz allem gewagt, aber dies wollte ich nicht in seinem Wagen tun, wenn seine Familie in der Nähe war. Der Wald schien mir für einen Augenblick noch verlockend gewesen, aber angesichts des Nieselregens hielt ich davon Abstand.

Jake zögerte nur kurz, als ich ihm meine Hand hinhielt. Ich führte ihn durch das stille Haus in mein Zimmer. Dort schien die Anspannung plötzlich zu weichen und ich wusste, ich hatte ihn an den richtigen Ort geführt. Langsam ging er zum Fenster, sah auf den Regen, der vom Wind seitlich weggeweht wurde.

„Hier habe ich mich sicher gefühlt", flüsterte er.

Sachte strich ich ihm über das Haar, drehte ihn zu mir herum. Als er seine Arme um mich legte, schloss ich die Augen, genoss endlich wieder seine Nähe. Unsere Lippen fanden sich und er wich nicht zurück …

***

Ich saß am Sekretär und starrte auf den Brief aus Schottland. Meine Hand lag auf dem glatt polierten Holz des Schreibtisches. Jake lag noch in meinem Bett und schlief, ich hingegen fühlte mich ruhelos. Die Tür war verriegelt, aber es störte uns auch niemand, also wischte ich die Anspannung fort, die mich zwischendurch erfasste, wenn ich Stimmen im Flur hörte. So hätte uns auch niemals jemand vorfinden dürfen. Ich war nur notdürftig angekleidet und mein Haar hing wie wirres Stroh auf meine Schultern.

Jake seufzte leise und drehte sich herum.

Das Schreiben, das ich auf meinem Tisch vorgefunden hatte, hätte ich am liebsten ins Feuer geworfen. Stattdessen legte ich es hin und strich stirnrunzelnd darüber.

Nun erwachte Jake doch, richtete sich verschlafen auf. „Musst du noch arbeiten?"

„Nicht direkt."

Er schien zu spüren, dass mich etwas beschäftigte, denn er zog sich rasch etwas über und kam zu mir. „Was ist das?" Seine Hand strich mir über die Schulter.

„Ein Brief von meiner Großtante mütterlicherseits. Mein Großonkel ist verstorben und sie erbittet unsere Hilfe."

„Inwiefern?"

„Sie ist alt und weiß nicht recht, wie sie sich um den Nachlass kümmern soll. Sie hat es anders formuliert, aber das ist wohl das, was sie uns sagen möchte."

„Und das heißt?"

„Dass ich nach Schottland muss."

Ich sah, wie er erbleichte, sich auf die Lippe biss. „Kennst du sie denn?"

„Auf meiner Hochzeit habe ich sie kurz kennengelernt."

„Aber vielleicht ist das ja gut. Ich werde diesen Winter ein letztes Mal mit meiner Familie nach Cornwall reisen, um Abschied zu nehmen. Danach ... werde ich bei dir bleiben."

„Du willst *doch* noch einmal mitreisen?"

„Ich muss, John. Vater ist von meiner Entscheidung so oder so schwer getroffen, das kann ich ihm nicht verweigern.“

„Verstehen sie es denn?“

„Noirin ja, die anderen nicht.“

Ich nickte, hatte nicht angenommen, dass sie wirklich nachvollziehen konnten, was in ihm vorging. Ob Jake es für immer aushalten würde, an einem Ort zu leben, wusste ich ebenso nicht, aber ich sagte nichts, war einfach dankbar dafür.

„Dann sind wir also beide fort ...“, sagte ich leise.

***

Als ich meiner Familie den Brief später zeigte, erkannten auch sie den Hilferuf darin. Hellen drückte James an sich, sie ahnte, was das bedeutete. Der Junge strampelte und wollte zu mir, also streckte ich die Arme aus, zog ihn an mich. Deidre starrte auf den Brief, als wäre er ein Feind und Vater sah mich fragend an.

„Es hilft wohl nichts, ich muss in die Highlands.“

„Papa soll nicht fort“, jammerte James und klammerte sich an meinen Hals, sodass ich nach Luft japsen musste. Ich befreite mich aus seinem Griff und strich ihm über die Wange. „Ich komme ja wieder.“

„Reitest du allein?“, fragte Deidre ohne eine Regung.

„Ja, ich denke schon.“

„Dann wird dir der Abstand guttun. Du solltest auf dem Weg deine Gedanken ordnen.“

„Was soll mir dein Rat sagen, Schwester?“ Im gleichen Moment wurde mir klar, dass ich besser den Mund gehalten hätte. Vater und Hellen sahen Deidre verwundert an. Ich hingegen ahnte, dass sie auf Jake anspielte. Es wäre nicht ihre Art mich vor den anderen zu denunzieren, aber ihre Launenhaftigkeit, die sich mehr und mehr mit Bitterkeit mischte, verstärkte sich. Ich traute ihr nicht mehr. Trotzdem suchte ich den Blick meiner Schwester. Stumm bat ich sie, darüber Stillschweigen zu bewahren. Vater würde es völlig aus der Fassung bringen, wüsste er, was mich mit Jake verband.

Ihre Augen blitzten vor Wut und ihr Ausdruck traf mich tief. Abrupt wandte sie sich ab und stolzierte aus dem Haus. Rasch setzte ich James zu Boden. Ich konnte nicht anders, als ihr zu folgen und lief ihr nach. Erst im Stall holte ich sie ein. Sie hatte Lilly-Ann bereits befohlen, ihren Hengst zu satteln.

„Lilly-Ann, lass uns allein", bat ich ruhig.

Mein Tonfall alarmierte das Mädchen, sie legte das Zaumzeug zurück und verließ fluchtartig den Pferdestall.

„Du willst mit diesem Kleid ausreiten, Deidre?"

Ihr Kopf ruckte hoch und sie knetete wohl unbewusst den Stoff ihres ausladenden Gewandes. Sie bemerkte ihr Tun und strich die Seide rasch wieder glatt.

„Was kümmern dich meine Kleider? Du interessierst dich doch für etwas völlig anderes."

„Deidre hör auf damit."

„Womit? Anzudeuten, dass du ein Sodomit bist?", zischte sie leise.

Ich zuckte bei dem Wort förmlich zusammen. „Nenne mich nicht so", bat ich. Ihre Gegenwart bereitete mir regelrecht Unbehagen.

„Du setzt mit deinen Lüsten dein Leben aufs Spiel!“, fauchte sie. „Erwischt der Falsche euch in flagranti … ach, selbst wenn nur Gerüchte entstehen sollten! Man könnte dich dafür hängen!“

„Das sind keine … Lüste.“ Oh Gott, ich musste es sagen! Mein Herz raste und ich klammerte mich an einer der Holzverstrebungen. Nie zuvor hatte ich mich so sehr gefürchtet. „Deidre, ich liebe ihn“, flüsterte ich.

„Lieben? Einen Mann und Zigeuner noch dazu? Himmel, John!“

Getroffen senkte ich den Blick. Ich hätte lieber schweigen sollen, es abstreiten.

„Du hast eine Frau, einen Sohn, eine Verantwortung gegenüber deiner Familie!“

„Aber darum geht es gar nicht, oder?“, erwiderte ich leise.

Sie wich zurück. „Wie bitte?“

„Es geht um dich und mich, nicht wahr?“

Deidre erbleichte sichtlich.

„Was bin ich für dich, Deidre? Wie einen Bruder siehst du mich nicht an, schon lange nicht mehr.“

Ihr Mund öffnete sich leicht, als wolle sie etwas erwidern, doch sie schien die Worte nicht herausbringen zu können.

„Bewirf mich nicht mit Steinen, wenn du hinter Glas gefangen bist, und selbst auf einem dieser Steine sitzt“, sagte ich leise.

Ihre Hand sah ich kommen, zurück wich ich nicht. Sie schlug mir hart auf die Wange, wollte vor der Situation fliehen, doch ich packte sie am Arm.

„Ich hatte gedacht, dass gerade du verstehst, dass Jake *danach* Hilfe brauchte!“

„Lass mich los!", rief sie hysterisch, doch ich ließ sie nicht gehen. Tränen verschleierten ihren Blick. Deidre konnte sie nicht aufhalten.

„Mir hat auch keiner geholfen! Ignoriert habt ihr es!"

„Du hast ja mit keinem Wort darüber geredet! Und ich war ein Kind!"

Einige Pferde wurden unruhig, ein Tier stieß nervös gegen seine Box. Deidre verfiel in eine seltsame Starre. „Ihr alle könnt immer nur die Augen verschließen", sagte sie gefährlich ruhig. „Jake wird dein Tod sein."

Jäh löste ich die Hand von ihrem Arm, wich erschrocken zurück. Sie hingegen funkelte mich mit einem harten Ausdruck im Gesicht an. „Ich hasse dich, für das, was du geworden bist, Jonathan." Mit diesen Worten verließ sie den Stall.

Ich konnte mich nicht bewegen. Ein grauer Nebel legte sich auf meine Gefühle, fraß für den Augenblick alles auf, was gut war. Ja, vielleicht brauchte ich wirklich Abstand. Von allem hier. Und doch wünschte ich mir, Jake wäre bei mir.

Das Stalltor öffnete sich langsam, ich sah es an dem Lichteinfall, konnte jedoch nicht aufblicken, war wie gelähmt. Ich fühlte mehr, dass es Jake war, denn mein Blick fixierte das Stroh am Boden. Als sich seine Arme um mich schlangen, konnte ich nicht einmal weinen, es schien, als hätten Deidres Worte alles in mir ausgebrannt.

„John, meinst du ... es wäre besser gewesen, wir hätten uns nie getroffen?"

Seine Stimme weckte mich aus meiner Starre. Ich schob ihn von mir, um ihn anzusehen. „Nein", sagte ich bestimmt.

In seinen Augen lag ein seltsamer Glanz. „Ob sie recht hat? Werde ich dein Tod sein?"

Ich zog ihn wieder an mich. „Sag so etwas nicht!"

„Etwas steht bevor, John, ich fühle es. Und die Runen … sie sagen etwas Böses voraus und selbst Noirin fürchtet sich." Mit einem Zittern presste ich ihn fest an meine Brust. „Aber ich trauere lieber für immer deiner Liebe nach, als sie nie erlebt zu haben."

„Hör auf, Jake!", schluchzte ich. Seine Worte drangen wie eine Scherbe in mein Herz.

Im Stall wurde es dunkel, ich sah, dass Lilly-Ann das Tor verschloss, als wolle sie uns vor jeglichen Blicken schützen.

Jake machte sich ein wenig von mir los, griff in seine Hosentasche und legte mir einen Rosenkranz in die Hand. „Ich weiß, dass du einer anderen Kirche angehörst, aber bitte trage es. Ich glaube, dass es dich beschützen kann."

Mit gemischten Gefühlen sah ich auf das dunkle Holz, das unscheinbare Kreuz, die Perlen. Ohne zu antworten, streifte ich mir den Rosenkranz über. Er war so lang, dass er in meinem Hemdansatz verschwand, nun neben meinem Herzen lag.

Aus einem Impuls heraus nahm ich meinen Siegelring ab, reichte ihm das Schmuckstück.

„Nein, das kann ich nicht annehmen, John!"

„Bitte! Ich habe einen Teil von dir, du nun einen Teil von mir. Vielleicht verbindet es uns."

Widerstrebend nahm er den kostbaren Ring. „Ich werde ihn nicht am Finger tragen können", flüsterte er traurig. Er nahm kurz seine schlichte Lederkette ab, wo ein verschlungener Anhänger befestigt war. Noirin hatte ihm die Kette einst geschenkt, das wusste ich. Er knotete das Band auf, ließ den Ring neben den Anhänger gleiten und befestigte alles wieder. Als er wie ich meinen Teil an seinem Herzen trug, erfasste mich ein Gefühl, das alle meine Sinne vereinnahmte.

Verbunden, dachte ich, *für immer.*

Geräusche erklangen vor den Stallungen. Rasch nahm ich sein Gesicht in beide Hände und küsste ihn. „Ich liebe dich, Jake!“

Dann öffnete sich die Stalltür und wir wichen auseinander. Jake verschwand wie ein Geist auf dem Heuboden.

„Papa?“

Mein Sohn kam in den Stall, brauchte wohl einen Moment, um sich an die Lichtverhältnisse zu gewöhnen, sah mich und stürmte auf mich zu. Er schluchzte leise und fiel mir förmlich in die Arme. Ich ging auf die Knie, um ihn aufzufangen.

„Was ist denn, mein Kleiner?“

„Ich will nicht, dass du weggehst! Und Deidre ist ganz doll am Weinen.“

Hagalaz …

Ich dachte an die ersten Runen, die Noirin mir gelegt hatte. Hagalaz bedeutete Zerstörung, das hatte ich nicht vergessen. Begann es? Wurde nun alles zerstört, durch das, was ich durch Jake in mir erweckt hatte?

Ich presste James an mich und wollte so schnell wie möglich aufbrechen, damit ich diese Reise hinter mich bringen konnte.

Gebrochenes Volk

Am nächsten Morgen fiel es mir regelrecht schwer, auf mein Pferd zu steigen. Deidre hatte sich mir seit unserem Gespräch nicht mehr gezeigt und Vater begriff unsere Stimmung nicht. James schlief noch, ich hatte ihm heimlich einen sanften Abschiedskuss gegeben. Hellen stand mit versteinerter Miene vor mir, half mir, alles zu verstauen. Lilly-Ann hatte ich fortgeschickt. Less winselte immer noch vor der verschlossenen Tür, er spürte, dass ich fortging.

„Pass auf dich auf und bleibe nicht zu lange fort", sagte Hellen leise.

Ich sah vom Pferd auf sie hinunter, beugte mich vor und sie kam mir zu einem letzten Kuss entgegen. Dann trieb ich Lilly an, hoffte, dass Jake irgendwo auf mich warten würde, aber ich wusste, dass dies gestern unser Abschied gewesen war. Und es war gut so, ich verstand sein Fernbleiben.

Vater und ich hatten am letzten Abend noch ausführlich über Tante Josephine gesprochen. Sie schien völlig allein gelassen zu sein, das lasen wir aus ihrem Brief. Vater hatte mir erzählt, dass Tante Josephine und Onkel Thomas zum Landadel gehört hatten, wie wir, bis die Unruhen in Schottland auch diese Familie erreichte. Thomas hatte während des Aufstandes versucht, den Bauern zu helfen, was den Engländern nicht besonders gefallen hatte. Sie hatten ihm seinen Titel abgesprochen.

Meine Hand fuhr zu Jakes Rosenkranz. Als würde dies tatsächlich eine Verbindung zu uns herstellen, überkam mich eine innere Wärme. Ich sah seine blitzenden Augen, hörte tief in mir sein Lachen.

Mit einem Seufzen ritt ich Richtung Schottland. Als leichter Regen begann, setzte ich mir die Kapuze meines Mantels auf. Das Heidekraut blühte bereits und schmiegte sich an schroffe Felsen. In einem Moorgebiet wuchsen eigenartige Sumpfblumen, deren Blüten wie Daunenfedern aussahen. Ich ließ Lilly selbst sichere Wege finden, sie hatte ein untrügliches Gespür dafür

Je mehr ich in das Land ritt, desto öfter begegneten mir britische Soldaten. Man traute den Schotten nicht. Die Dörfer, die ich durchquerte, waren oft vereinsamt oder so sehr von Armut geprägt, dass mir das Herz blutete. Ihr Freiheitskampf, der kaum zwanzig Jahre her war, schien dieses Volk gebrochen zu haben. Abgebrannte Ruinen zeugten noch von dem Krieg und ich umging die Zeugen dieser Grausamkeit. England hatte dem Land das Leben geraubt, das sagte mir der Blick der Einwohner, denen man nicht einmal ihre Tartans gelassen hatte, um ihnen jegliche Würde zu nehmen. Meine Kleidung verriet mich wohl als Engländer, oder man schreckte generell vor Fremden zurück, denn die Menschen wichen mir aus. Also mied ich die Dörfer und zog mich in mich selbst zurück, ritt stetig weiter nach Norden.

Die Landschaft veränderte sich. Aus weichen Hügeln wurden Berge, die aus Gras und Moos gemacht zu sein schienen. Auf dieser Reise fühlte ich wahrlich keinen

Stolz auf mein Land oder meine Herkunft. Ich sah nur in schmutzige, angsterfüllte Gesichter und musste sehen, wie Mütter ihre Kinder in ihre Häuser scheuchten, wenn ich an ihnen vorbeiritt.

Nachts schlief ich zusammen mit meiner Stute in Senken oder unter Baumgruppen, nur in Falkirk nahm ich mir ein Gasthaus, weil es so stark regnete und ich erbärmlich fror. Auch meine Essensrationen neigten sich dem Ende zu und mir blieb nichts anderes übrig, als später in Pitlochry erneut einzukehren. Hier verhielt ich mich still, hüllte mich in meinen Mantel und wirkte mittlerweile wohl selbst so abgerissen, dass man mir keine Aufmerksamkeit mehr schenkte. Die Wirtin hatte kein Zimmer mehr frei, obwohl ich eher glaube, sie erkannte mich an meiner Redeweise als Engländer und wollte mich nachts nicht im Haus haben. Also suchte ich mir abseits der Häuser eine sichere Stelle, wo ich schlafen konnte.

Das Lagerfeuer wollte nicht recht in Gang kommen. Qualm stieg zu den Bäumen hinauf und ich konnte ein Husten nicht unterdrücken. Lilly wich schnaubend zurück. Erneut erhob ich mich, suchte nach Holz, das nicht völlig durchnässt war. Doch in diesem Land schien es nicht viel Trocknes zu geben, zumindest nicht, wenn der Herbst nahte. Fluchend klaubte ich feuchte Äste auf. Lilly wieherte nervös. Ich hielt inne, konnte sie wegen einiger Sträucher aber nicht sehen. Stimmen raunten miteinander und mein Herz begann zu rasen.

„Du verdammtes Biest!", hörte ich plötzlich und begriff, dass jemand in Begriff war, mein Pferd zu stehlen!

Ich ließ alles fallen und stürmte unbedacht zu der kleinen Lichtung zurück. Die Stute kam in mein Sichtfeld. Lilly stieg und erschlug mit den Vorderhufen beinahe den jungen Mann, der versuchte, sie am Zügel zu halten. Sie riss sich los und galoppierte davon. Mein Arm wurde grob nach hinten gezogen und ich spürte etwas Kaltes an meinem Hals.

„Nicht mal eure Pferde wollen uns auf ihrem Rücken dulden!", zischte der Mann hinter mir.

„Sie ist ein wenig stur", wagte ich zu sagen, rührte mich aber nicht.

Er stieß mich grob von sich und ich kam auf Händen und Knien auf. Jemand verpasste mir einen Tritt und ich robbte erschrocken zurück.

„Hör auf!", motzte ein dritter Mann, der gerade meine Habseligkeiten durchwühlte. Sein dichter Bart und das wirre Haar verdeckten fast sein Gesicht, sodass ich nicht sehen konnte, mit wem ich es zu tun hatte, da er mich keines Blickes würdigte. Der junge Mann, der zu einem erneuten Tritt ausgeholt hatte, hielt sich zurück, schimpfte aber wutschnaubend. Er kramte etwas aus seiner Jackentasche hervor und warf es mir vor die Füße.

„Na? Was sagst du jetzt, du blöder *Sassenach*?"

Ich ignorierte das Schimpfwort, dass die Schotten uns Engländern angedeihen ließen, und sah auf den Boden. Ein Stück Stoff lag dort, mit dem schottischen Muster eines der Clans. Der ältere Mann, der mich festgehalten hatte, nahm es rasch auf und verpasste dem Burschen eine Ohrfeige.

„Ich wünsche, sie hätten euch wenigstens das gelassen", murmelte ich leise.

Stille legte sich über den Hain und drei Augenpaare starrten mich an. Aus der Ferne hörte ich Lilly wiehern, ich wusste, dass sie mich rief. Der Bärtige raffte sich auf und griff in meinen Ausschnitt.

„Nicht!"

Doch er betrachtete nur nachdenklich Jakes Rosenkranz. „Du bist Katholik wie wir?"

„Ja", log ich.

„Er ist trotzdem ein verfluchter Engländer!"

„Ich komme aus Westmorland", sagte ich, als ob mir das was nutzen würde.

„Ein Grenzländer", sagte der Ruhige, der den Stoff aufgehoben hatte.

So hatte ich das noch gar nicht gesehen.

„Was tust du hier?", fragte er mich. „Wir haben dich in *Baile Chloichridh* gesehen."

Unsicher richtete ich mich auf, behielt die drei im Auge. Also hatte man mich doch bemerkt, denn ich ging davon aus, dass sie Pitlochry meinten. „Ich bin auf dem Weg zu meiner Großtante."

„Um was zu tun?"

„Sie hat meine Familie um Hilfe gebeten, sie ist alt."

Der Bärtige erhob sich und ich sah mich einem Hochlandschotten gegenüber, der sicher einen Kopf größer war als ich. „Wo ist dein Geld?"

„Nicht in den Taschen." Ich hatte die halb verhungerten Kinder in den Dörfern gesehen, deshalb griff ich in den Geldbeutel, den ich immer nah bei mir trug, und wollte ihnen einen Anteil geben. Der Bärtige riss mir jedoch alles aus der Hand und nahm es an sich. Zu protestieren wagte ich nicht, jedoch würde ich ihnen nicht

Lilly überlassen. „Mein Pferd könnt ihr nicht haben. Sie lässt nur mich aufsitzen."

„Das haben wir gemerkt", brummte er.

Die Stute stand etwas entfernt zwischen den Bäumen. Ich war zum ersten Mal froh, dass sie so ein stures Biest und auf mich fixiert war.

Der Bärtige packte den jungen Burschen am Kragen und zog ihn fort. Sie verschwanden zwischen den Büschen wie Schatten. Zurück blieb der ruhige Mann, der nun das Stück Tartan hervorholte. „Deine Worte vorhin haben mich überrascht." Offensichtlich spielte er auf den Stoff an. Würde man sie erwischen, wartete das Gefängnis auf sie. Allein schon wegen des Besitzes dieses eigentlich unbedeutenden Stück Stoffs. Seine Hand krampfte sich darum. „Ich wusste nicht, dass er es aufbewahrt hat." Ein Muskel in seiner Wange zuckte und ich wich zurück, als er die Hand hob. Doch er warf den Tartan nur in die Glut meines Lagerfeuers.

Unsere Blicke begegneten sich. Ich sah, wie die Hoffnung in ihm ebenso erloschen war, wie das Feuer. „Tut mir leid, wegen des Geldes."

Um zu signalisieren, dass es nicht wichtig war, zuckte ich mit den Schultern. Er nickte knapp, beugte sich herab und holte aus einem Beutel trockne Äste hervor, entzündete sie mit einem Feuerstein und ging fort.

Ich tat einen tiefen Atemzug und erlaubte mir ein leises Stöhnen, als mich ein leichter Schmerz in die Seite stach – dort, wo der Junge mich getreten hatte. Mit einem Pfiff gab ich Lilly zu verstehen, dass die Gefahr gebannt war. Mein treues Pferd trabte schnaubend zu mir und schmiegte sich wie eine große Katze an mich. Ich gab ihr einen Kuss auf die Nüstern und hielt mich einen Moment bei ihr fest, bemerkte erst jetzt, wie sehr mir die Knie zitterten.

***

Die letzten Tage meiner Reise waren von Hunger und Kälte geprägt. Ohne Geld konnte ich mir keine Nahrung kaufen und meine eigenen Rationen waren schon lange erschöpft. Also suchte ich Brombeeren und Himbeeren, versuchte mich an Kräuter zu erinnern, die Jake mich gelehrt hatte, mied aber die Pilze, da ich wirklich nicht die geringste Ahnung davon hatte.

Als ich Tage später vor dem verfallenen Herrenhaus stand, fühlte ich mich wie ein Landstreicher. Ich fror, die Nässe des unaufhörlichen Regens drang mir bis auf die Haut und ich konnte vor Hunger kaum noch stehen. Das erste Mal begriff ich wirklich, wie Jakes Leben teilweise gewesen sein musste. Seit zwei Tagen hatte ich nun dieses verflixte Anwesen gesucht und war mit den Nerven am Ende. Lilly strauchelte und ich strich ihr über den Hals. Seit gestern ritt ich sie nicht mehr, weil sie völlig erschöpft war. Wir waren sicher knappe dreihundert Meilen geritten und waren seit über zwei Wochen unterwegs. Ich führte sie durch den verwilderten Garten. Wetterleuchten erhellte den Himmel und zeigte mir den verwahrlosten Zustand des Hauses. Ich hämmerte gegen die Tür. Nach einigen Minuten ließ ich mich dagegen sinken und vergrub das Gesicht in den Händen. Lilly stupste mich an.

Plötzlich sackte mein Halt weg, als die Tür doch noch geöffnet wurde und ich fiel unsanft hintenüber. Mein Pferd wich erschrocken zurück. Ein Schrei ertönte und ich rappelte mich rasch auf. Tante Josephine stand vor mir, hielt sich entsetzt die Hand vor den Mund.

„Ich bin es, Tante! Jonathan." Ihre schmale Gestalt regte sich nicht. „Elizabeth' Sohn."

Dies ließ sie begreifen und ich schnappte nach Luft, als ich ihren Zustand gewahrte. Bei Hellens und meiner Hochzeit hatte sie sicher doppelt so viel gewogen. Tiefe Augenringe zeichneten ihr Gesicht und ihre Kleidung wirkte einfach und verschlissen.

Langsam trat sie näher, strich mir über die Wange, als wolle sie sich meines Erscheinens versichern. „Du hast mein Schreiben verstanden", sagte sie unendlich leise. „Dann muss ich vielleicht doch nicht alleine sterben."

Sterben?

„Tante, gibt es einen Unterstand für mein Pferd?"

Sie schien verwirrt. „Ich hatte schon lange keine Pferde mehr hier. Bring es auf die Weide, da wächst das Gras noch üppig. Auch ein paar Bäume sind da zum Unterstellen."

„Was ist mit der Scheune?"

Ihr Blick folgte meiner Geste und sie blinzelte. „Ja ... ja, das geht auch, aber sie ist nicht sauber."

Der Regen ebbte ab. Wind kam auf und bog die knorrigen Bäume zur Seite. Einst mussten hier Pferde gestanden haben, aber der Stall war derart verwahrlost, dass selbst Lilly davor scheute. Also brachte ich sie auf die Weide, was ihr mehr behagte. Sattel und Zaumzeug lagerte ich dennoch in dem Schuppen. Ich wollte Lilly noch etwas trockenreiben, aber sie war es durchaus gewöhnt, draußen zu sein und trottete einfach fort, also ließ ich sie ziehen, damit sie sich ausruhen konnte. Ich schleifte meine Satteltaschen ins Haus, wo Tante Josephine immer noch wie verklärt auf mich wartete.

„Du siehst hungrig aus und bist ganz nass geworden", sagte sie besorgt und tätschelte mir die Wange. Mit zittrigen Händen entzündete sie einige Leuchten im Haus. Das Licht brachte den wahren Zustand des Hauses grausam zum Vorschein. Überall hingen Spinnweben und das Gebäude wirkte schmutzig und kalt. Sie führte mich in den Salon. Hier brannte zumindest ein Feuer und ich setzte mich nah an die Flammen.

Mit einem Stöhnen sank sie auf einen verschlissenen Sessel gegenüber von mir. „Es tut mir leid, dass du mich so vorfindest, Jonathan." Sie reichte mir ein paar harte Haferkekse und ich musste mich zusammenreißen, um sie gesittet zu mir zu nehmen.

Zuerst ignorierte ich ihre Entschuldigung, doch ich spürte, dass sie auf eine Reaktion meinerseits wartete. „Was ist passiert, Tante?"

„In dem Brief ... habe ich nicht die volle Wahrheit gesagt. Thomas ist schon letztes Jahr verstorben und das Haus ist verschuldet. Man toleriert mich nur noch ...", sie hustete und brauchte eine Weile, um sich zu fangen, „... weil ich sterbe."

„Was ist denn mit dir?", fragte ich bestürzt.

„Der Arzt weiß es nicht genau, vermutet unheilbare Geschwulste."

„Das tut mir leid, Tante!"

Sie winkte ab. „Das muss es nicht. Ich hoffte nur ..."

In ihren Augen las ich einen Wunsch und ich ließ meine Hand mit dem Gebäck sinken. „Was möchtest du von mir, Tante Josephine?"

„Ich möchte meinen Schmerzen ein Ende setzen, aber ich will ... nicht als Selbstmörderin verscharrt werden.“

Ein eiskalter Schauer rann mir über den Rücken und ich sehnte mich nach einem großen Glas Whisky. „Ist denn niemand hier, der zu dir steht?“

Josephine schüttelte den Kopf. „Die Familie deiner Mutter lebt schon lange in den Lowlands, das weißt du ja. Und ... sie mögen mich nicht. Die Schotten hassen mich, nur weil ich Engländerin bin und die Engländer hassen mich, weil Thomas versucht hat, einige Aufständige zu beschützen. Gehängt hat man sie trotzdem.“

Es waren also nicht nur Bauern, denen mein Onkel geholfen hatte.

„Thomas hatte ein gutes Herz, aber es verhärtete sich nach dem Krieg. Ich trage ihnen nicht nach, dass sie mir aus dem Weg gehen.“

„Was möchtest du, dass ich für dich tue, Tante?“

Ihr Lächeln wirkte bitter, aber meine Frage schien auch einen Hoffnungsfunken in ihr zu wecken.

„Ruh dich erst aus, Jonathan. Morgen ist ...“

Ich fuhr auf. „Tante Josephine! Was möchtest du, dass ich für dich tue?“

Mühsam erhob sie sich, tippelte zu einem Regal und nahm ein Glas daraus hervor. Sie stellte es vor mich auf den Tisch. Übelkeit befiel mich. Denn selbst ich wusste um die Wirkung der Eibenfrüchte.

„Ich soll dich vergiften?“, hauchte ich geschockt. Wieder überkam sie ein Husten und ich sah ihr an, dass der Schmerz sie wirklich quälte. „Tante, das kann ich nicht tun!“

Ihr Gesicht verzog sich und sie presste die Lippen aufeinander. Mit einer fahrigen Geste nahm sie das Glas an sich und presste es an ihre Brust. „Dann ... tut es mir leid, dass du den weiten Weg hierher gemacht hast“, flüsterte sie.

Ich erhob mich, war mit einem Schritt bei ihr und nahm ihr das Glas mit den Eibenfrüchten ab, stellte es zurück auf den Tisch. Ihr Körper wurde von leisen Schluchzern geschüttelt, als ich sie in den Arm nahm.

Schwere Last

Drei Tage schaute ich mir an, wie sie sich mehr und mehr quälte, weil ihre Medizin einfach versagte. Schließlich war sie zu schwach, um überhaupt stehen zu können. Sie erzählte mir, dass sie von einer Kräuterfrau ein Schmerzmittel bekommen habe, dass sich dessen Wirkung aber stets weiter verringerte, weil es verebbte. Ich brachte sie in ihr Schlafgemach, wo sie irgendwann am Nachmittag weinend vor Schmerz einschlief.

Im Salon suchte ich fahrig nach etwas Alkoholischem und fand es in Form eines alten Schnapses, der mir so sehr die Sinne raubte, dass ich erst mit der Morgensonne wieder zu mir kam. Übelkeit und Schwindel plagten mich. Trotzdem raffte ich mich auf und schaute nach Josephine. Sie zeigte schwer atmend auf ein Fläschchen. „Gib mir davon!", keuchte sie.

Ich nahm es hoch. „Es ist leer, Tante."

„Nein, das kann nicht sein, Junge. Gib es mir!" Sie nahm es, korkte es hastig auf und versuchte noch den letzten Tropfen zu erhaschen. Der leere Flakon entglitt ihren Händen und zerbarst am Boden.

„Vielleicht kann ich dir neue Medizin besorgen."

Josephine schüttelte den Kopf. „Sie sind schon wieder fort."

Meinte sie womöglich Fahrende?

Gott! Was würde Jake hierzu sagen? Was würden Noirin oder Vater tun? Plötzlich erinnerte ich mich daran, wie Jake ein Kaninchen erlöst hatte, das wir schwer verletzt im Wald gefunden hatten. Es zu töten brachte ich damals einfach nicht über mich, obwohl das Tier unglaublich litt. Doch Jake hatte es behutsam in den Arm genommen, es gestreichelt ... und ihm blitzschnell den Hals umgedreht. Der Blick, als er das Tier begraben hatte, verfolgte mich heute noch – als hätte man seine Brust mit einem Pfeil durchbohrt.

„Getan hast du es trotzdem", wisperte ich und ging zum Fenster.

Tante Josephine schluchzte.

Lilly stand ruhig auf der Weide, die Sonne bestrahlte die Herbstblätter der großen Eiche vor dem Haus und feiner Nebel lag weiter hinten auf den Wiesen.

„Was muss ich tun, Tante Josephine?", fragte ich sie mit heiserer Stimme.

Stille umgab mich, dann erklärte sie mir stockend, wie ich das Gift zubereiten musste. Josephine konnte nicht mehr kauen, also bereitete ich einen dilettantischen Sud zu. Niemals werde ich ihren Blick vergessen, als ich den Becher an ihre Lippen setzte – so voller Dankbarkeit und in purer Hoffnung auf Erlösung. Ihr Körper war zu schwach, um lange gegen das Gift der Eibe anzukämpfen. Sie starb schnell und in meinen Armen. Schließlich bettete ich ihre leblose Gestalt wieder auf das Bett und erbrach mich in ihrem Nachttopf. Ein Weinen schüttelte mich und ich konnte dem Gefühl nicht entrinnen, dass ich gemordet hatte. Es mochte Sterbehilfe gewesen sein, doch es fühlte sich anders an.

***

Die morsche Bank vor dem Haus knarrte, als ich mich auf sie setzte. Lilly wieherte, aber ich konnte jetzt nicht auf sie eingehen. Meine Hände fühlten sich wund vom Waschen an, weil ich keine Rückstände der zermahlenen Eibensamen an mir haben wollte. Ich lauschte dem Wind in den Bäumen, sah den rotgoldenen Blättern zu, wie sie zu Boden segelten, und wollte einfach nur nach Hause, auch wenn mir vor der langen Rückreise graute. Bevor ich jedoch aufbrechen konnte, musste ich zumindest eine Beerdigung organisieren und das Haus freigeben.

Fast eine Woche dauerte es, um alles zu regeln. Ich verkaufte meine Taschenuhr, um mir Lebensmittel für den Ritt nach Hause leisten zu können. Als ich dann wieder durch die Highlands ritt, fühlte ich mich, als würde ein Stein auf meinem Herzen liegen. Diese Empfindung wollte nicht weichen und ich spürte, dass es nichts mehr mit dem Tod meiner Großtante zu tun hatte, denn etwas anderes, etwas Dunkles, griff nach mir und es begleitete mich durch die Berge, Wälder und Hügel. Es ließ mich Lilly antreiben, bis sie erschöpft scheute und sich weigerte, weiterzureiten.

Schnee überraschte uns, viel zu früh, und ich fürchtete, zu erfrieren. Niemand wollte uns zuerst helfen, keiner konnte etwas Essbares entbehren und ich verfluchte diese Situation. Nur eine Familie hatte Mitleid, interessierte sich nicht für meine Herkunft und gewährte uns Obdach. Ich verbrachte fast vier Tage dort, wartete den Schneesturm ab und half zumindest, wo ich konnte, um ihre Hilfe vergelten zu können.

Weiter südlich besserte sich das Wetter und ich kam schneller voran. Eine seltsame Leere erfasste mich. Sie trieb mich in den Wahnsinn. Selbst wenn ich Jakes Rosenkranz umklammerte, fühlte ich nicht mehr die vertraute Wärme.

Als ich endlich hungrig, schmutzig und zerlumpt zu Hause ankam, entfuhr Hellen ein wahrer Schreckensschrei, als sie mich so sah. Ich fiel ihr in die Arme und konnte nichts mehr sagen, klammerte mich nur an sie.

„Oh Gott, John! Was ist passiert?"

„Frag nicht, Hellen", sagte ich dumpf.

Vater schien ähnlich geschockt und ich konnte nur stockend erzählen, was passiert war. Deidre mied mich, sprach kein Wort mit mir, was mich tief im Innern mehr schmerzte, als ich mir selbst eingestand.

Das Abendbrot genoss ich, obwohl ich mir Mühe geben musste, um nicht zu schlingen. Betty bereitete mir danach ein Bad und die Holzwanne kam mir wie purer Wohlstand vor. Als das heiße Wasser mich berührte, schien mein Körper plötzlich aufzugeben und ich schloss erschöpft die Augen, schlief mit dem Kopf auf dem Wannenrand ein, bis Hellen mich sanft aufweckte. Ich ließ mir von ihr helfen und fiel förmlich in mein weiches Bett. In dieser Nacht schlief ich tief und traumlos. Als ich jedoch von der Herbstsonne geweckt wurde, erfasste mich erneut dieses Gefühl der Leere. Abrupt richtete ich mich auf, erhob mich und stellte fest, dass Hellen bereits aufgestanden war. Less brachte sich vor Freude fast um, als er gewahrte, dass ich wach war, und begrüßte mich stürmisch. Ich kniete mich hin und drückte ihn an mich, ließ seine Liebesbezeugungen über mich ergehen und hoffte, dass der Hund es schaffen würde, diese dunkle Empfindung zu vertreiben. Irgendwann gebot ich ihm Einhalt und ging zum Fenster. Die Bäume waren bereits kahl und ich fragte mich, wo auf dem Weg nach Cornwall Jake wohl sein würde.

Jake!

Der Gedanke an ihn zerriss mich förmlich und ich umklammerte den Rosenkranz, den Hellen zwar entdeckt, aber unkommentiert gelassen hatte. Mein Herz wollte sich nicht beruhigen, es geriet aus dem Takt und meine Brust zog sich zusammen, als würde sie von etwas zusammengepresst werden. Ich atmete tief ein und aus. Was war nur mit mir los?

Ruhelos wusch ich mich und kleidete mich an, als es an der Tür kratzte. Dieser Jemand wartete nicht ab, ob ich ein „Herein", rief, sondern stieß die Tür auf und mein Sohn kam juchzend auf mich zugerannt. Der Kleine holte mich für den Moment aus diesem Gefühl.

Hellen wirkte sehr schweigsam und ich spürte, dass sie etwas vor mir verbarg. Nach dem Frühstück, als James mit Less draußen herumtollte, sprach ich sie offen darauf an.

„Ich wollte es dir gestern nicht sagen, weil du ... so erschöpft warst. Aber ich glaube, es ist etwas geschehen. Noirin gab mir vor einigen Tagen etwas für dich. Sie wirkte ... sehr mitgenommen."

„Aber ich dachte, sie sind auf dem Weg nach Cornwall?" Meine Hände begannen zu zittern.

„Ich glaube, das waren sie auch, aber ..." Sie brach ab, ging in den Salon, kam zurück und legte mir ein Päckchen in die Hand. Das, was darinnen lag, war nur mit einem Tuch zugedeckt und mit einer einfachen Schnur gebunden.

Ich schaffte kaum, es zu öffnen. Als ich die letzte Ecke des Stoffs zur Seite legte, taumelte ich zurück. Alles entglitt meinen Händen und Hellen schaute mich verstört an. Ich bekam keine Luft!

Nein!

„John? Was ist denn?" Sie hob den kleinen Gegenstand auf. „Aber … dein Ring? Wieso hatte Noirin deinen Ring?"

„Nicht Noirin …", brachte ich hervor. Dann wurde es dunkel um mich und ich nahm nichts mehr wahr, nur noch Hellens erschrockenen Aufschrei.

Gegenwart

Katelyn blickte geschockt auf und wagte nicht weiterzulesen. Etwas raubte ihr förmlich den Atem, ließ sie am ganzen Körper zittern. Dann strömten Bilder auf sie ein, die sie gnadenlos fesselten, denen sie nicht entrinnen konnte. Wie in Trance nahm sie wahr, wie das Jake-Gefühl in ihr die Oberhand errang, als wolle das Schicksal ihr endlich zeigen, was einst mit ihr geschehen war. Katelyn selbst spürte sich nicht mehr, da war nur noch Jake …

Unsicher verharrte er vor dem Eingang. Die letzten beiden Jahre hatte er die Begegnung mit George gemieden, aber er konnte sich nicht mehr vor ihm verstecken. Es wäre ihm gegenüber nicht fair, würde er wieder Brian oder Mary vorschicken. Die Glocke der Ladentür klingelte leise und George sah auf. Seine Gesichtszüge wandelten sich von Verblüffung zu offensichtlicher Freude. Er ließ den Teig, den er gerade knetete, unbeachtet, wusch sich rasch die Hände.

„Jake …"

„Hallo George."

Er lächelte, wollte ihn umarmen, aber Jake wich ihm aus, was George zu einem Stirnrunzeln veranlasste. „Wo warst du die letzten beiden Jahre?"

„Wir sind im Winter oben in Keswick geblieben. Vaters Wagen war kaputt." Jake sah sich nervös um, hätte gerne einfach nur Brot gekauft.

„Das Jahr davor bist du auch nicht gekommen."

„Du weißt warum."

Als George viel zu nah vor ihm stand, ihn am Kinn fasste, damit er ihn ansah, pochte Jakes Herz unangenehm schnell. Rühr mich nicht an!, dachte er und versuchte die Panik niederzukämpfen.

„Es ist immer noch wegen John? Er kann dir doch auch nicht viel mehr bieten als ich."

In Jake fachte Wut auf, er riss sich los. „Es ist ja wohl ein Unterschied, ob man sich liebt, oder ob man sich einem hingibt, weil man halb am Verhungern ist!", fauchte er.

George verengte die Augen. „So siehst du mich?"

Sofort bereute Jake seine harten Worte, zügeln konnte er sich dennoch nicht. „Du hast immer gewusst, warum ich es tue."

Draußen horchten einige Menschen auf. George packte ihn am Arm und zog ihn nach hinten in die Backstube. „Lass mich los, George!"

„Was? Ist er hübscher als ich? Oder nimmt er dich härter ran?"

Jake fühlte sich schwindelig, als er tief im Innern plötzlich das lüsterne Lachen von Robert und seinem Freund Eliot hörte …

Seine flache Hand fuhr so heftig auf Georges Wange, dass der zurücktaumelte. „Du weißt gar nichts!", zischte Jake zornig. Tränen verschleierten seine Sicht.

George mochte ihn gernhaben, aber er war kein Mann, den man reizen sollte. „So oft habe ich dir Geld und Gebäck zugesteckt. Ich wollte dir helfen, aber dir lag nie etwas an mir, oder?" Viel zu ruhig klang seine Stimme und in Jake flutete Angst auf. Mit zittriger Hand berührte er das Messer, das er verborgen an seinem Hosenbund trug. Seit dem Überfall hatte er das Anwesen der McKays nie mehr ohne Waffe verlassen.

„Aber weißt du was? Geahnt habe ich es immer! Dann dürfte dir doch ein letztes Abenteuer nichts ausmachen. Dein John braucht es ja nicht zu erfahren."

„Ich will nur ein wenig Brot haben", sagte Jake leise.

„Ja, das willst du immer."

„Ich habe aber Geld."

„Weißt du was? Das interessiert mich nicht."

Ohne Vorwarnung zog er Jake an sich und drängte ihm einen Kuss auf, nestelte an seiner Hose. Erst als Jake atemlos vor Angst das Messer an seinen Hals hielt, verharrte er geschockt. George verzerrte das Gesicht. „Ich hab dich geliebt!"

„Lass mich in Ruhe", flüsterte Jake und befreite sich aus seinem Griff. Mit dem Messer in der Hand flüchtete er in den Verkaufsraum zurück. George schrie Flüche und Beschimpfungen hinter ihm her. Jake prallte gegen eine massige Gestalt, die mit festem Griff seinen Arm festhielt und ihm die Waffe entrang.

„George? Hat er dich bestohlen?", rief der Fremde, er wartete nicht einmal die Antwort ab, zerrte Jake hinaus. „Der Zigeuner hat gestohlen!"

Panisch versuchte sich Jake loszureißen, doch eine Meute sammelte sich um ihn und den Kerl, der ihn nun am Kragen packte. Hilfe suchend begegnete er Georges Blick, der nun aus der Bäckerei stürzte. George schwieg,

Die weiteren Bilder waren verschwommen und trotzdem so furchtbar, dass Katelyn aus dem Bett stürzte,
nach Luft rang und keuchend hustete. Sie zerrte an
dem Kragen ihres Schlafanzugs, schluchzte und kau-
erte weinend am Boden, bis Fiona überrascht die Tür
aufriss.

„Katy!" Fiona kniete sich zu ihr und zog sie in die
Arme. Ein Blick auf das Buch, schien ihr alles zu sagen.
„Ach Kind ..." Beruhigend strich sie Katelyn über den
Rücken.

„Ich erinnere mich, Oma", hauchte sie und schmiegte
sich in die vertraute Umarmung. Ein Schauer erfasste
sie und Katelyn wusste, dass sie weiterlesen musste,
auch wenn sie wusste, dass dies Johns Herz gebrochen
hatte. Ihre Großmutter schien sie sehr genau zu kennen. Sie suchte Katelyns Blick, verstand und half ihr zurück auf das Bett.

„Lies es zu Ende. Wenn du mich brauchst, ich warte
in der Küche auf dich."

Das Zimmer erschien ihr kälter, als Fiona nach unten
ging. Ihr Herz blutete und sie klammerte sich an den
Gedanken, dass John in Chris zurückgekommen war.
Aber war ihm das wirklich klar? Oder saß sie nicht
doch einer Illusion auf?

Nein! Dies hier war kein Spiel, keine Illusion und
auch kein Traum. Sie wusste nicht, welche Kräfte hier

wirkten, leichtfertig zweifeln würde sie nicht. Entschlossen griff sie wieder nach dem Buch und schlug die nächste Seite auf ...

Dunkler Schmerz

Kälte war das Erste, was ich spürte. Etwas lag auf meiner Stirn. Ein nasses Tuch? Was war passiert? Ich konnte mich für einen Augenblick an nichts erinnern, bis ich innerlich sah, wie ich Jake meinen Ring gab.

Geschockt schlug ich die Augen auf und sah Hellen vor mir knien. Sie weinte und wischte sich über das Gesicht. Mühsam richtete ich mich auf, das Tuch fiel herunter und ich gab es ihr.

„John, was hast du?"

„Ich muss fort!" Immer noch von Schwindel befallen, zog ich mich am Schrank hoch und taumelte aus dem Haus. „Lilly-Ann!", rief ich panisch.

Das Mädchen schaute erschrocken auf.

„Sattle mein Pferd. Schnell!" Mein Körper zitterte so sehr, dass ich mich an einem Gatter festhielt, als sie aufsattelte.

„Sir John?", fragte sie leise.

Ich antwortete ihr nicht. Hellen wollte mich aufhalten, aber sie begegnete meinem Blick und ließ mich bestürzt los. Lilly-Ann reichte mir die Zügel, ich stieg auf und trieb mein Pferd zum Lager der Fahrenden.

Es war verlassen.

Der Fluss rauschte, die Wiese war noch platt gedrückt von ihren Wagen, aber sie waren fort. Ich wusste ungefähr, welche Route sie immer nahmen und galoppierte über den Weg. In jedem Dorf fragte ich, ob man die Fahrenden gesehen habe. Doch erst am Nachmittag in der Nähe von Lake Windermere fand ich einen Anhaltspunkt.

Als ich die Wagen zwischen den schlanken Birken stehen sah, fehlte einer. Ich sah es sofort. Es war Jakes Wagen. Die Leere drang in mich ein wie beißender Rauch und raubte mir den Atem. Ich rutschte aus dem Sattel. In das Lager konnte ich nicht gehen, wie erstarrt blieb ich zwischen den Bäumen stehen, klammerte mich an Lillys Zügel.

Noirin erspähte mich als Erstes, ihr fiel ein Eimer aus den Händen und die O'Malleys blickten auf. Langsam kam sie auf mich zu. Ihre Miene war verschlossen, so blass hatte ich sie noch nie gesehen. Sie sagte nur vier Worte, doch diese ließen meine Welt für immer zerbrechen.

„Er ist tot, John."

Völlige Stille legte sich um mich. Kälte erfasste jeden meiner Gedanken und ich konnte mich nicht bewegen. Meine einzige Hoffnung beruhte darauf, dass dies ein Traum war. Ein Traum, der mich auf ewig verfolgen, über den ich aber später mit Jake lachen würde. Ich blinzelte, als mir bewusst wurde, dass ich nicht atmete. Ich rang nach Luft. Und mit dem Atem kam wieder Leben in meinen Körper. „Das ist nicht wahr."

Tränen liefen an Noirins Wangen hinunter. „Sie haben ihn umgebracht ... in Kendal."

Plötzlich wusste ich für den Moment nicht mehr, wo ich war. Nebel umwölkte meine Sicht.

Sie haben ihn umgebracht ...

„Das … ist … nicht … wahr“, wisperte ich nur. Dann rannte ich fort, bis mir die Beine einfach wegknickten. Ich fiel hart auf Felsgestein und blieb einfach so auf den Knien. Das Atmen fiel mir so unendlich schwer. Ich fühlte nichts! Es war, als wäre ich bereits tot. Nur diese Erstarrung hatte Besitz von mir übernommen und umschloss mich wie eine Eishülle. Diese zerbrach, als ich eine zarte Hand auf der Schulter spürte. Noirin glitt zu mir auf den Boden und zog mich wortlos an sich. Ein Schluchzen bahnte sich einen Weg aus mir heraus, es schmerzte mich in der Kehle. Sie presste mich an sich. Ich wollte mich losreißen, aber sie hielt mich fest.

Ich weinte, bis ich so ausgebrannt und leer war, dass nichts mehr in mir vorhanden war. Irgendwann zog sie mich auf und ich konnte nur hinter ihr herstolpern. Sie führte mich zu einer lichtdurchfluteten Waldlichtung, die von hohen Eichen umrahmt war. Asche wehte wie Blütenpollen im Wind. Sie lag zwischen den goldenen Herbstblättern.

„Wir haben ihn, wie es Sitte ist, in seinem Wagen bestattet. Er ist dem Feuer übergeben worden, zusammen mit seinem Zuhause“, sagte sie gefasst. „Wir haben so lange gewartet, wie wir konnten, wussten aber nicht, wann du zurück bist. Es tut mir leid, dass du ihn nicht mehr sehen konntest.“ Ihre Hand krallte sich in meinen Ärmel. „Aber es ist gut so. Behalte ihn so in Erinnerung, wie er war. Du … hättest es nicht ertragen.“

Ich fiel in der Asche auf die Knie. „Was ist geschehen?“, fragte ich tonlos.

„Er war bei George Duncan in der Bäckerei und irgendetwas ist dort passiert. Eine Meute hat ihn plötzlich bezichtigt, gestohlen zu haben. Und sie haben ihn ... getötet."

„Wie?"

Noirin schluchzte leise. „Sie haben ihn einfach an dem nächsten Baum ... aufgehängt."

Bei ihren Worten zuckte ich zusammen. Meine Hand ballte sich um die Asche am Boden. Ich schaute auf das graue Etwas, das durch meine Finger rieselte. Innerlich schrie ich, doch mein Mund war verschlossen. Wie von Sinnen schaufelte ich die Asche in meine Taschen. Noirin legte ihre Hand auf meinen Arm.

„Rühr mich nicht an!"

Ob ich auch einen winzigen Teil von ihm gefunden hatte? Oder überlagerte die Asche seines Wagens alles? Verzweifelt wühlte ich in dem Laub, suchte nach einem Anzeichen, das mir sagte, was für Überreste ich in den Händen hielt. Noirin ließ mich allein.

Dann schrie ich seinen Namen, als könne ich ihn so zu mir rufen. Für einen winzigen Augenblick fühlte ich seine Nähe, hörte seine Stimme, aber es war Illusion.

Gebrochen ging ich zu meinem Pferd, stieg wortlos auf und ritt davon. Ich musste fort – weit fort. Irgendwo mitten im Wald wurde mir bewusst, dass ich Lilly mittlerweile am Zügel führte und durch das Unterholz irrte. Dann sah ich die Lichtung, an der ich Jake so oft geliebt hatte.

Es war bereits Nacht. Der volle Mond beleuchtete die Moospolster und das hohe Gras. Ich ließ mich auf die Knie fallen. Wie von selbst glitten meine Hände in die Taschen und spürten die feine Asche. Zitternd holte ich sie hervor, sie entglitt meinen Fingern und der Wind verstreute sie.

Langsam legte ich mich auf die Seite, spürte den eisigen Boden unter mir, fühlte unter mir das Moos, das härter war als sonst.

Frost, dachte ich.

Ich wünschte mir Josephines Eibenfrüchte. Oder würde der Frost mich einfach zu sich nehmen? Nur dieser Wunsch war mir geblieben. Meine Lider senkten sich, als sich heiße Tränen nicht mehr zurückhalten ließen. Dunkelheit legte sich wie eine kalte Decke auf mich und ich spürte gar nichts mehr.

***

„Sir John!" Eine Stimme drang zu mir durch. „John!", drang sie hysterisch in meine Wahrnehmung. Als ich die Augen aufzwang, blinzelte ich gegen das Licht einer Laterne an. Lilly-Anns Gesicht tauchte vor mir auf.

„Was ist denn passiert?", fragte sie erschrocken. „Lilly kam ohne Euch zurück und führte mich hierher."

„Lass mich in Ruhe …"

Lilly-Ann wollte mir aufhelfen, doch ich weigerte mich. „Sir John, Ihr könnt nicht hierbleiben! Ihr seid eiskalt."

„Lass mich hier." Meine Zunge fühlte sich schwer an.

Verwirrt hielt sie inne. „Was ist geschehen?", wollte sie erneut wissen. Ihre Stimme war kaum mehr als ein Flüstern im Wind.

„Er ist tot, Lilly", brach es plötzlich aus mir heraus.

„Wer?"

„Jake …"

Schweigen.

Entschieden zog sie mich nach oben. Übelkeit überwältigte mich und ich taumelte fort, um mich zu übergeben. Mein Körper zitterte so sehr, dass ich wieder zu
Boden sackte. Wieder zerrte sie mich fort.

„Hörst du, was ich sage?!", schrie ich sie an.

Sie fasste mein Gesicht mit beiden Händen und fixierte mich. „Ich habe es gehört. Trotzdem lasse ich
Euch hier nicht sterben!"

Ich versuchte mich loszureißen, doch ihre zarte Person war unerbittlich. Schluchzend folgte ich ihr zu meiner treuen Stute. Warum ließ sie mich nicht einfach
hier?

„John, zu Hause wartet eine Familie auf Euch."

James, schoss mir durch den Kopf.

Lilly-Ann brachte mich nach Hause, doch ich reagierte nicht auf Hellen, nicht einmal auf Vater. Ich taumelte auf mein Zimmer, schloss mich ein und ließ mich
in die hinterste Ecke an die Wand sinken. Dort starrte
ich vor mich hin, konnte nicht glauben, dass Jakes Tod
Realität war. Hellen hämmerte an meine Tür, aber ich
beachtete sie nicht. Irgendwann ließ ich mich auf die
Seite sinken und dämmerte in einen unruhigen Schlaf.
Als ich erwachte, war es still um mich, sie hatten es aufgegeben. Und ich ertrug diese furchtbaren Gefühle
nicht mehr. Mit einem leisen Stöhnen raffte ich mich
auf, holte den Whisky aus meiner Vitrine und verzog
mich wieder in meinen dunklen Winkel. Der Kamin
war bereits erkaltet und es war so eisig im Zimmer,
dass ich vor Kälte zitterte. Nur der Whisky rann mir
heiß und brennend die Kehle hinab, betäubte meine
Sinne. Ich fühlte mich zerbrochen. Dies könnte nie wie-

der geheilt werden. Dumpf pochte der Schmerz in einem immerwährenden Rhythmus und mischte sich mit einer so tiefen Leere, die mich schier auffraß. Erneut sank ich zu Boden, starrte an die Decke. Nur die Glasflasche mit der scharfen Flüssigkeit nahm ich wahr.

Immer wieder erklangen Geräusche an der Tür. Ein Kratzen, ein Klopfen, leises Flehen und Weinen ... Aber ich konnte ihnen nicht öffnen. Was sollte ich ihnen sagen?

Ich weiß nicht, wie lange ich dort verharrte. Die Flasche leerte sich, ich erfror fast auf dem Steinboden, und als jemand die Tür zerbarst, wehrte ich mich nicht. Hellens Gesicht tauchte vor mir auf. Ihr Ausdruck tiefer Betroffenheit wich Bestürzung, als sie gewahrte, wie es um mich stand. Man zog mich um, verfrachtete mich ins Bett und zwang mich, Suppe zu essen. Selbst Deidre sah mich nur still an und sagte kein Wort des Tadels. Schweigend ließ ich es über mich ergehen.

Teilnahmslos sah ich zum Fenster, schaute zu, wie die Sonne auf- und wieder unterging, wie sie sich erneut über den Hügeln erhob. Meine Gedanken klärten sich und ich fühlte etwas anderes in mir aufsteigen. Wut loderte von Stunde zu Stunde mehr auf und verbrannte mich fast. Ich konnte nur noch an den Mann denken, der Jake das Verderben gebracht hatte: George Duncan. Plötzlich fiel mir die Waffe ein, die sich schon seit Jahren in dem alten Schreibtisch meines Vaters befand.

Mühsam erhob ich mich, zog mir etwas über und ging zur Tür, sah hinaus. Niemand war oben im Flur, ich hörte meine Familie unten im Salon leise miteinander reden. Sie sollten mich nicht aufhalten, deshalb schlich

ich in die Bibliothek, wo der Schreibtisch meines Vaters stand. Der Geruch der Bücher umfing mich und ich
betrachtete wehmütig die Regale, wo diese Schätze aufbewahrt waren. Viel zu selten hatte ich Zeit gehabt,
mich in diese Geschichten zu vertiefen. Ich riss mich
von dem Anblick los, stahl die Pistole aus der Schublade und lud sie mit scharfer Munition. Unbemerkt verließ ich das Haus.

Abgewiesene Liebe

Als ich in Kendal eintraf und nach George Duncan fragte, fühlte ich mich seltsam, als wäre ich nur halb bei Sinnen. Man verwies mich auf eine Bäckerei an der Stadtgrenze. Gefasst stieg ich vom Pferd, band Lilly an einen Pfahl und ging in das Verkaufsgebäude. Ein Mann sah auf. Sein hellblondes Haar war kurz und gewellt, seine Statur etwas untersetzt. Den Ausdruck konnte ich nicht einschätzen. Wir waren allein und als er mich sah, weiteten sich seine Augen. Die Waffe interessierte ihn nicht einmal, er beachtete sie nicht. Aber er schien zu wissen, warum ich gekommen war.

„John McKay", sagte er leise und legte das Brot beiseite, das er in Händen gehalten hatte.

Verblüfft hielt ich inne. Wieso kannte er mich?

Mit einem bitteren Lächeln trat er um den Ladentisch herum. „Das seid Ihr doch, nicht wahr? Ich habe schon auf Euch gewartet."

Ich spürte, wie die Pistole in meiner Hand zitterte.

George wich meinem Blick aus. „Zuerst dachte ich, Ihr hättet ihn doch nicht geliebt, weil Ihr nicht kamt." Er wagte, aufzuschauen. „Nun sehe ich Euch ... und verstehe."

Die Waffe glitt mir aus der Hand und fiel mit einem Poltern zu Boden. George trat näher und ich konnte mich nicht rühren. Er hob sie auf und ich wünschte mir plötzlich, er würde mich einfach erschießen. Mit ernstem Gesicht drückte er mir die Pistole wieder in die Hand, entsicherte sie sogar für mich.

„All die Jahre habe ich ihn geliebt", flüsterte er. „In dieser Zeit hatte ich nur einen winzigen Teil von ihm. Und in den letzten Jahren hatte ich nichts mehr, weil er mich mied – wegen Euch."

Ein Zittern durchlief mich. „Was ist geschehen?", presste ich hervor. Meine Hand umklammerte das kalte Metall, als könnte es mich retten.

George seufzte schwer und senkte den Kopf. „Ich wurde … zudringlich. Er wehrte mich so drastisch ab, dass ich in Wut geriet. Ich schrie ihm Flüche hinterher und man nahm an … er hätte mich bestohlen. Die Leute wussten, was er war, sie … hörten mir nicht einmal zu."

Ich fühlte mich schwindelig, taumelte gegen den erkalteten Ofen. Langsam legte ich die Waffe auf den Sims und ließ die vertraute Kälte zu, die mein Inneres befiel.

„Nein! Legt sie nicht weg! Nehmt sie!"

Verstört sah ich auf. Wieder drückte er mir die Pistole in die Hand. „Ich bitte Euch! Ich … habe ihn nicht retten können … weil ich zu feige war. Drückt ab!"

Ich machte mich von ihm los. Mein Zorn war verraucht, als ich in seine tränenverschleierten Augen sah. Er war gebrochen – wie ich.

„Bringt es zu Ende", bat er.

Ich schüttelte den Kopf, doch er griff nach meiner Hand, die die Waffe hielt, und presste den Lauf auf seine Brust. „Ich war zu feige", hauchte er. Dann drückte er selbst den Abzug und der Schuss ließ mich nach hinten prallen. Die Pistole fiel erneut zu Boden und George sackte zusammen. Blut benetzte sein mehlbestäubtes Gewand. Ich begegnete seinem schmerzverzerrten Blick, als er hintenübersackte.

Völlig geschockt wich ich zurück, stürzte aus dem Gebäude und ignorierte den Pulk von Leuten, die sich näherten. Hastig stieg ich auf mein Pferd, galoppierte davon. Im Wald scheute Lilly und warf mich fast ab. Nervös tänzelte sie auf dem Weg, als wolle sie mich daran hindern zu fliehen.

Was tat ich denn hier! Ich hatte diesen Mann erschossen und floh einfach? Es war unwichtig, dass George Duncan den Abzug betätigt hatte ... denn ich hatte es zugelassen.

Lilly beruhigte sich und schnaubte leise. Hinter mir wurden Stimmen laut. Viele kannten mich in Kendal. Sie wussten, wer geschossen hatte.

„Dann werden sie mich auch finden", murmelte ich.

Aber ich musste Abschied nehmen, das musste mir einfach gewährt werden. Und schlussendlich erfüllte sich Deidres dunkle Prophezeiung: Jake würde mein Tod sein.

***

Langsam stieg ich von meiner Stute, umarmte ihren Hals und flüsterte ihr zu, dass ich sie liebte. Lilly-Ann kam aus dem Stall und blickte mich besorgt an.

„Ich möchte, dass du sie nimmst. Sie liebt dich und nur du kannst ihr die Trauer nehmen."

Verwirrt starrte Lilly-Ann mich an.

Less kam winselnd zu mir und ich hob ihn auf, presste ihn an mich. „Du musst dich um James kümmern, mein

Junge. Wirst du das tun?" Dunkle, so unendlich treue Augen fixierten mich. Sein Schwanz wedelte nicht mehr, er fiepte nur leise.

Mein Sohn stolperte auf mich zu. Als ich mich vor ihn kniete und ihn an beide Schultern fasste, fühlte ich mich wie benommen.

„James, egal, was die anderen über mich sagen werden ... versprich mir, dass du nie vergisst, was du tief in dir für mich fühlst. Vergiss nicht, dass ich dich liebe. Das weißt du doch, oder?"

Er nickte und seine Augen füllten sich mit Tränen. „Gehst du denn wieder weg?"

„Ja, mein Kleiner, das muss ich." Ich hörte Pferde, die in die Einfahrt unseres Anwesens ritten, fremde Stimmen. Beachtung schenkte ich ihnen nicht, lenkte James' Aufmerksamkeit wieder auf mich. „James, sagst du deiner Mama, dass ich sie immer geliebt habe – sagst du ihr das?"

Mit geweiteten Augen begegnete er meinem eindringlichen Blick. Wieder nickte er nur und die Tränen liefen an seinen Wangen hinunter. Sachte wischte ich sie ihm fort.

Die Fremden näherten sich. „Ihr seid verhaftet, Sir!", hallte eine Stimme hinter mir.

„Ich weiß, bitte einen Moment noch", rief ich, ohne den Blick von meinem Sohn zu nehmen. Ich atmete tief durch. „James, sie werden vielleicht schreckliche Dinge über mich sagen. Glaube ihnen nicht. Ich habe nur jemanden geliebt."

„Wen hast du denn lieb gehabt?"

„Jemanden, den ich nicht lieben durfte. Nun ist er tot. Und jemand ist durch mich in den Himmel gegangen, weil ich darüber so traurig bin."

James runzelte die Stirn. „Kann man denn nicht alle liebhaben?"

„Nein, manchmal nicht."

Jemand packte mich am Arm, zog mich hoch. „Sir! Ihr seid verhaftet! Euch legt man zur Last …"

„Nicht vor dem Kind!", zischte ich ihm zu. „Gewährt mir die Gnade, mich zu verabschieden! Bitte!"

Der Mann murmelte etwas Unverständliches, ließ mich aber los und nickte. „Macht schnell", knurrte er.

Langsam wandte ich mich wieder zu meinem Sohn um. James fürchtete sich und ich nahm ihn in den Arm.

„Was ist verhaftet, Papa?"

Ich atmete tief durch. „Sie nehmen mich mit, damit ich ihnen sagen kann, was passiert ist." Er schluchzte leise. „Ich liebe dich, James."

Der Mann von der Wache hatte genug von der Abschiedsszene. „Kommen Sie, Sir!", sagte er scharf zu mir. „Man hat Euch in der Bäckerei gesehen!" Er entriss mich meinem Sohn und James blieb wie erstarrt stehen. Ich stolperte und der Mann hievte mich unsanft hoch.

Plötzlich trat Hellen mit entsetztem Gesicht aus der Tür. Ich sah Vater hinter ihr aus dem Haus kommen. James rannte zu seiner Mutter, die ihn an sich presste.

„John?" Hellens Stimme durchbrach meine wirren Gedanken und ich begegnete noch einmal ihrem Blick.

Man zerrte mich von dem Grundstück. Davor wartete bereits eine Kutsche. Sie mussten unglaublich schnell reagiert haben, aber ich war auch nicht sonderlich schnell geritten. Der Konstabler stand mit anderen Männern der Wache davor und wartete. Stirnrunzelnd betrachtete er mich. Fragte er sich, was der Sohn eines Baronets mit einem Bäcker aus Kendal zu schaffen hatte?

„John!" In Hellens Stimme klang pure Angst mit.

Sie stießen mich in die Kutsche, die Türen schlugen zu und Dunkelheit umgab mich. Wunderbare Dunkelheit, die zu der Kälte passte, die sich mit der Leere in mir vermischte ...

Wie ein Sonnenstrahl

Ich ließ mich widerstandslos abführen. Die Zelle, in die sie mich brachten, war klein und düster. Ein muffiger Geruch umwehte mich, vermischte sich jedoch mit einem Luftzug, der aus einer vergitterten Öffnung kam. Ich brauchte einen Augenblick, um mich zurechtzufinden, denn es dämmerte bereits. Außerhalb der Zelle war nur eine Fackel, die die Umgebung spärlich beleuchtete.

Flüsternde Stimmen umgaben mich, Gelächter, ein Stöhnen. Jemand schrie einen Fluch zu den Wachen. Mein Blick fiel auf einen Eimer, den man zugedeckt hatte. Da ich außer am Morgen nichts zu mir genommen hatte, brauchte ich ihn nicht. Mit dem Fuß schob ich ihn in eine Ecke. Langsam ließ ich mich auf das Bett aus Stroh sinken. Sogar eine Decke lag darauf. Ich griff nach ihr und krallte die Hände in den rauen Stoff, lehnte mich an die kalte Steinwand. Noirins Worte kamen wie feurige Glut hervor.

Es tut mir leid, dass du ihn nicht mehr sehen konntest. Aber es ist gut so. Behalte ihn so in Erinnerung, wie er war. Du ... hättest es nicht ertragen.

Ich konnte nicht mehr aufrecht sitzen, mein Körper versagte mir den Dienst. Mit einem leisen Schluchzen glitt ich auf das Stroh, verbarg mich unter der Decke und wollte diesem Leben nur noch entfliehen.

Irgendwann schob man mir etwas zu Essen hinein, aber ich ließ es unbeachtet. Am besten verhungerte ich einfach, dann bräuchten sie sich keine Mühe mehr machen. Ein unruhiger Schlaf umfing mich, der geprägt war von brennendem Schmerz.

***

„John?"

Ich spürte eine Hand auf der Schulter, hörte Lesters Stimme.

„John, wach auf."

Mühsam öffnete ich die Augen und blinzelte, weil die Morgendämmerung mir viel zu hell erschien. Ungeachtet des Schmutzes kniete sich Lester vor mich. „John, was ist geschehen?", fragte er sanft.

Ich konnte keine Geheimnisse mehr wahren, es war zu spät, mein Leben verwirkt. „Sie haben ihn getötet", sagte ich dumpf.

Ich sah, wie Lester die Stirn runzelte. „Du ... sollst jemanden erschossen haben. Das sagen sie."

„George Duncan ... ich wollte ihn nicht töten. Zuerst doch, aber dann nicht mehr", flüsterte ich.

„John, ich verstehe nicht."

„Er hat den Abzug betätigt, aber ich hab die Pistole gehalten." Ich schloss die Augen. „Sie haben ihn umgebracht, Lester."

„Wen?"

„Jake ...", hauchte ich.

Stille. Nur sein Atmen vernahm ich.

„Was ist geschehen?", fragte er noch einmal sehr leise.

Ich wollte Lester nicht in die Augen sehen, wich seinem Blick aus. „Er war bei George Duncan. Jake hat ihn … hat ihn abgewiesen, aber man dachte, er hätte den Bäcker bestohlen.“

Eine Hand strich mir über das Haar. „Was ist dann passiert?“

„Sie haben ihn gelyncht.“ Heiße Tränen stiegen in mir auf und ich senkte die Lider, konnte sie trotzdem nicht aufhalten.

„Du hast ihn geliebt, nicht wahr? Ich war mir nie sicher, aber …“

Antworten konnte ich nicht, verneinen würde ich es nicht mehr.

„Hast du diesen George Duncan erschossen?“

Mein Schweigen wirkte bedrückend.

„John! Sie werden dich hängen! Sag mir, ob du …“

„Ja.“

Seine Hand krampfte sich um meine Schulter. „Du hast gesagt, *er* hat den Abzug betätigt.“

„Das ist nicht wichtig. Ich habe es zugelassen.“

Lester ließ sich schwer zurückfallen, rieb sich über das Gesicht. „Ich kann nicht lange bleiben. Sie haben gesagt, ich habe ein paar Minuten.“ Weil ich ihn nicht ansah, nahm er mein Kinn und drehte mein Gesicht zu sich. „Sieh mich an, John!“

Scheu kam ich seiner Aufforderung nach.

„Mein Freund!“, flüsterte er. „Ich werde bei Gericht für dich sprechen. Sag ihnen, dass du nicht den Schuss abgefeuert hast.“

„Sie werden wissen wollen, warum ich überhaupt mit einer Waffe in die Bäckerei gekommen bin. Ich werde ihnen dann sagen müssen, dass ich Jake rächen wollte. Und dann werden sie mich sowieso hängen."

Unwillig schüttelte Lester den Kopf. „Wir müssen uns etwas anderes ausdenken!"

„Nein, keine Lügen mehr. Das ist das Einzige, was ich für ihn noch tun kann ... ihn nicht mehr verleugnen." Ich kämpfte um meine Fassung.

„John, du hast eine Familie!"

Unendlich mühsam kämpfte ich mich in eine aufrechte Sitzposition. „Ich habe sie alle mit Füßen getreten. Hellen verdient etwas Besseres als mich." Jakes Tod hatte mich zerstört und ich würde meine Familie damit in den Abgrund reißen, das spürte ich.

„Sie liebt dich über alles!"

„Ich weiß", wisperte ich. „Deshalb musst du dich um sie kümmern." Meine Hand umklammerte seinen Arm. „Bitte!"

„Sir? Ihr müsst jetzt gehen", sagte einer der Wächter und schloss die Zelle auf.

„Versprich mir, dass du sie nicht allein lässt!"

Lester atmete tief durch.

„Sir? Bitte kommt."

„Ich verspreche es, John."

***

Bei Gericht sagte ich die Wahrheit. Als ich zugab, einen Mann geliebt zu haben, erschütterte diese Aussage die Anwesenden mehr als George Duncans Tod. Doch ich beachtete sie nicht. Ich war es Jake schuldig. Dass ich den Abzug nicht betätigt hatte, glaubten sie mir nicht. Der Richter verurteilte mich zum Tode. Ich würde sterben – wie Jake. Die Vollstreckung des Urteils würde auch meine Familie reinwaschen, das hoffte ich so sehr.

Wie kalter Nebel legte sich Apathie auf meine Sinne, lähmte mich. Vielleicht würde ich vorher ja doch verhungern. Ich brachte nichts hinunter, konnte vor Schwäche kaum stehen, also blieb ich auf dem Strohbett und dämmerte vor mich hin.

Draußen näherten sich Geräusche und Stimmen.

„Wir können Euch nicht in die Zelle lassen, Lady McKay, es tut mir leid.

Ich blinzelte.

„John …“, flüsterte eine Stimme.

Hellen!

Oh Gott, sie sollte mich so nicht sehen!

„John … bitte …“

Ich konnte es ihr nicht abschlagen. Mit aller Kraft richtete ich mich auf und sah meine Frau an den Gittern stehen. Langsam erhob ich mich und taumelte zu ihr, hielt mich an dem kalten Eisen fest.

„Oh John!“ Tränen benetzten ihre Wangen.

„Es tut mir so leid, Hellen“, wisperte ich.

„John, ich wusste immer, dass du ihn liebst!“ Ihre Hand zwängte sich durch die Gitter, um mich zu erreichen. „Das sollst du wissen.“

„Dich liebe ich auch“, sagte ich mit brüchiger Stimme.

„Das weiß ich doch!“ Sie versuchte, mich an sich zu ziehen. „Aber du musst essen! Sie sagen, du rührst nichts an.“

„Sie werden mich hängen, was macht das für einen Unterschied?“

Hellen wischte sich über die Augen. „Es macht einen Unterschied. Du sollst nicht gebrochen in den Tod gehen!" Ein leises Schluchzen entrang sich ihr. „Sie sollen dich nicht ... brechen! Tu es für mich! Tu es für Jake!"

Ich seufzte leise und glitt langsam zu Boden. Hellen kümmerte sich nicht um ihr Kleid und kniete sich zu mir. „John, ich habe eine Bitte. Erzähle mir davon. Lass mich teilhaben. Gib mir das als letztes Geschenk."

„Ich verstehe nicht."

Sie sah sich zu der Wache um, holte dann etwas aus der Tasche hervor und schob es durch die Gitter. „Schreib mir die Zeit auf, die du mit ihm erleben durftest. Ich möchte es ... verstehen."

Ich spürte, wie mir alles Blut aus dem Gesicht wich und schaute auf ihre Gabe – drei ledergebundene Bücher, meine Schreibfeder und ein Tintenfass.

Der Wärter wurde ungeduldig, ich sah es ihm an. Ob er Hellens Geschenk gesehen hatte? Rasch nahm ich es an mich und verbarg es unter dem Stroh meines provisorischen Bettes.

„Ihr müsst jetzt Abschied nehmen, Lady McKay", erklang die Stimme des Mannes. „Es tut mir leid, ich habe meine Vorschriften."

Ich kroch zu ihr zurück und streckte meine Hand zu ihr aus, fuhr ihr zärtlich über das Haar. „Ich verspreche es dir, Liebes."

Der Mann half Hellen auf und führte sie fort.

„Ich liebe dich, John!", rief sie mir weinend zu.

Dann war ich wieder allein. Noch lange hockte ich an dem Gitter und dachte über ihre Worte nach. Als am Abend der Wärter das Essen zu mir hereinschob, saß ich immer noch dort und lehnte meine Wange an das

Eisen. Die Kälte durchdrang meine Haut und ich war froh, überhaupt etwas spüren zu können.

„Esst etwas. Eure Frau hat recht."

Ich sah den Wärter müde an. „Was kümmert es dich?", fragte ich heiser.

Wachsam sah er sich um. „Weil ich verstehe, was Euch widerfahren ist."

Verwundert sah ich auf und betrachtete das erste Mal die attraktiven Züge des Mannes.

Er dämpfte die Stimme, sodass ich ihn kaum verstehen konnte. „Ich würde meinen ... Geliebten auch rächen."

Ich starrte ihn an, doch er legte den Finger an die Lippen. „Ich werde nicht verraten, was Ihr unter dem Stroh verbergt. Und wenn Ihr es aufschreibt, werde ich es Eurer Frau zukommen lassen."

Einen Moment brauchte ich, um zu realisieren, was er gesagt hatte. „Ihr habt gelauscht", flüsterte ich.

„Das erschien mir unumgänglich", erwiderte er lächelnd. „Esst!"

Zaghaft griff ich nach dem Teller mit Haferbrei. Hellens Worte irrten durch meine Gedanken.

***

Der Nachmittag brachte kühle Luft in meine Zelle, schickte mir aber auch einige Sonnenstrahlen. Das Gefängnis wirkte ruhig, als würden die Insassen alle schlafen. Ich holte Hellens Geschenk hervor, wog die Schreibfeder in meiner Hand. Das Buch beinhaltete leere Seiten, die darauf warteten, gefüllt zu werden. Wie viel Zeit würde ich haben? Das Gericht hatte zwar ein Urteil verkündet, aber man hatte mir gesagt, auf die Vollstreckung müsse ich einige Wochen warten.

Meine Hand zitterte, doch ich riss mich zusammen. Denn vielleicht holte dies hier einen winzigen Teil von Jake zurück. Langsam tauchte ich den Federkiel in die Tinte und verharrte über dem leeren Papier, das mich an die goldenen Herbstblätter erinnerte, über die ich Reste von Jakes Asche verstreut hatte. Dann formte sich das erste Wort. Und plötzlich spürte ich ihn, als würde er durch den Wind und die warmen Strahlen der Sonne zu mir kommen. Also schrieb ich und holte ihn so zu mir zurück. Wie von selbst entstanden die Seiten, denn endlich ... endlich war er wieder ... nah bei mir.

Wenn der Tod keine Nacht ist, sondern ein Morgen.
Wer würde es nicht wagen zurückzukehren?

Verbunden

Gegenwart

Katelyn starrte auf die Zeilen. Tränen tropften auf ihre Hand. Trotzdem spürte sie, dass die Splitter ihrer Seele langsam wieder zueinanderfanden. Mit zitternder Hand legte sie das Buch beiseite, war sich das erste Mal unumstößlich sicher, wer sie einst gewesen war.

„Jake …", flüsterte sie sich selbst zu. Dieser Teil ihrer Seele lebte nun in ihr, sie wusste, sie hatte danach gesucht, nur auf andere Weise wie nach John. Katelyn dachte an ihre Großmutter und ihre geliebten Kräuter, an die Runensteine, die sie manchmal legte. Das Bild einer hochgewachsenen Frau kam ihr in den Sinn. Das Haar verborgen unter einem Tuch, den Rock voll klingender Glöckchen.

Katelyn fuhr sich durch die dunklen Locken und strich das lange Haar zurück. Fast ein wenig schwerfällig erhob sie sich. Die Nacht umklammerte den Lake District mit ihren Schatten. Wolken verdeckten den Mond, kein Licht schien in ihr Zimmer, als sie die Nachttischlampe löschte. Katelyn schlüpfte in ihre Hausschuhe und schlich in ihre gemeinsame Küche, um sich ein Glas Milch zu holen. Als sie Fiona am Küchentisch vorfand, war sie nicht einmal überrascht.

„Du wusstest es, nicht wahr? Dass ich Jake bin."

Fiona schlug die Augen nieder, lächelte sanft. Ihr graues, weiches Haar lag offen auf ihren Schultern und sie trug nur ihr Nachthemd. „Als ich damals kurz nach deiner Geburt ins Krankenhaus kam und dir in die Augen blickte, fühlte ich, dass eine Seele zurückgekehrt ist, aber ich wusste noch nicht, wer du bist. Mit den Jahren wurdest du Jake jedoch so ähnlich ...“

„Oma, wie ist es möglich, dass wir uns erinnern?“

„Das weiß ich nicht. Wer begreift schon, was manchmal zwischen Himmel und Erde geschieht.“ Endlich sah sie auf und betrachtete Katelyn. „Aber es ist ein Geschenk.“

„Ja, das ist es“, hauchte Katelyn. „Denn ich habe ihn immer gesucht.“

„Und ich glaube, du hast ihn bereits gefunden, nicht wahr?“

„Du hast ihn gestern gesehen.“

Katelyn schmunzelte.

„Das Fahrrad wirkte nicht so galant wie seine weiße Stute, aber erkannt habe ich ihn sofort, denn er sah dich genauso an wie damals.“

Langsam öffnete Katelyn den Kühlschrank, goss sich Milch in ein Glas und setzte sich zu ihrer Großmutter. „Du bist dir so sicher, Oma.“

„Mein Leben ging seltsame Wege und die Sehnsucht nach einem Bruder, den ich eigentlich nie hatte, nahm Ausmaße an, die ich kaum mehr fassen konnte. Als mein Großvater mir die Truhe der O’Brians anvertraute, fand ich tief in mir die Wahrheit, aber glaub mir, das war ein jahrzehntelanger Prozess.“

„Erzähl mir, was weiter geschah“, bat Katelyn mir rauer Stimme. „Du weißt es doch, nicht wahr?“

Fiona nickte. „Damals war es wirklich mühevoll herauszufinden, was mit den Familien geschehen ist, aber ich fand alte Aufzeichnungen und auch mein Großvater wusste einiges an Hintergründen. Sie haben John hingerichtet, er starb kurz nach der Jahreswende im Jahr 1768.“

Katelyns Augen brannten, doch sie schwieg, presste die Lippen fest aufeinander.

„Was aus den O'Malleys wurde, weiß ich leider nicht. Vielleicht ist das *deine* Aufgabe hier nachzuforschen, denn immer noch lagern manchmal Fahrende unten am Fluss, auch wenn sie heute zumeist Wohnwagen haben.“

Katelyn nickte nachdenklich. Als Kind hatte sie diese Menschen oft heimlich beobachtet, mit seltsamer Sehnsucht in der Brust.

„Lester blieb seinem Versprechen treu“, fuhr Fiona fort. „Er nahm Hellen zwei Jahre nach Johns Tod zur Frau. Deidre McKay nahm sich das Leben, so steht es zumindest in einigen Aufzeichnungen. Auch Sir McKay überwand den Tod seines Sohnes nicht und starb an einem weiteren Anfall, kurz nach der Hinrichtung. Das Anwesen der McKays verfiel ...“ Sie stockte. „Du kennst die Ruinen“, stellte Fiona fest.

„Ja, schon immer.“

„Eines hab ich noch für euch beide“, sagte Fiona mit einem Lächeln und erhob sich. Sie ging ins Wohnzimmer und Katelyn hörte sie rumoren. Ihre Großmutter kehrte zurück, atmete tief durch und nahm Katelyns Hand, legte etwas hinein. Erstarrt sah Katelyn auf einen dunklen Rosenkranz und auf den Siegelring der McKays.

∗∗∗

Der Morgen begann mit dichtem Nebel. Die Sonne hüllte alles in milchiges Licht und Katelyn zog ihre Strickjacke enger um sich. Eichen umsäumten ihren Weg und sie hörte das Rauschen des Flusses. Alles schien so friedlich. Als Katelyn die Sträucher teilte und auf die Lichtung ging, schien ihr Herzschlag ins Stocken zu geraten, sodass sie unbewusst die Hand auf die Brust legte.

Das Gras war sehr hoch gewachsen, Wildblumen und Kräuter wehten in einem lauen Luftzug und die Sonne schob sich immer mehr über die Bäume, sodass einzelne Strahlen auf die Uferböschung trafen. Bei ihrem Auftauchen verstummten zuerst die Vögel, als wollten sie prüfen, ob bei ihrem Eintreffen Gefahr drohe. Dann setzten sie ihren Gesang unbeirrt fort.

Langsam lief Katelyn zum Fluss, kniete sich hin und tauchte die Hand in das kalte Wasser. Ihre Augen schlossen sich. Tief in ihrem Inneren hörte sie das Lachen der Fahrenden, Noirins Glöckchen erklangen leise im Wind, eine Gitarre mischte sich dazu ...

Sie blinzelte, sah sich um. Ihr Blick fiel auf den Platz, wo stets ihr Pferdewagen gestanden hatte. Für einen Moment fühlte sie die absplitternde rostrote Farbe der Holzfassade, sah die aufgemalten Ranken an den Seiten.

Noch immer umklammerte Katelyn die Schätze, die Fiona ihr gegeben hatte, versicherte sich immer wieder, ob sie wohlbehalten waren. Ein Gefühl sagte ihr, dass er kommen würde. Also harrte sie am Flussufer aus und wartete. Eine Brise rauschte in den Tannen, brachte ein Wiehern mit sich. Katelyn blickte auf und ihr Herz begann, schneller zu schlagen.

Als Chris, dieses Mal leger ohne Reitkappe, auf der eigensinnigen Stute angeritten kam, stahl sich ein Lächeln auf ihre Lippen. Er ließ sich von dem Pferd gleiten, das sich neugierig den Kräutern widmete. „Irgendwie wusste ich, dass ich dich hier finden würde", sagte er mit einem Lächeln.

„Und ich hatte gehofft, dass du kommst. Wo ist denn dein drahtiger Esel?", fragte Katelyn schelmisch.

„Irgendwie war Bailey mir lieber. Obwohl Hamish nicht verstehen kann, was ich an dem sturen Biest, so sagte er, finden würde."

„Du mochtest ja schon immer eigensinnige Pferde", flüsterte sie.

Der Rosenkranz und der Ring brannten förmlich in ihrer Handfläche. Chris kannte nur das erste Buch. Würde er die Dinge trotzdem erkennen?

„Chris ... ich habe etwas von meiner Großmutter bekommen."

„Magst du es mir zeigen?"

Sie nickte und wagte sich näher. Zaghaft streckte Katelyn die Hand vor und öffnete sie. Sein Blick verschleierte sich vor Tränen, sie sah, dass er um Fassung rang. Wie gelähmt stand er da und starrte auf die beiden Dinge, die sie sich in einer anderen Zeit geschenkt hatten.

Chris griff nach dem dunklen Holz des Rosenkranzes. Behutsam ließ er die lange Kette um seinen Hals gleiten, sodass das Kreuz neben seinem Herzen lag. Den

Ring nahm er und steckte ihn nach kurzem Überlegen an den Mittelfinger ihrer linken Hand. „Er gehört dir. Ich habe ihn dir vor langer Zeit geschenkt."

Katelyn wagte kaum aufzusehen, sie schaute auf den Ring an ihrer Hand. *Verbunden für immer,* dachte sie und ein Schauer rann über ihre Haut. Sie fühlte, wie jede Scherbe ihrer zersplitterten Seelen ihren Platz zurückfand. Wärme erfasste sie, die bis tief in ihr Herz drang. Als er sie unsicher in die Arme zog, schmiegte sich Katelyn an ihn, atmete den Duft seiner Haut ein, der sie ebenso betörte wie damals.

Chris nahm ihre Hand, küsste sie sachte. „Komm mit mir, Katelyn …"

Sanft zog er sie mit sich. Er schien sich des Pferdes zu entsinnen und stockte kurz, sah sich zu der Stute um. „Bailey?"

Gespannt beobachtete Katelyn das Tier, das gar nicht reagierte. „Versuch ihren anderen Namen", sagte sie aus einem Gefühl heraus.

Verwundert schaute er Katelyn an, dann weiteten sich seine Augen und er begriff.

„Lilly", rief er leise. Das Pferd spitzte die Ohren und wandte sich zu ihnen um, zögerte aber. „Lilly, komm …" Die Stute kaute an den abgezupften Kräutern und trottete zu ihnen.

„Wie soll ich das bloß Hamish erklären?", überlegte Chris aufgewühlt, als sich die Stute wie eine übergroße Katze an ihn schmiegte.

„Am besten gar nicht", erwiderte Katelyn lachend.

Chris nahm das Pferd am Zügel und gemeinsam liefen sie den Pfad zum Hügel Castlerigg Fell hinauf. Als nach einiger Zeit die Felsen des uralten Steinkreises auftauchten, hielten sie inne. Katelyn überblickte die wunderschöne Landschaft des Lake District, mit ihren Hügeln, Wäldern und Seen. Hier an den Felsen schloss sich der Kreis ihrer *Reise* und Katelyn fühlte, dass dieses Monument aus der Bronzezeit einen eigenen Zauber besaß. Chris nahm ihre Hand und legte sie an die raue Oberfläche eines der Steine. Eine leichte Vibration schien im Inneren zu leben. Entschieden zog sie ihn in den Kreis der hohen Felsen. Sein Blick war scheu, als er sich leicht zu ihr vorbeugte. Katelyn umfasste fordernder sein Gesicht mit beiden Händen und vollendete sein Vorhaben, berührte sanft seine Lippen.

Wind, der über ihre Haut streichelte, brachte den Duft der Laubwälder mit sich. Die Wunden der Vergangenheit verschwanden im blassen Licht der Sonne und eine Zukunft formte sich aus den Wurzeln einer Liebe, die Tod und Jahrhunderte überdauert hatte. Hier auf den Hügeln von Westmorland begann für sie beide ein neues Leben.

Epilog – Vereinte Seelen

Katelyn stand vor der Vitrine ihrer Großmutter Fiona und betrachtete die Spieldose. Sie war kostbar, das wusste sie. Ihr Deckel war aus Silber und mit Ornamenten verziert. Langsam öffnete sie die Glastür des Schrankes, strich über das Metall des Kästchens. Ein trauriges Lächeln legte sich auf ihre Lippen. Diese Zeit, aus der die Spieldose stammte ... sie war erloschen. Manchmal überlagerten die alten Erinnerungen die neue Zukunft. Vor allem, wenn Chris nicht greifbar war. Die Angst, ihn erneut zu verlieren, schwebte dann in ihren Gedanken und ließ sich nicht fortwischen.

Zögerlich berührte sie die Kurbel, zog das silberne Kleinod auf und hob den Deckel an. Die Melodie von *Frère Jacques* erfüllte den Raum und linderte das Gefühl des Verlustes, das sie zeitweise einfach nicht abschütteln konnte. Für sie fühlte es sich zuweilen an, als habe sie ihre andere Familie erst vor ein paar Tagen verloren, als sei John erst letzte Woche zu seiner Großtante aufgebrochen. John, der in Chris zu ihr zurückgekehrt war und ihre Seele endlich wieder zu einem Ganzen zusammengefügt hatte.

Die Melodie von *Frère Jacques* erzählte vom Aufwecken. Und sie beide – der Teil ihrer Seelen, die sich verloren hatten – wurden auf außergewöhnliche Weise zurückgeholt und erweckt. Dankbarkeit überspülte sie, ihre Gefühle vermischten sich. Ergriffen erkannte sie, dass das Schicksal ihnen mehr geschenkt hatte, als sie im 18. Jahrhundert jemals zu hoffen gewagt hatten.

Schritte ertönten im Flur und zuerst dachte sie, es wäre Fiona, doch sie erkannte ihn an der Empfindung, die sie durchströmte, als er näher trat. Arme umfingen sie von hinten, seine Lippen berührten ihre rechte Wange, und sie lehnte sich an ihn.

„Hörst du dir wieder Hellens Spieluhr an?", fragte Chris leise.

„Ja …"

Die beiden anderen Bücher hatte Chris nicht gebraucht, um seine Erinnerungen zu einem vollständigen Bild zu verweben. Seit sie sich nähergekommen waren, wieder eine untrennbare Einheit bildeten, war alles von allein zu ihm zurückgekehrt. Sie beide wussten um ihr altes Leben, als wären sie niemals herausgerissen worden, als hätten sie nur einen kurzen Sprung ins Nichts gemacht, um zusammen wieder hervorzukommen.

Katelyn drehte sich in seiner Umarmung um, sah in seine graublauen Augen, in denen sich dieselbe Liebe spiegelte wie damals. Zärtlich strich sie sein Haar zurück, sie mochte diesen verwilderten Haarschnitt, der immer länger wuchs. Einmal hatte er sich einen Zopf gebunden und sie hatte ihn wie erstarrt betrachtet, weil sie kaum fassen konnte, wie ähnlich er seinem alten Ich war.

„Hast du Hamish überreden können? Wird er dir Bailey überlassen?"

Auf unerklärliche Weise hatte auch sein geliebtes Pferd auf Umwegen zu ihnen gefunden. So stur und unnachgiebig wie schon als Lilly, zeigte sie die gleiche Zuneigung zu Chris. Immer wieder fragte sich Katelyn, wer wohl noch mit ihnen zurückgekehrt war, in dieses besondere Leben, das ihnen endlich eine gemeinsame Zukunft schenkte.

„Er versteht nicht, warum ich so an ihr hänge." Chris suchte ihren Blick. „Aber er verkauft sie mir. Obwohl das Biest mir das bereits heimgezahlt hat. Eine halbe Stunde musste ich ihr hinterherjagen, weil sie mir ausgebüxt ist."

Ihr entschlüpfte ein leises Lachen.

„Sie hört auf Lilly viel besser", sinnierte Chris. „Das ist wirklich erstaunlich."

„Ich glaube, für mich ist gar nichts mehr erstaunlich." Katelyn seufzte und schmiegte sich an seine Schulter.

Auch Chris strich nun über die Spieldose. „Wo mag Hellen jetzt sein?", flüsterte er.

Seine frühere Ehefrau hatte ihre Liebe toleriert und dem Verständnis entgegengebracht, da sie spürte, wie tief ihre Verbindung war.

„Vielleicht wacht sie als Engel über uns."

„Das würde zu ihr passen", wisperte er. Sachte hob er ihr Gesicht an, küsste sie sanft. „Komm, es ist spät. Deine Oma ist längst im Bett."

Katelyn ließ sich von Chris an die Hand nehmen und gemeinsam stiegen sie die Stufen zu ihrer Wohnung hinauf. Sie zogen beide ihre Schlafanzüge an und legten sich in ihr schmales Bett. Katelyn genoss seinen ruhigen Herzschlag, als sie ihren Kopf auf seine Brust bettete. Die Wärme seines Körpers, sein Duft lullte sie ein und ihr Dasein verschwamm in dem Moment, als der Schlaf sie umfing ...

Jake schlug die Lider auf und blinzelte in das helle Morgenlicht. Es war kalt im Raum, doch Johns Wärme umfing ihn. Durch das Fenster sah er Schnee in winzigen Flocken vom Himmel fallen. Trotz der Decken fröstelte Jake. Er hauchte John einen Kuss auf die Wange, betrachtete kurz sein im Schlaf entspanntes Gesicht, und kroch dann aus dem Bett. Die Kälte des Raumes traf ihn und er hangelte nach Johns Morgenmantel. Rasch streifte sich Jake das ebenfalls viel zu kalte Kleidungsstück über und begab sich zum Kamin. Mit sicheren Handgriffen stapelte er die Hölzer und entzündete das Feuer. Einen Moment verweilte er dort und wärmte sich an den Flammen, dann befreite er sich von dem Morgenmantel und schlüpfte zurück in Johns Bett. Für ihn war es die Erfüllung eines Traums mit ihm in diesen weichen Laken liegen zu dürfen. Sein Vater mochte ja die Situation verfluchen und wie ein Besessener an seinem Wagen arbeiten, der durch einen Blitzschlag Schaden genommen hatte, aber das konnte Jakes Laune nicht trüben. Mit einem Lächeln legte er sich wieder neben John, genoss seine Nähe und schmiegte sich an ihn. Im Schlaf legte John die Arme um Jake, hielt ihn fest umschlungen ...

Das Licht der Dämmerung blendete Katelyn, wie in ihrem Traum. Die Wintersonne schien unbehelligt ins Zimmer, weil sie vergessen hatten, die Fensterläden zu schließen. Das alte Cottage knarrte, als eine Böe ums Haus strich. Sie spürte, dass Chris wach war, und wandte sich ihm zu. Er lag mit aufgestütztem Ellbogen neben ihr und betrachtete sie lächelnd.

„Du bist schon wach?“

Zur Antwort küsste er sie.

„Ich habe wieder von uns geträumt“, sagte sie leise.

„Erzähl es mir. Waren wir wieder in Lesters Jagdhütte?“

„Nein, es war der Winter, den ich mit dir erleben durfte.“ Katelyn wollte nicht darüber sprechen, sie wollte ihm das Gefühl zeigen, welches sie als Jake empfunden hatte. Entschieden zog sie seinen Kopf hinunter und küsste ihn. Chris erwiderte die Berührung mit einem Seufzen.

Fast widerwillig lösten sie sich. Zu gerne hätten sie diesen Kuss vertieft, aber die Sonne sagte ihr, dass es bereits viel zu spät war. Sie hatten ihrer Großmutter versprochen, heute mit ihr in das Lager der Fahrenden zu gehen. Warum die Leute gerade im Winter hier am Lake District lagerten, begriff Katelyn noch nicht. Vielleicht stellte sich dies als weiterer Wink des Schicksals heraus? Konnten sie die Nachfahren der O’Malleys sein?

„Weißt du was?“, fiel ihr plötzlich ein. „Oma hat uns die Runen gelegt.“

Nachdenklich runzelte Chris die Stirn, er atmete tief durch. Ihre Hand legte sich auf seine raue Wange, er musste sich noch rasieren, bevor sie aufbrachen. „Keine Angst, dieses Mal ist es etwas durchweg Positives.“

„Und was heißt das genau?“, hakte er skeptisch nach.

„Dass alles gut wird.“

Sie sah ihm die Erleichterung förmlich an und erneut küsste sie ihn.

Gemeinsam stiegen sie aus dem Bett, als sie unten in der Küche hörten, wie Fiona mit dem Geschirr klapperte. Sie bereitete also schon das Frühstück für sie. Abwechselnd duschten sie und gingen fertig angezogen zu Katelyns Großmutter, die ihnen gerade Rühreier briet.

Fiona lächelte herzlich, als sie sich beide an den Tisch setzten und erwartungsvoll zu ihr aufblickten.

„Ich komme mir vor wie Maggie", murmelte sie belustigt und spielte damit auf die Köchin an, die Johns Familie beschäftigt hatte – die Seele des McKay Hauses.

Sie drei empfanden sich als eingeschworene Gemeinschaft, andere würden die Wahrheit vielleicht nicht verstehen. Hier im alten O'Brian Cottage gab es jedoch keine Geheimnisse zwischen ihnen. Für Katelyn fühlte sich das wunderbar an.

Das Frühstück entwickelte sich zu einem regen Gespräch zwischen Fiona und Chris, da sie über Bailey sprachen. Katelyn genoss es einfach, ihn zu beobachten.

Als sie später durch den ersten Schnee liefen, dick eingemummt in ihre Wintermäntel, hakte sich Katelyn bei Chris ein. Sie brauchte seine Nähe, fürchtete plötzlich die Begegnung der Fahrenden. Die Menschen in Keswick lästerten über die Pavee, deshalb blieben sie der kleinen Stadt meist fern. Katelyn wollte sich selbst ein Bild machen.

Die Ufer des Flusses waren gefroren, zierliche Eiskristalle bedeckten die Wiese und ihre Schritte brachten seltsame Geräusche hervor, als zertrete man winzige Glasscherben.

Die Wohnwagen standen fast in der gleichen Position wie früher ihre Pferdewagen. Ein Lagerfeuer war entzündet worden und einige der Fahrenden saßen davor, in Decken gehüllt. Zwei Tinkerpferde standen in einem provisorisch gebauten Bretterverschlag. Ihr Fell sah aus wie das eines Teddys, so sehr hatten sich die Tiere an die Jahreszeit angepasst. Katelyn sah den Pferdeanhänger, der sonst von einem der Autos gezogen wurde, die etwas entfernt parkten.

Die Pavee sahen auf, als Katelyn mit Chris und Fiona die Lichtung betrat. Selbst Chris verspannte sich nun. Katelyn erinnerte sich an ihre erste Begegnung, als er auf Lilly in ihr Lager geritten war.

Ein Mann trat auf sie zu, er schien beunruhigt, keinesfalls feindselig, wie die Menschen in der Stadt behaupteten.

„Lagern wir auf Ihrem Grund?", wandte er sich an ihre Großmutter. Katelyn las in seinen Augen, dass er fürchtete, man wolle sie vertreiben.

Tatsächlich gehörte dieses Stück Land zu dem Besitz ihrer Familie. Fiona antwortete nicht, ihr Blick wandte sich Katelyn zu. Nervös knabberte sie auf ihrer Unterlippe, Chris hatte ihr erzählt, dass sie das schon als Jake getan hatte, wenn sie unsicher gewesen war. Sie trat vor. In diesem Augenblick begriff sie, warum die Pavee hier am Lake District in der Kälte ausharrten, – nirgendwo wollte man sie. Es hatte sich kaum etwas verändert.

Ein Lächeln bahnte sich tief aus ihrem Herzen, als sie auf den Fremden zuging, ihm die Hand reichte. Verwirrt nahm er ihre Rechte entgegen, nickte zur Begrüßung.

„Ich bin Jeffrey O'Malley", stellte er sich vor und Katelyns Herz machte einen Stolperer, als sie ihren alten Familiennamen hörte.

„Dann habt ihr diesen Ort nie verlassen", flüsterte sie.

Immer noch hielt der Mann ihre Hand und blinzelte. Er sah von ihr zu Fiona, dann zu Chris und etwas leuchtete in seinem Blick auf. „Dieser Ort ... er ist für uns etwas Besonderes", sagte er zögernd.

„Ich weiß", erwiderte Katelyn. „Denn er gehört euch. Jetzt gehört er euch."

Verblüfft starrte Jeffrey sie an. „Wie meinen Sie das?"

Katelyn kämpfte um ihre Fassung, zitterte leicht, und Fiona mischte sich ein, sie zog Jeffrey O'Malley etwas beiseite, sprach leise mit dem Mann, der das Familienoberhaupt zu sein schien.

Sie spürte, wie Chris sie umarmte. „Es wird alles gut", wisperte er Katelyn zu.

***

Leise Stimmen erfüllten das Cottage. Katelyn und Fiona unterhielten sich gedämpft, ihre Stimmen drangen vertraut, wie ein fernes Echo, durch die gemütlichen Räume des Hauses. Chris stand vor dem Klavier im Wohnzimmer und strich über das polierte Holz. Sein Herz klopfte hart gegen seinen Brustkorb. Er wusste, dass Hellen den Flügel gerettet haben musste, als das Herrenhaus verfiel. Nur so konnte es überdauert haben. Ein feiner Stich fuhr in seine Seele und er wand sich etwas, um dem zu entkommen. So viel war verloren, so viel gewonnen.

Er setzte sich auf den Hocker und strich über die Elfenbeintasten. Fiona hatte das Instrument immer pflegen und stimmen lassen, als hätte sie gewusst, dass er zurückkehren würde. Chris konnte nicht anders, als die Melodie von *Frère Jacques* anzustimmen. In diesem Leben hatte er das Klavierspiel nie gelernt, aber das brauchte er auch nicht. Seine Hände schienen von allein zu wissen, was sie zu tun hatten.

Sein Spiel erklang zuerst etwas unsicher, dann fand er das Gefühl für sich wieder und die Klänge schwebten durch das Cottage. Für einen Augenblick glaubte er, Hellen zu spüren. Wie ein flüchtiger Hauch, der noch immer mit ihm verbunden war. Ob sie wirklich über Katelyn und ihn wachte?

Er fühlte einen Kuss auf der Wange und wandte sich zu Katelyn um. Wortlos setzte sie sich auf die Couch, in seine unmittelbare Nähe, und das Spiel ihrer Gitarre mischte sich mit den Tönen des Klaviers. Ihr glückliches Lächeln erfüllte ihn mit einer Vielzahl von Gefühlen. Vorherrschend war eine wunderbare Gewissheit.

„Du bist wieder nah bei mir", flüsterte er ihr zu.